观天下·新世纪散文精品文存

在土地上
　睡着
　和醒来

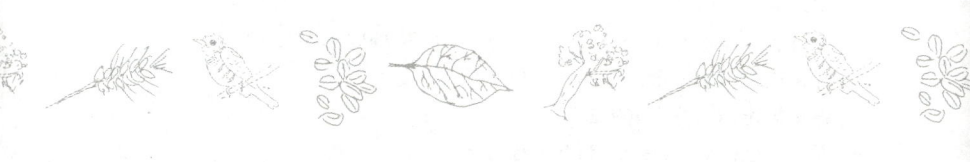

李 舫 / 主编

人民日报出版社

图书在版编目（CIP）数据

在土地上睡着和醒来 / 李舫主编. —北京：人民日报出版社, 2019.1
（观天下. 新世纪散文精品文存）
ISBN 978-7-5115-5429-1

Ⅰ.①在… Ⅱ.①李… Ⅲ.①散文集－中国－当代
Ⅳ.①I267

中国版本图书馆CIP数据核字（2018）第197476号

书　　名：	在土地上睡着和醒来
主　　编：	李　舫
出 版 人：	董　伟
责任编辑：	宋　娜
作家画像：	郭红松
装帧设计：	秦志超
出版发行：	人民日报出版社
社　　址：	北京金台西路2号
邮政编码：	100733
发行热线：	(010) 65369527　65369846　65369509　65369510
邮购热线：	(010) 65369530　65363527
编辑热线：	(010) 65369521
网　　址：	www.peopledailypress.com
经　　销：	新华书店
印　　刷：	北京盛通印刷股份有限公司
开　　本：	880mm×1230mm　1/32
字　　数：	192千字
印　　张：	9
版　　次：	2019年1月第1版　2019年1月第1次印刷
书　　号：	ISBN 978-7-5115-5429-1
定　　价：	42.00元

以文为鉴,可观天下

(代序)

李 舫

盖文章者,经国之大业,不朽之盛事。

中国是文章大国,有文字记载并从完整作品开始计算的文学史,已达3000年之久。作为与诗词并列为文学正宗的重要文体,中国散文更是源远流长,浩浩汤汤,在殷商时代已初具特质,发展到今天已经成为中国文学的重要门类。自由,开放,包容,博大,这是中国散文的独特气质,更是从正值盛年的中国土壤里生长出来的文化情怀和文化自信,元气蓬勃,淋漓酣畅。

特别是新世纪以来,中国散文呈现着喷薄的生产态势、磅礴的创作力量、多元的文化禀赋、厚重的文学积淀,是中国文学中不可忽视的中流砥柱。新世纪,不仅是一段时间的度量,更是中国当代文学的一座丰碑。由此我们想到,编纂一套新世纪以来的优秀散文选集,以"观"与"天下"之间的动静、起承、转合,命其名为《观天下·新世纪散文精品文存》,旨在借助这一方平台,延揽天下有识之士,佳构美文,赓续传统,接续文脉,传承星火。

观天下,其实亦是一种天下观。

江山盛文藻,风流亦吾师。这些,在历史上屡见不鲜。昔者，老子观道，孔子观水，张衡观天地，陆羽观茶茗，鬼谷子观兵势进退，司马迁观史海沉浮，徐霞客观山川纵横，曹雪芹观人情厚薄……但有如兰之心，如炬之眼，世间万物，莫不可观，每观一物，莫不有所得。因于此，中华文化时有天光迸射，奇绝突进——在漫长历史的某个节点，在广袤大地的某个角落，忽然就会有某个人，源于一生默默积累，也源于一时灵感驾临，观天下事，察世间理，洞幽烛微，豁然开悟，由此写下了流传后世的灿烂篇章。

于世道有补益，于人心有润泽，于时代有启悟——这是"观天下"的宗旨，也是"天下观"的初心。

《观天下·新世纪散文精品文存》共收录文章85篇，分为4卷，分别为《何不就叫杨绛姐姐》《鹤梦不离云》《辛亥年的枪声》《在土地上睡着和醒来》，每一卷文章均按照作者姓氏拼音排序。这些文章，每一篇都可圈可点，无论是观人文、观世事、观历史、观山水，或者观其他，均厚积薄发，皆有所创见。

在这套文存中亮相的作家，有已过杖国之年的文坛宿将，如王蒙、贺捷生、蒋子龙、梁衡、王充闾、郑欣淼、陈建功、王巨才、冯骥才、高洪波、丹增、毛时安、叶廷芳、杜书瀛；有正值人生盛年的中流砥柱，如铁凝、陈晋、莫言、贾平凹、吉狄马加、单霁翔、张抗抗、李敬泽、阎晶明、阿莹、阿来、麦家、陈世旭、叶兆言、宗仁发、南帆、龙一、韩毓海、梁平、彭程、徐坤、刘亮程、陆春祥、鲍尔吉·原野、古耜、孙甘露、邱华栋、黄宾堂、陈启文、何向阳、武歆、朱伟；有清典可味的青年才俊，如贾梦玮、蒋蓝、宁肯、熊育群、周晓枫、李修文、祝勇、饶翔、李菁、郭文斌、成都凹凸、齐欣、穆涛、徐可、叶舟、萧歌，等等。他们风格迥异，各有妙趣，却纵横浩荡地连接起中国新世纪以来色彩缤纷的散文长廊。

贺捷生是开国元勋贺龙元帅的女儿，是中国文学界深受敬重的老大姐。每每读到贺捷生的文章，我们都更加怀念在民族危难之际高举义旗、为新中国诞生而浴血奋战的先辈们。往昔岁月沧桑，犹忆血火峥嵘。在贺捷生的文章中，那些柔韧而刚强的叙事，那些凝聚生死、牵连命运的革命历史细节，令人震颤，更令人振奋。长歌可以当哭，远望可以当归。贺捷生的文章如夜半啼血、呼唤东风的子规，有着挥之不去的悲壮。与此同时，她也在用淋漓热血般的文字警示后人——我们走向未来，绝不能忘记昨天，不能忘记我们的初心。

从对现代文明充满憧憬的少女香雪，到具有象征意味的红衬衫；从撕开了生活丑陋和血污的玫瑰门，到尹小跳饱受尝艰辛的情感历程；从被汪曾祺称赞"俊得少有"的孕妇和牛，到浓缩了旧中国数十年历史的冀中平原小村庄……铁凝的每一次亮相，都带来当代中国文坛的一次惊喜。作为中国文学的女掌门，铁凝细腻地关注生活中普通的人与事，关注生命本质和苦难的思考。清爽而机敏，明朗而干练，熨帖而泼辣，沉着而睿智，这是铁凝的风格，她的每一个字、每一篇文章、每一本著作，都期冀用文学的薪火温暖世界，致敬理想，遥望未来。

古人说，君子坦荡荡。我以为说的就是蒋子龙。他澄净、真挚、率性，冷酷的外表下埋藏的是一颗火热的心，犀利的笔锋中挺立的是一个大丈夫的伟岸。他的每一次出现，似乎都意味着正义和真理的一次隆重宣誓，恰如当年，他的每一部新作的诞生，都会以雷霆之势引发一场轩然大波——不管我们曾经遭遇哪些坎坷、波折、苦难，正义和真理从未曾缺席。

40年前，他携改革文学横空出世，真实、立体、多元地记录了中国改革开放的历史方位和社会路向，他笔墨沉着，舍我其谁，赞美中蕴含忧患意识，讴歌里不失批判精神。40年后，我们发现，他不仅是改革的记录者、见证者，更是改革的参与者、实践者、推动者。

陈晋是文献研究专家、党史研究专家，他的研究重点在毛泽东文献和思想。近年来他青灯黄卷，稽古钩沉，相继出版了一系列关于毛泽东研究的著作，每一部都引发了学界的极大反响。在《文章千古事》中，陈晋以扎实的研究功力，通过毛泽东在新中国成立后对自己著述的评价，科学地、客观地陈述了毛泽东思想从萌芽到成熟的脉络，写出了毛泽东的理论能力、认识水平、政治智慧、担当意识、创造精神、个人魅力，表达了他对于历史问题和和历史人物的理性的态度

1925年10月10日，紫禁城第一次向公众敞开大门，北京城万人空巷。把皇权定格为记忆，迎普通百姓进门，故宫博物院的诞生是历史的慷慨馈赠。此后的93年，是故宫的公共生涯，每一任故宫博物院院长，都会被浓墨重彩地书写在中国历史上。在这套书中亮相的郑欣淼、单霁翔是历任故宫掌门中不可被忽视的两位。

郑欣淼国学根底深厚，深谙旧体诗词格律。他对故宫保护功莫大焉——首开"故宫学"，主持故宫大修，纪念故宫南迁80周年，提出故宫是重要的世界文化遗产，有着丰富的历史文化内涵，必须将故宫作为一个历史文化整体进行完整保护，唯有如此才有利于其在现代社会中凸显见证历史和展示历史的价值，

以文为鉴，可观天下（代序）

这也是我们的前辈——民主革命时期先行者的遗愿。郑欣淼与故宫是心心相印的。在《短笛小诗忆旧游》中所记叙的北京故宫同台北故宫隔绝半个世纪之后的文化交往，以及他与台北故宫博物院院长秦孝仪的诗书唱和，拳拳之情溢于言表。

文章须得江山助，这句话放在单霁翔身上是不错的。早年在日本学习时，单霁翔便开始从事关于历史性城市与历史文化街区保护规划研究，此后主持故宫筒子河、圆明园遗址、明北京城墙遗址的保护整治，北京旧城、北京皇城、北京奥林匹克公园的保护和规划。辽阔而悠远的中华文明在支撑着单霁翔，他的文章有着非凡的底气和视野，纵横捭阖，浑然天成。近年来，单霁翔执掌国家文物局，入主故宫博物院，着手乡土建筑、文化景观、文化线路、工业遗产的研究和实践，这是中华文明的诞生之地，是中国历史的幽静渊薮，是中华民族以迈往之气、行正大之言的豪气底气所在，这让他的文章充满了非同寻常的凝重、深邃。

丹增的文字具有自然般的神力，复苏了一个古老大陆的命运和梦想。丹增，翻译成汉语的意思，就是继承佛法、弘扬佛法、扶持佛法。丹增出生在怒江上游的森林中，明净的怒江及其同样美好的森林一直珍藏在他心里。从青藏高原到彩云之南，丹增不断地以明察而热切的力量，加持自我，照亮周遭，为日渐消弭的世界筑起了一道永恒的记忆堤坝。不论是藏文还是汉语，黑黢黢、密麻麻的文字背后，我们仿佛看到那些不甘心的光芒挤压出来，它们飘浮着，陌生，别致，灵动，晦涩难懂，曲折复杂，像雾像雨又像不羁的风，像预言像隐喻又像莫名的谶语。他笔端的生死，不是两极，而是一体；他胸中的万物，各有其灵，尽善尽美。在湿润温暖的土地里，生死万物都平等地沐浴阳光，开枝散叶，春种秋藏，它们是神祇的宣示、真理的昭告，大音希声，却震慑寰宇。丹增的散文，具有的是史诗般的气势，它们如同漫漫长夜中的启明星，用即将到来的晨曦征兆光明。他用天真隽永、朴素热烈的书写，深情抒发他对自我的呼唤、对生命的勘悟、对永恒的追寻，深情讴歌他对人类命运黄金时代的怀恋和追忆。

从苍茫寂寥的大凉山走到历史纵横的古都北京，又从历史纵横的古都北京走到灵魂直接天际的青藏高原，吉狄马加始终坚持自己是一个彝族文化的守望者。他的眼睛里盈溢着圣洁的太阳，他的血管里回荡着马蹄的声音，他的灵魂在字词诗行间舞蹈，他的心在高山和原野间歌唱。数十年来，吉狄马加痴痴地用他的寂寥的吟唱、他的粗犷的文字，编织着一个属于自己，更属于同样痛苦、倔强、高贵的伟大民族的颂歌与梦想。他的散文与他的诗歌一样，视域宏阔，洞察敏锐，警譬精妙，蕴含着超凡脱俗的慈爱与悲悯，从而具有了超越种族局限的人类情感，具有了穿越时空睽隔的深邃伦理，具有了史诗的气质和力量。真正优秀的作家，他的创作是寂寞而伟大的，吉狄马加尤其如此。

李敬泽首先是优秀的评论家，他以笔为犁，搔采爬梳，为中国当代文学培养了庞大的队伍、奠定了雄厚的基础。贾平凹曾经列举坊间流传去北京不可或缺的三大盛事——登长城、吃烤鸭、见李敬泽，并不是笑言。李敬泽还是一个出色的作家，他的散文、随笔、杂记、小品文无不妙趣横生。从理论到体系，从解构到建构，从纪实到虚构，从理解到意义……这些在

以文为鉴,可观天下(代序)

批评家的文章中反复出现变得硬邦邦的概念,在李敬泽的文章中却显得异常深沉、宽厚、柔软。值得一提的是,他用他的散文,构筑了一个神奇的世界。在这个世界里,春秋时代宽阔敞亮,荷马歌吟血气方刚,万历皇帝清敏讷言,时光之晷凝重忧伤,他的历史叙事让人拍案惊奇,让人魂飞魄散。

中国有个成语"绵里藏针",李敬泽的文章则从来都是"绵里藏刀"。古代的兵书里有三十六计,李敬泽的文章之道却常常在三十六计之外,连环相扣、环环相生数不清的三十六计,在他倒转的笔锋里。时间如流水,更如刻刀,他的满腹的才华变成了行云流水的任性,满腔的热忱变成了睿智老辣的和颜悦色,满纸的锋芒变成了四两拨千斤的恬淡从容。这是多年阅读与思考练出的慧眼,是生命与智慧成就的通达。

从《尘埃落定》开始,"阿来"这两个字便注定有了特殊的含义。带着敦厚的憨笑,拖着沉重的脚步,阿来从他身后敦厚沉重的高原走来,如同晨曦浮动在大地之上。他的声音,有些沙哑,但是坚定;他的神情,有些落寞,但是沉着;他的笔锋,有些滞涩,但是凝重。阿来出生于马尔康大渡河上游的嘉绒藏族,而他生命的道道履痕都始终围绕嘉绒。

在这里,他见证了世世代代半牧半农耕的藏民族的寥廓幽静,见证了土司部落从富裕、繁华、精致到贫穷、衰落、土崩瓦解的整个过程,见证了具有魔幻色彩的高原缓缓降临的浩大宿命;也是在这里,他见证了那些暗香浮动、自然流淌的生机勃勃,见证了随着寒风而枯萎的花朵、随着年轮而老去的巨柏、随着时间而荒凉的古老文明。阿来的目光,掠过高原,掠过天空,掠过河流,掠过冰封的大地,掠过凋谢的荣耀,然后——抵达不朽。这就是阿来,他用温暖包裹起彻骨的寒凉,用锋芒挑落被华丽尘封的沧桑,他是这个时代寂寞而执着的书记官。当然,我们不曾忘记马尔克斯的那句谶语,生命中所有的灿烂,终究都要用寂寞来偿还。

从小便顶着祖父叶圣陶、父亲叶至诚光环的"听话的老实孩子"叶兆言,从来没想到过要做一名作家。祖父和父亲作为知识分子的戏剧化命运,让他对文字爱恨交加。然而,缪斯却因此更加偏爱他。他出生时,父亲听从拆字先生的点拨,将自己姓名中的"诚"字拆出"言",将母亲姓氏中的"姚"拆出"兆",组合为他的名字,这便有了"叶兆言"。

20世纪80年代末期,凭着一鸣惊人的中篇小说《枣树的故事》和"夜泊秦淮"系列,叶兆言以一个"世故而矜持"的叙事者形象登上中国文坛,以后一发而不可收。不管是饱蘸笔墨,追忆秦淮遗事,还是淋漓抒怀,编织市井传奇,叶兆言的内心里都有着一股"摄身凌青霄,松风拂我足"的傲岸。然而,喜欢叶兆言的人却懂得,无论写什么说什么做什么——谈历史,谈生命,谈神佛,谈祖先,谈未来,谈灵魂——他傲岸的内心却有着一种不同寻常的葡匐,对普通人平凡生活的尊严总有着忍不住的关怀。

黑格尔曾经说过一句妙趣横生的话:"只有在天黑以后,密涅瓦的猫头鹰才会起飞。"其实,不妨用这句话来讲述宗仁发的故事。20世纪80年代,在中国改革开放的大潮下,宗仁发主持被誉为"中国的《纽约客》"的《作家》杂志。35年来,虽然偏居东北一隅,但是,这个杂志却成为中国当代文学的一块热土,中国当代文学创作的"第一现场",刊发了一大批不胜枚举的有影响的作品。作为主编的宗仁发,还有着很多身份:诗人、作家、评论家。他用诚恳真挚的作品,将内心世界的瑰丽想象与现实生活的朴素存在融会贯通,在高速行进的现代化、全球化的喧嚣中,用文学给整个世界保留足够的温暖和静谧。

何向阳出身于书香世家,自幼浸润于诗书礼法文章之道。正如韩愈所言,"目濡耳染,不学以能。"何向阳永远是恬淡冲净的,如同寒冬里的暖阳,优雅柔和,方雅清劲,起居行坐,虽水一般柔弱,却无时无刻不见其士君子之风。若以酒来比喻何向阳,她该是日本的清酒,没有肆虐的香醇,却令人头晕目眩;若以饮茶来品味何向阳,她该是安吉的白茶,没有泼墨般的颜色,却有着回甘不已的芳甜;若以季节来形容何向阳,她该是早春的那一抹惊诧和喜悦,抑或是晚秋的那一抹流连忘返,短暂,如梦,如烟,如闪电。何向阳是曹雪芹笔下不染一丝尘埃的雪原,白茫茫的大地真干净。何向阳不是一无所有的干净,那是一种"挫其锐,解其纷,和其光,同其沉"的清澈和从容,是一种"知其雄,守其雌""知其白,守其黑""知其荣,守其辱"的丰盈与饱满。

作为玩家、小说家、历史学家的龙一,其实是散文高手。他的每一部小说和每一部小说中的人物都呈现着特别的精致——精致的设计、精致的描摹、精致的工艺、精致的结构。他像一个耐心的银匠,专心致志地"潜伏"在自己的写作中,在方寸之地里挥舞笔墨,搅动山河。与他惊心动魄的小说不同,他的散文精致、闲散、舒缓、优雅,是他的人生观、世界观。他安静于自己安静的生活,我思故我在,我在故我思。所以,他的每一篇小说都像一颗炸弹,在依然不再有惊奇的世界炸出频频的惊奇；他的每一篇散文都像一株他精心侍弄的花草，安详，茁壮，清香拂面，唇齿留芳。

周晓枫的文字精灵古怪，无所不及，无所不能，无所不嬉笑怒骂，然而皆成就她的文章。如同一个老得连自己年龄都记不住的巫师，她数十、数百，不！数千年、数万年如一日，不厌其烦地熬着她的私密魔法神汤。她将一个又一个简简单单的方块字投进去，将一篇又一篇诡谲莫测的文章捞出来，让周遭的朋友一次又一次瞠目结舌。时光倥偬，她像大树一样隐藏着自己的年轮，魔法在年轮之间沉淀、积蓄、储藏，爆发为磅礴的力量。巫师的心里，有着比她的年龄更庞杂和繁密的丰富。巫师的汤里，是纤毫毕现、色泽斑斓的细腻，还是秉烛探幽、独辟蹊径的勤勉？是心机缜密、水泼不进的沉潜，还是生龙活虎、底气充盈的洞察？那些神奇的配料，只有周晓枫自己知道。

如果说文章是有感觉的，那么李修文的文章对应的感觉一定是"疼痛"。不论在小说还是散文中，他都以鲜活的灵感、难得的赤子之心追逐并享受着这种疼痛——爱的疼痛，恨的疼痛；执的疼痛，舍的疼痛；喜悦的疼痛，哀伤的疼痛；欢聚的疼痛，离散的疼痛；生的疼痛，死的疼痛；山风呼啸的疼痛，水波不兴的疼痛；枝繁叶茂的疼痛，粉身碎骨的疼痛。

李修文的语言是疼痛中的精灵，既跳荡又幽静、既沉郁又生动、既疏朗又密致，深邃从容，超然物外。语言的力量，看似平静，却如冰山下的潜流，它推动着那种埋藏在大地深处的疼痛，顺着树干、顺着枝叶向天空伸出手臂，大声呼号，这是李修文扎根在生命深处的超感，超拔远览，渊然深识，无远弗届。

想到古人诗书里"玉树临风"几个古里古气的字，便想到饶翔。这四个字,不仅是一种仪容和风貌,更是一种生的姿态、活的姿态——吟咏四时,吐纳天地,神与物游,澡雪精神,形在江海之上,心存魏阙之下。饶翔喜爱侍弄花草,喜爱烹饪美食,喜爱聚友浅酌,喜爱淡泊功名,喜欢于现代化的社会里全然业已消逝的一切,他将"异化"这个颇令现代人尴尬的词断然隔绝在生命之外,像武林侠客仗剑江湖,每每手起剑落,干净,利索,不留后患,不滞牵绊。饶翔是一个好作家,更是一个好编辑,他像侍弄他心爱的花草一样侍弄文章,像烹饪美食一样烹饪美文,我敢说,中国当代文学行将存世的大半文章,将出自他的园地。"玉树临风",说到底,这里面是透露了一个人生活的秘密。活在俗世,难避红尘万丈,他到底能走多远,到底能飞多高?我以为,在饶翔这里,我们能够找到样本,可以没有终点,可以没有止境。

作为名杂志主笔的李菁,文章看似不动声色,却有着一股充满野心的狠辣。这个世界似乎没有她的脚步抵达不了的地方,也没有她的心灵解读不了的苦难。她的作品,几乎都是一个人的行走,却都是与整个人类的命运息息相关的大题材。这篇《切尔诺贝利,苦难之后》记录的是切尔诺贝利核爆炸 30 周年之后她的一次回访。1986 年 4 月,一声巨响,切尔诺贝利核电站在火光中爆炸并发生核泄漏,其辐射量相当于 400 颗美国投在日本的原子弹,这片无人区至今仍令人闻声色变,访问者寥寥。然而,李菁狠狠地将自己扔在这里,她用她泼辣野蛮的行走,写出了这片土地经历的磨难,写出了文明世界的道德和尊严。这是她对人类苦难的哀悼,是对人类面对苦难的勇气的敬礼。

必须说明的是,书稿付梓之时,我发现,因阅读有限,目力所及，这套文存所选文章难免挂一漏万，有所局限。我会在下一部书中吸取经验，尽力完善。更加遗憾的是，在我着手整理这套文存的时候，高莽、陈忠实、雷达、张胜友四位先生还在为这套书出谋划策，遗憾的是，待到这套文集问世，他们先后驾鹤西去，这真令人唏嘘不已，不禁有今夕何夕之问。让他们的心血永存，精神不朽，我以为，恰是对他们最好的纪念。

"观天下"是一套书，是一种人生观、世界观，更是一种实践论、方法论。这些作者、这些文章，代表着中国新世纪散文的一组群像，更折射着中国新世纪政治经济、社会生活、文化历史的方方面面。在每一篇文章之中，我们不难体悟作者的苦心与雄心；在每一篇文章之外，我们更需要思考宇宙的奥妙和人生的真谛。

时光如流水，一去不复返。在未来的某一天，当风吹皱了我们的容颜，吹皱了我们的心事，也许能让我们在喧嚣中专注倾听的，是这些永远无法被时光抹去的奥妙和真谛吧？观天下方能平天下，平天下方能安天下；所谓观天下之道，实乃安天下之道。

以文为鉴，可观天下；以文为剑，可安天下。

阿 莹
法门寺之佛
/ 006

鲍尔吉·原野
白银的水罐
/ 016

陈启文
谁能改写历史
/ 022

陈忠实
愿白鹿长驻此原
/ 040

成都凸凹
南丝路起点勘行书
/ 048

高洪波
莲峰觅古
/ 062

郭文斌
中秋是归途
/ 070

黄宾堂
广西广西
/ 082

韩子勇
在新疆
/ 092

蒋子龙
毛乌素之魂
/ 104

雷 达
天上的扎尕那
/ 112

刘亮程
在土地上睡着和醒来
/ 126

陆春祥

《霓裳》的种子

/ 150

龙 一

刺桐古城花欲燃

/ 160

梁 平

嘉陵江记

/ 168

麦 家

最美是杭州

/ 182

齐 欣

北京之北

/ 196

苏沧桑

水下六米的凝望

/ 206

王巨才

松阳·老街·面

/ 214

王 彬

行走在古老而年轻的胡同里

/ 224

徐 坤

春上明月山

/ 238

徐 刚

野草在摇曳未来

/ 244

远行者

白斗冲的点滴记忆

/ 260

朱 伟

季节的史诗

/ 266

■ 阿 莹

作 者 简 介

1979年开始发表作品。中国作家协会会员,中国戏剧家协会会员,第五届陕西省作家协会副主席。先后发表小说、散文百余篇,多篇被收入全国年度选集和中小学生课外读物。著有短篇小说集《惶惑》,散文集《绿地》《旅途慌忙》《大秦之道》《饺子啊饺子》等,报告文学《中国9910行动》,剧作《米脂婆姨绥德汉》《大明宫赋》等。《俄罗斯日记》获第三届冰心散文奖,《中国9910行动》获第三届徐迟报告文学优秀奖,《米脂婆姨绥德汉》获国家文华大奖优秀编剧奖和第二十届曹禺戏剧文学奖等奖项,话剧《秦岭深处》获第三十一届田汉戏剧奖一等奖。

作家印象

一座法门寺，千载家国梦。陕西是中华民族和中华文明的重要发祥地，上户之村，不废诵读，从轩辕黄帝在这里铸鼎、分华夏为九州，到中华农耕文明的始祖后稷在这里教稼先民从事农业生产；从中华文字文明的始祖仓颉在这里发明文字，到周文王制定礼乐制度、周武王分封天下；从秦始皇统一中国，到灿烂辉煌的汉唐盛世；从丝绸之路的起点到赐福镇宅圣君钟馗故里，无不激荡着阿莹的笔端。

阿莹生于斯长于斯，执掌太常经年，对这里一往情深，他以高超的叙事技巧和恣肆的叙事激情敏锐捕捉了西北文化的精神特质，深刻地注释着其背后中华民族的精神命脉。阿莹的文字充满了黄土高原的丰厚和戏谑，充满历史的诡谲和诗意的奇想，从敦实的石鼓山到巍峨的秦岭山脉，从神话的远古到神祇的现今，从出题的祖先到答题的子孙，阿莹用看似憨朴的叙述讲述了岁月的机锋、历史的机智，从而处处充满了深刻的启示。他的文学，不仅从中华文明的优秀传统中汲取了营养，而且将人类的普遍处境逼真地反映出来，殊为难得。

——李 舫

法门寺之佛

■ 阿 莹

诸佛子等,谁能护法,当发大愿,令得久住。

——摘自《妙法莲华经》

  我已经记不清最早是哪一年踏进过那个青砖铺就的古禅院的,只记得那座被杂乱的土坯农舍包裹的塔寺,没有巍峨辉煌的大雄宝殿,也没有多少青衣布衫的僧侣,就是那座被奉为圣物的古塔,可以毫无顾忌地依偎在塔下吃食玩耍,还可以随意拉住小沙弥聊聊禅院里的念经生涯。

  几乎毫无例外,每次小沙弥都会煞有介事地告诉你,塔下藏有一座地宫,却没人敢进去探秘,因为地宫里游动着几十条口吐红信的青蛇,大家一听便毛骨悚然,囫囵咽下几口干馍就离开了破窗烂垣的大院。走出好久了,回望那座耸立在斜阳里的古塔,依然会隐隐感觉藏在塔下的青蛇蠢蠢欲动。后来我常常担忧,整日里要与青蛇为邻是需要胆量的,我不禁对生活在寺里的和尚们和寺外的百姓们报以敬佩,也把疑虑投向古风荡漾的十三层塔刹。

后来,在一个风雨交加的晚上,那座古塔突然从中劈裂塌下一半来,而另一半却岿然屹立,恰似一把宝剑直刺云天。很快便有消息传来,人们在重修宝塔时发现了藏满宝物的地宫,于是全世界的目光一下子聚焦过来,这的确是一个难以用言词形容的20世纪的伟大发现,2499件国宝级文物整齐亮相,尤其那传承有序的真身佛指舍利让亿万信徒泪流满面,也给我们的世界带来迷人的遐想,从此这个古老而又残破的寺院又焕发出久违的精彩来。

经过仔细清理,人们惊异地发现,那唐代迎送佛指舍利的仪式,竟然在地下默默地继续了一千多年,那是唐高宗等八位皇帝率领的一支支流光溢彩的迎请佛指的队伍,人们捧着一个个盛着艺术瑰宝的箱函,涌向供奉"护国真身佛指舍利"的永久圣地,最后由唐末的僖宗下旨永久封存地宫。于是这座深藏不露的地宫完全按佛教密宗的仪轨布置起来,里边有在现在被奉为佛界圣物的金银礼器,有如今已难见真容的秘瓷茶具,还有来自古罗马精美的琉璃器皿,更有皇妃们供奉的锦绣衣裙,统统都翔实刻碑立册,放置在古塔下神秘的地宫里,然后长长甬道遍撒铜钱,地宫门便被两块青石结结实实地封闭起来。

而正是那道"圣明"的封塔御旨,让这些国宝得以在一千多年后完美地呈现给20世纪以后的人们。然而也就是从地宫封闭的那一刻起,各种各样的眼神便也瞄上了那里,磨难和危机也就悄然而生了。

那座高高耸立的法门寺古塔目睹了周原的麦青秋黄,也见证了渭河两岸的风烟沧桑。可能今天的人们已经很少有人知晓,这里在东汉时建造的阿育王塔已查无形貌,而唐高宗在法门寺修造的竟是四边四层的木塔,以后历代皇帝顶膜礼拜的也就是那座古柏木塔。可惜木质结构还是没能经受住数百年来的风雨磨砺,明嘉靖年间发生的关中大地震,使那座已经腐朽的木塔在地裂声中松垮扭曲,终于没能挺过淫雨肆虐的寒暑塌落成墟。只是没想到关中人会有这样的胸襟,当地百姓们刚刚安顿好生活后,两位乡绅党万良和杨禹臣便召集族人集资重修法门寺宝塔。如今已不知究竟是谁设计了这座八棱十三层的青砖宝塔,当时的期盼可能就是屹立在庙庑中间,永久守护佛门的袅袅香火。

宝塔着实不易,两位乡绅身先士卒,不但献出了全家多年的积蓄,还想方设法出门招募,这里我无意去追索有位苦行僧自残肩胛穿上铁链沿街乞捐,也无法全面展示当年重建的艰繁,唯一让我特别感兴趣的是,明代的重建是在唐塔原址上进行的,因此地基必须要处理得更为坚实才能承重砖塔。所以,修塔的工匠们当时一定发现了藏埋塔下的地宫,那地宫的入口和拱顶大概已经剥露到人们面前了,而且当时距离皇家最后的礼佛大典仅仅过去了七百多年,那两位乡绅如果想揭开古塔下的秘密易如反掌。但是后来我们发现,那些供养在地宫里的宝物从来没有被扰动过,依旧是严格的密宗格局,这足以证明万历年间重建砖塔时,地宫没人敢揭也没人进去,想想这该是多大的慈悲胸怀啊!

而更加耐人寻味的是,那明代勒刻的有关重建宝塔的四块石碑和众多砖刻,洋洋洒洒累积两三千字,记载了重修宝塔的艰辛和过程,连谁捐过几升麦谷几块方砖都记载得清晰翔实,却没有关于地宫的只言片语。我在那几块明碑前沉默良久,忽然明白了，当时人们一定知道地宫的供奉物价值连城，但没有一个乡人工匠动过邪念，而且为了避免以后有人搜寻盗掘，有意在重建宝塔的碑文中遗漏了发现塔下地宫的情形，使得以后的岁月多少次狼烟四起兵燹匪患而没有招致黑手，为后代留下来了人类文明的顶级珍品，也让现代人能够直观地感受到大唐的魅力。

这绝对是一个伟大的"遗漏"！

但是，当时间跌跌撞撞地扑进20世纪，地宫珍宝圣物又经历了两次惊心动魄的危机，那惊险程度让所有的知情者倒吸一口气呢。那是20世纪30年代末，中华大地烽火连天，日寇飞机已经多次深入到法门寺上空盘旋，然而就是在这个动荡的时候，一位将军来到陕西赈灾，他姓朱字子桥，对积淀着传统文化的古刹一往情深，即使在颠沛流离的岁月，依然走到哪里都要进寺拜佛，终于他走进了古风浓郁的扶风县。但是，当他把目光久久停留在法门寺斑驳的山门上，这座盛唐时曾经七千僧侣的佛门圣地，此时此刻只剩一座歪扭的青砖古塔和一个残垣断壁的二进院落了，而且寻遍古刹角落竟无一僧人值守香火，这让走南闯北的将军不禁怆然泪下。他挺身而出号召各界人士慷慨解囊，修复颓败的佛像和塔刹。但这又谈何容易啊？手头的资金拮据，只有麾下三千将士。于是朱将军调来一个连负责寺院的维修，一群身上沾满硝烟的士兵开始了修复渭河北岸古刹的"战略工程"。

这些在前线听惯了枪炮声的战士们，又听到沉稳悠扬的晨钟暮鼓，心灵便像接受了和平与慈善的洗礼，他们砌好了残墙，补好了漏房，又搬开塔边石板灌下灰浆，试图以此阻止古塔继续倾斜。然而，几天以后在塔基忙碌的士兵忽然一阵惊呼，原来他们发现了一个石砌的洞口，犹如张开的幽深喉咙，可窥一条石板铺就的阶梯缓缓伸向漆黑的塔底。有胆大的想下去看看，战战兢兢走到一半听到脚下哗哗乱响，便吓得连滚带爬回到地面。朱子桥闻讯后当即赶到塔下，他手持电筒深入塔底细细观察，就见迎面一道石门，从那门缝里朝里窥望，隐约可见影影绰绰的黄斑，似有硕大的佛案支在里面。他顿时明白了，那年唐僖宗敬奉的几千件绝世珍宝和那护国真身舍利就在这道石门的后面，只要撬开来就会是一个惊世的发现。但是，这位深明大义的将军果断地返回地面，他明白这些宝物足以让贪婪的冒险家发动一场战争了，而现在日本人就在黄河对岸觊觎徘徊，随时可能踏进关中决战。况且在这兵荒马乱之时，要保住老祖宗留下的这些宝物，需要大量的军警夙夜护卫，国难当头我们的战士更应该坚守在抗日的战场上！

朱子桥毫不犹豫地做出了一个决定，立即封存地宫，宝塔维修只补裂缝，不再向地下延伸。为了避免不测，朱子桥请来一尊石佛压在地宫口的石板上，还搞了一个简单的安奉仪式，与参与维修的官兵面对佛陀发下毒誓，今生今世绝不把地宫秘密透露给任何人，声声誓言久久撞击着古老禅院的垣壁。同时朱子桥又刻意让部下放出话来，法门寺塔下地宫游动着一层青蛇，揭开石板就会有青蛇飞出咬人，任谁听了都会心悸胆寒，以至在以后很长的时间里，宝塔下隐藏青蛇的传言在周原上不胫而走；以至多年后法门寺宝塔又迎来一次重修，当地百姓依然担忧塔基下会蹿出红信抖动的青蛇伤人。这大概称得上是最为灵验的护宝咒语了，神奇地把邪恶挡在了法门寺的残墙之外。

这绝对是一个伟大的"谎言"。

但这个恐怖的谎言，并没能在三十年后的"文化大革命"中挡住红卫兵"挺进"的步伐。在那个视一切传统文化为"四旧"的年月，挖开法门寺塔下地宫，把里边所谓的礼佛器物扔出来砸毁了，无疑会成为当时最具"革命性"的举动。于是在一个阳光昏懒的日子，一群"小将"手持镢头铁锨集聚到法门寺。他们首先捣毁了大雄宝殿的佛像，又撕烂了藏经阁里的佛典，最后把目光投向正阴郁地注视着他们的青砖宝塔。他们当然不知道地宫口在哪里，一群人扩散在塔基周围，抡起各种工具开始了"声势浩大"的掘地行动。当时凋残的法门寺只剩下两位僧人了，有位良卿法师是位住持，他想上前告诫激情万丈的"小将"们，挖掘地宫将会吞下恶果，给黎民百姓带来灾难。

但那些造反的"小将"们哪里听得进这般忠告，他们挥镢刨地的劲头更足了，破"四旧"的声浪直逼岌岌可危的塔刹，这是一个多么令人沮丧和难堪的时刻啊！当时，能不能说是千钧一发，我今天已难以考证了。且听突然有人尖叫起来，只见良卿法师把一团被褥抱到大殿后门，自己端坐其上，默言心语，然后淡定地把两瓶液体从头浇下，"小将"们马上闻到了煤油气味，但大家不知道这位一身青衣的老和尚究竟想干什么。忽然，老和尚点燃了一根火柴，只听"轰"的一声，火苗四蹿，立刻燃遍了法师全身，也染红了法门寺的角落和上空，整个世界在那一刻似乎都停止了呼吸。

至今让目睹者难忘而又叹服的是，良卿法师在熊熊烈火中竟然双手合十神态安详，直到火焰把他烧成炭人，依然保持着坐禅涅槃的姿势，传说当时真有鹂鸟飞天直上云霄呢。"小将"

们哪里见过这般情形，不知谁惊呼一声，一伙人撒腿跑出了法门寺山门。毫无疑问是良卿法师驱走了地宫珍宝的又一次劫难，难以想象如果那些"小将"们当时掘开地宫，用镢头砸烂那些精美绝伦的"封建残余"，捣碎凝结着信徒梦想的真身佛指舍利，多少辉煌和秘密将会随着"小将"们的亢奋而毁于一旦，会给今天留下多少扼腕长叹的遗憾。但这一切的一切，都让良卿法师用肉身化解了，用生命捍卫了国家宝藏和佛教界尊严。

这绝对是一个伟大的"涅槃"。

当中华大地终于迎来改革开放，人心思变，百业待兴，国家重修法门寺宝塔，使得那些稀世国宝和真身舍利轰然面世。那位佛学造诣深厚的赵朴初先生闻讯赶到塔下，感叹有生之年能瞻拜到真身舍利欣慰无比，惊呼这将是盛世来临的吉兆。而那些稀世珍宝更叫人们大开眼界，有位毕生研究古瓷的老专家只用手摸了一下秘瓷果盘，就激动得泪如雨下，连呼此生足矣。随后人们投入巨资对法门寺进行扩建，按佛法僧三界进行规划，形成了一个恢宏的佛教文化景区，此乃佛门祥瑞国之幸事矣。

如今，我们已经可以平心静气地回首往昔了，我站在修葺一新的宝塔下，望着古香古色的珍宝馆，突然眼前豁然开朗，其实法门寺这个唐朝皇家的外道场，从封闭地宫的那一刻起就不断会有黑手企图染指，连做梦都想把国宝盗掘出来据为己有，但是古寺经历了一千多年的风雨砥砺，凋敝到只剩下一塔一院，荒凉到没有一个僧侣，地宫依然能够安然无恙，这归根结底是这里的百姓护宝之心古已风行，那几近天真的"遗漏"和"谎言"，黎民百姓绝对心知肚明，只是良心驱使不愿揭穿罢了。所以，法门寺能有今天的辉煌，绝对是有真"佛"在佑护，而这个真"佛"，就是世代劳作在这片土地上的百姓，那乡绅那将军那法师正是他们虔诚的代表！

正是他们守护了中华文明生生不息！

■ 鲍尔吉·原野

作 者 简 介

姓"鲍尔吉",即蒙古族诸部落中黄金家族的命号,1958年7月出生于呼和浩特市。1979年毕业于赤峰师范学校,在赤峰广播电台从事编辑记者工作9年。现为辽宁省公安厅专业作家,辽宁省作家协会副主席。1981年开始发表作品,已出版散文集《草木山河》等数十部作品。小说、散文、诗歌、文学报告等均多次获奖。鲍尔吉·原野与歌手腾格尔、画家朝戈并称中国文艺界"草原三剑客"。

作家印象

像村上春树一样,鲍尔吉·原野喜欢跑步,他的思绪在天上飞,他的脚步在地下飞,在天上和地下的飞翔中,他练就了他文章的风格:洗练,简洁,幽默,睿智。

鲍尔吉·原野的文章,适合一个人的时候捧读,他在里面埋藏了许多许多机巧,而要找到这些,需要足够的安静、足够的智慧,更需要足够的默契。方此,才能心领神会,抚掌,拍案。

我曾经在他文中"彩蛋"的指引下,为他的名字而笑,为他的谣言而笑,为他遭遇的种种刁难而笑,为万事万物的灵魂而笑。相信很多人与我一样,微笑,讥笑,苦笑,傻笑,嘿然一笑,捧腹大笑。而世界,在这笑声中由顽固的全部解构为复杂的细节,再由破碎的局部整合为坚韧的整体。

这是文字的捕魂草,这是笑声的冲击波。

——李 舫

白银的水罐

■ 鲍尔吉·原野

井是村庄的珠宝罐。井里不光藏着水,还藏着一片锅盖大的星空和动荡的月亮。

井的石壁认识村庄的每一只水桶。桶撞在石头的帮上,像用肩膀撞一个童年的伙伴,叮——当,洋铁皮水桶上的坑凹是它们的年轮。

那些远方的人,见到炊烟像见到村庄的胡子,而叫作村庄的地方必定有一口井,更富庶的地方还有一条河,井的周围是人住的房子。在黑夜,房子像一群熊在看守井。没人偷井,假如井被偷走了,房子就会塌。

井为村庄积攒一汪水,在十尺之下,不算多,也不少。十尺之下的井里总有这么多水,灌溉了爷爷和孙子。人饮水,水进入人的血管,在身体上下流淌,血少了再从井里挑回来。村里的人有一种类似的相貌,这实为井的表情。

井用环形石头围拢水。水不多也不少,在清朝就这么多,现在还这么多。村里人喝走了成千上万吨的水,水不增不减,不垢不净。多少人喝够了井水翘胡子走了,降生面貌陌生的孩子来喝井里的水。井安然,不喜不忧,在日光下只露出半个脸——井只露半个脸,另半个被井帮挡着——轻摇缓动。井里没有船,井水怎么会不断摇动?这说明井水是活的,在井里辗转。在月光下睡不着觉,井水有空就动一动。

村民每家都有财宝罐,都不大,放在隐秘的地方——箱子、墙夹层,甚至猪圈里。而全村的财宝罐只有这口井,它是白银的水罐,是传说中越吃越有的神话。水井安了全村的心。

水井看不到朝暾浮于东山梁,早霞烧烂了山顶的灌木却烧不进井里。太阳和井水相遇是在正午时光,它和水相视,互道珍重。入夜,井用水筛子把星斗筛一遍,每天都筛一遍,前半夜筛大星,后半夜筛小星,天亮前筛那些模模糊糊的碎星。井水在锅盖大的地方看全了星座,人马座、白羊座,都没超过一口井的尺寸。

井暗喜,月亮每月之圆,是为井口而圆。最圆的月亮只是想盖在井上,金黄的圆饼刚好当井盖,但月亮一直盖不准,天太高了。倘若盖不准,白瞎了这么白嫩的一个月亮。太阳圆、月亮圆、谷粒圆、高粱米圆,大凡自然之物都圆。河床的曲线、鸟飞的弧线,自然的轨迹都圆。人做事不圆,世道用困顿迫使他圆。圆的神秘还在井口,人从这一个圆里汲水,水桶也圆。人做事倾向于方,喜欢转折顿挫,以方为正。大自然无所谓正与不正,只有迂回流畅。自然没有对错、是非、好坏。道法自然如法一口井,大也不大,小也不小,不盈不竭,甘于卑下。

大姑娘、小媳妇是井台的风景。大姑娘挑水走,人看不见水桶,只见她腰肢。女人的细腰随小白手摆动,扁担颤颤悠悠。

井边是信息集散地，冒人间烟火，有巧笑倩与美目盼，孩子们围着井奔跑。村里人没有宗教信仰，井几乎成了他们的教堂。但没人在井边忏悔，井也代表不了上帝宽恕人的罪孽。但井里有水，水洁尘去污，与小米相逢化作米汤，井水可煎药除病。井一无所有，只有水。一方水土养一方人，水说的是井与河流，土是耕地。对树和庄稼来说，井是镶在大地的钻石。鸟不知井里有什么，但见人一桶一桶舀出水来，以为奇迹。春天，井水漂浮桃花瓣。入井私奔的桃花，让幽深的水遭遇了爱情。花瓣经受了井水的凉，冰肌玉骨啊。从井里看天，天圆而蓝，云彩只有一朵。天阴也只阴一小块，下雨只下一小片。井里好，石头层层叠叠护卫这口井，井是一个城。

井是白银的水罐，井水变成人的血水。井无水，村庄就无炊烟、无喧哗、无小孩与鸡犬乱窜。庄稼也要仰仗井，井水让庄稼变成粮食。人不离乡，是舍不得这口井。家能搬，井搬不了。井太沉，十挂马车拉不走一口井，井是乡土沉静的风景。

■ 陈启文

作者简介

1962年6月出生于湖南省临湘市。现任中国作家协会全国委员会委员、报告文学委员会委员，浙江理工大学兼职教授，一级作家。主要著作有长篇小说《河床》《梦城》《江州义门》，散文随笔集《漂泊与岸》《孤独的行者》，长篇报告文学《共和国粮食报告》《命脉》《大河上下》《袁隆平的世界》等20余部。获国家图书奖、徐迟报告文学奖、老舍文学奖、全国纪录片一等奖、中国新闻奖、毛泽东文学奖、广东省鲁迅文艺奖等多项荣誉。

作家印象

陈启文的作品似乎很难定义——纪实和虚构，散文和小说，这些传统的或者流行的分类方法对他都不适用。《河床》《漂泊与岸》《梦城》《南方冰雪报告》《命脉》《大河上下》……他的作品是用脚步丈量出来的，也是用心血浇灌出来的。陈启文一直随着他的作品在行走，或者说，他的作品一直随着他在行走，中国的粮道、河道、水道，这些百姓的生存之道何尝不是国家的生存之道？

读陈启文的作品，我常常想到电影中那些奔跑的镜头。他的脚步是峻急的，他的目光是焦灼的，他的心神是漂泊的。他用历史度量着现在，又用现在绸缪着未来。他看见了太多的"是"，又看见了太多的"非"。他筑高台作法，呼风唤雨，却少有知音。他不相信救世主，悲哀地呼唤人类去做自己的主人，为此，他总想跑到时间的前面，断喝一声，以雷霆之势力挽狂澜。这让他的文字始终有着难以释怀的忧患意识，让他的思考超出了一般的文学作品，具有了极度的复杂性、丰富性、前瞻性、戏剧性，甚至是——极度的孤独，极度的苦楚，极度的绝望。

——李舫

谁能改写历史

■ 陈启文

1

兰州，黄河上游第一城。这里不是我的出发点，也不是我的目的地，但是我的必经之路。

漫步在黄河岸边，感到这座城市是流动的。黄河对这座城市似乎特别钟爱，这是中国唯一一座黄河穿城而过的省会城市。一个自西向东延伸的狭长形城市，夹于南北两山之间，仿佛被一条大河无形地拉长了，和河流保持一致的方向。一辆辆古老的黄河水车，依然在黄河岸边转悠，如同轮回。旧时，兰州人就是靠这水车从黄河汲水，如今这水车早已退出了人类生活，只是这黄河风情线上供游人观赏或凭吊的一种风景。

我来兰州是 2012 年 8 月，这是兰州一年最好的季节，但我的运气不大好，一到这里，黄河风情线就拉起了警戒线。据兰州市抗旱防汛指挥部一位负责人说，今年 7 月中旬以来，黄河上游来水持续增大，黄河兰州站的洪峰流量曾一度达到1986年以来最大洪水。由于水位居高不下，岸堤被长时间浸泡在水中，致使百米黄河岸堤塌陷断裂了，经当地政府迅速抢险才控制了险情，但一条黄河风情线几乎变成了黄河和城市之间的一片沼泽。很多兰州市民就在这条警戒线边议论纷纷，还有人去看了那塌陷断裂的岸堤，在散乱的碎片中，除夹杂着一些潮湿的泥土和砖块外，竟然找不到一点钢筋，嵌在护堤最外层的水泥层也很薄，用兰州市民的话说，就是在土坯墙外贴了一层石砖。一个老先生悲愤地说："以前哪，只能看到这大堤外面的东西，看着还觉得蛮厚实，这次塌陷后，才看到里边的东西，金玉其外败絮其中啊！"市民们大多知道，兰州黄河堤防是按百年一遇的洪水标准设计的，难道刚建起来几年就遇到了百年一遇的洪水？

如今，只要一说到灾难，就是多少年一遇，五十年，一百年，五百年，一千年，仿佛这么多百年一遇、千载难逢的灾难全都集中在我们这个不幸的时代。到底是灾难在创造历史，还是人类在篡改历史？好在沧桑岁月中总有一些参照物。而兰州既然是黄河上游第一城，自然还有不少的第一，譬如说那座天下黄河第一桥，它的存在，仿佛就是为了揭示某种真实。

2

大西北晌午灿烂的阳光，把黄河上游的一座铁桥照得无比清晰。

很难说这是一座大桥，却又有着一种令人起敬的庄严感。

黑铁，如同坚硬的黑色铠甲，因阳光的渗透而通体透亮。这铁桥至少浓缩了一百年的阳光。阳光里有金属悠久的气味。但它又并非钢铁的庞然大物，甚至还有几分优雅的姿态。

当我走在这座百年老桥上，感觉略有一些颤抖。它带给我的绝对不是审美感受，似乎还蕴藏着一丝惊恐和不安。颤抖的应该不是桥，而是别的什么。但它不动声色。

若要看清黄河，这是一个非常好的角度。站在这桥上，一低头，就看见了，黄河水就在我脚下穿桥而过。经历了上游的一道道大峡谷，黄河的咆哮已如若远去的雷声，一条长河仿佛已历尽奇险，流到这里已变得十分慈祥。在一片荡漾的黄色波澜中，依然漂浮着古老的羊皮筏子。但一看就知道，它们从一种半原始的状态已沦为现代人的一种漂流的工具，每个漂流者都穿着救生衣，就是落水也不怕了。当昔日生死叵测的过渡变成了游乐性质的漂流，多少悲惨的往事，仿佛也有了游戏的味道。

在这座桥出现之前，黄河经历了没有桥的漫长历史。上下五千多公里的黄河，上下五千年的岁月，从头到尾没有一座桥。自古以来，就有"天下黄河不桥"之说。像赵州桥那样让国人充满了炫耀意味的石拱桥是无法凌驾于黄河之上的。在黄河更上游的峡谷地带，那时还是纯净的空冥世界，古人无法在大峡谷里架桥，也没有必要架桥。到了兰州，人烟渐渐变得稠密，但兰州地处黄河上游的高原地带，这看似平缓的河段，流经的是松散的黄土地，在这样的黄土上架桥比在坚硬峡谷里架桥更艰难，艰难得几乎没有任何可能。虽说这里的黄河还不算太宽，这近在眼前的彼岸，却仿佛沉浸在遥远的另一个世界。在漫长的岁月里，这里人甚至渴望漫长而寒冷的冬天早日来临，只有等到大河冰冻了,他们也就可以抵达彼岸了。而在黄河没有冰冻的日子,就全靠羊皮筏子摆渡了,但它们在黄河上不堪一击,尤其是到了汛期,河水猛涨,一个浪头打过来,羊皮筏子就翻了,有人被洪水席卷而去,也有人能侥幸抓住一根救命的稻草。对于这里人,生死不在一念之间,而在一命之间,是死是活,又很少有人抱怨这条黄河,只能说人各有命。

后来终于有了一座桥,那是人类在黄河上架起的第一座桥,但不是这座黄河铁桥,而是另一座桥,一座浮桥。那是明洪武年间,明朝开国功臣冯胜因累积军功而被敕封为宋国公,朱元璋"诏列勋臣望重者八人,胜居第三",冯胜是明朝开国元勋仅次于徐达、常遇春的第三人。就是这位宋国公做了一件功德无量的事,在兰州城西搭起了黄河历史上的第一座桥。可惜,此公在开国之后并未得到好报,"后以功高遭太祖猜忌,赐死",但他架起的浮桥却传承下来了。后来,又有卫国公邓愈将浮桥移至原来浮桥上游的西十里处,人称镇远桥。到了洪武十八年(1385年),指挥杨廉又将浮桥移建于兰州白塔山南、城西北约一公里处的古金城关,从此基本固定下来了,自明朝开国一直沿用至清末,五百多年来,这座浮桥就是黄河两岸的唯一要道,还被列入兰州八景之一——降龙锁蛟。

但这座桥,其实不是桥,而是用24只大船横排于黄河之上,号称"巨舰二十四艘"(一说是25艘,另有3艘备用),船与船之间相距5米,以长木连接,铺上木板,两边加上栏杆,南北两岸竖铁柱4根,大木柱45根,用两条铁缆、四条麻缆维系,将一座浮桥固定在河面上。到了冬季黄河结冰时,便将拆除,等到翌年开春,黄河解冻,又开始重新搭浮桥。如此,年复一年,这浮桥就像季节的大门,到时候打开,到时候又关上。古人有两句诗,"伫看三月桃花冰,冰泮河桥柳色青",描绘的就是当时浮桥的真实情景。

如今,明朝的浮桥已不复存在,但有遗存的三根铸铁桥柱。我去看了,不能不看。每根铁柱长约两丈,据说重达10吨,人称将军柱。阳光照亮了一座铁桥,也同样照亮了这五百年前的铁柱,斑斓,跳动,充满了与幽深岁月有关的神秘感。但敲击一下,铸铁的声音依然洪亮。它没有锈蚀,反而被岁月磨砺得更有光泽。仔细看,还能看见铁柱上铸有铭文:"洪武九年,岁次丙辰,八月吉日,总兵官司卫国公建斯柱于浮桥之南,系铁缆一百二十丈。"

悠远的岁月,一下被这铭文揭示得明亮而清晰了。

3

历史不会因一座浮桥而改写。眼前这座黄河铁桥,才是黄河历史上一座真正意义上的桥梁。或许只有你看了一座浮桥残存的遗迹之后,才会感觉到,这座桥绝对是坚固的,就像它本身的金属质地。一座钢铸铁打的桥梁,但它并不像一个钢铁的庞然大物,它的姿态,看上去甚至有几分优雅。

从桥的这一端走向桥的另一端,已不止一百年。一个历史的开端,发生在光绪三十二年(1906年),在众多充满了危机感的大臣推动下,洋务运动极一时之盛。有人把洋务运动称之为中国的"白银时代"。为抵御列强的侵略,屡战屡败的大清帝国不但赔偿给了侵略者数百亿两白银,又用白花花的银子买来了西方的先进设备器械，还用白银请来了众多外国设计师、工程师来给中国修铁路、建桥梁。也就在那段岁月，一个在兰州的近代史上起到了轴心作用的人物抵达了这里，此人便是被清廷任命为兰州道道尹兼甘肃农工商矿总局（兰州洋务局）总办的彭英甲彭大人。他来兰州好像就是为了干一件事，兴洋务，办实业。这也让他成了兰州近现代工业或实业的开拓者和奠基者。但彭英甲很快就发现，无论他想干什么，都会遇到一个拦路虎，黄河。如果黄河上没有一座真正的桥梁，干什么都会遇阻。说来也巧，就在他上任那年五月，德商天津泰来洋行经理喀佑斯正好来甘肃考察，兴许也是来大西北寻找商机。彭英甲和喀佑斯很快就见面了，一座桥成了他们谈话的主题。那时候黄河上除了浮桥，还没有一座桥，喀佑斯诚恳地表示，他很愿意为彭英甲彭大人效劳，为他创造这个第一，一举终结"天下黄河不桥"的历史。他的要价在当时也不高，15万5千两白银。尽管两人在口头上很快就达成了协议，但喀佑斯只是个商人，对甘肃洋务局提出的水文、地质、桥梁结构、造型等等具体问题，一句话，这里到底能不能修桥？他是无法解答的。不过，喀佑斯又是个很诚实的商人，他没有为急于抓到合同而不懂装懂，而是发电报给天津，要商行速派工程设计人员来兰州黄河勘察，如果能，再签订修桥合同。

很快，德国设计师和工程师就来到了这里。数月之后，经过反复测量，德方的工程技术人员得出结论，白塔山下的黄河虽然水流湍急，但只要严格按照章程修桥，还是完全能修好的。于是，双方正式签订了合同，按合同规定，"以千年旧有之桥，易木为铁"，这座铁桥的使用寿命为八十年，一说为百年。其实，无论是八十年，还是一百年，对于人类，这实在是过于漫长的时间，谁也躲不过生命的终结，没有哪一个个体生命可以从头到尾负责到底。谁又能以自己有限的生命担保他对一座桥能否安全运行八十年甚至一百年负责？当一个人在一纸契约上签上这样长的使用期限，心里会不会犯虚？但无论是作为业主方代表的彭英甲，还是德国泰来洋行的代表，他们都一丝不苟地用中文和德文签上了自己的大名。

光绪三十四年（1908年）春，兰州黄河铁桥正式动工了。在那个时代，这可以说是一个国家重点工程。而在大桥开工之前，最艰难的任务是运输桥梁建设材料和施工设备。兰州当时还是边鄙之地，中国也没有建桥的钢铁等材料，所有修桥的设备材料只能从德国海运至天津大沽港，再由天津经北京、郑州、西安一路辗转运抵兰州。当时没有铁路，也没有大型运输车辆，连一条像样的公路也没有，全靠老百姓用骆驼、大轮拖车转运到兰州来。而为了保证材料运输，甘肃洋务局还在天津、郑州、西安等地专门设立了转运委员，专此督办。开始两批材料虽说沉重而辛苦，但都顺利运到了兰州。问题出在第三批设备和材料上，这批设备材料自天津运抵郑州后，遇到麻烦了，很大的麻烦，那些赶马车的中国民夫一看就傻眼了，那家伙一个个又笨重又超长，其中有大天汽帽六件、大铁机器柜两件，这马车根本无法装运。中方只好与泰来洋行磋商，能不能把一些大件拆开了搬运？但这想法，被那些一丝不苟、极为严苛、看上去有些冷酷和专横的德国人一口拒绝了，根本就没有商量的余地。德国人认为，把这些大型材料拆卸后会影响施工质量，如果你一定要拆，那他们就"不能担保固八十年之责任"。——对此事，直到今天还有我们可爱的同胞悲愤地认为，这是傲慢的德国人在欺压、要挟咱们，但他们又拿不出历史的证据。能够拿得出证据的还是一些技术专家，我请教过他们，他们的观点还是比较中肯，由于当时中国自己不掌握相关技术，把整体物件拆卸后很容易遗落零部件，安装起来也非常麻烦，而经过拆卸和重新组装，很显然，肯定没有原来整装出厂的部件牢固。这其实是常识。最终，由于德方工程技术人员不近人情的严苛，中方不得不请木匠临时打造了一辆辆特制的大马车，才千辛万苦地将第三批建材和大部件运到兰州。当时又正是暑热难熬的季节，那些骡马拖着这些笨重无比的家伙，在坑坑洼洼的路途上一路上不停地喷着热气，很多根本就无法抵达兰州，就倒毙在路上了。而烈日下那些长途奔波的中国民夫，也不知有多少累得趴下了。就这样，不断地换骡马换人，最终才把这些大型设备材料运抵兰州。这是中国人付出了惨重代价的一次长途运输，但从保证质量上看，这个代价又是值得的。

但很快就有人发现，咱们中国人又一次上当受骗了。据称，中德双方在合同中曾明确规定：自天津转运的桥料"如有重大料件，难以运动，归泰来洋行自运，甘肃不管"，而按当时的标准，凡"遇有一千二百斤以外之料"，就必须由德方承运。但中方为什么在付出这样惨重的代价之后才发现呢？是疏忽了？还是另有原因？但不管怎样，彭英甲也是一个严格按合同办事的人，在得悉这一情况后，他立即电催泰来洋行："不能起运者有锅炉六件，每件重二千一百斤（附清单）"，"故请贵行照合同办理，勿误要工。"但泰来洋行却声称，他们已得到某材料转运委员的允准，由中方代为运输。这让彭英甲震惊而愤怒，是谁敢这样自作主张？难道他吃了豹子胆了？这背后又有什么猫腻？彭英甲很快就查实了，还真是没有中方官员做出如此愚蠢的允诺，彭英甲也不再电催泰来洋行，而是立即照会德国驻天津领事馆："自转运桥料以来，彼此事事皆照合同办理，本局尚不敢稍有违约。望贵馆即速告知泰来行，照合同自运是为主要。"在几番交涉后，彭英甲权衡利弊，以大局为重，决定已运抵陕西的桥料继续由中方运输，并敦促泰来洋行，"嗣后，遇有一千二百斤以外之料，必须守订合同，问明泰来行办理，勿稍违越原议。"

从这些函电可以看出，中德双方围绕合同条款和如何履约的问题，发生过很多争执，如果实话实说，这样的争执换了任何一个订约方，哪怕到了今天，也是难以避免的。没必要把德国人过于理想化，泰来洋行毕竟是商家，而商人从来都是追求利益的最大化的，能够规避的风险他们肯定要规避，能够省钱的地方他们也肯定要节省。在这个争执的过程中，以彭英甲为代表的中方，无论是在恪守契约的精神，还有其据理力争的态度，都让人由衷地敬重，而凡是中方据理力争的结果，最终泰来洋行也都履约了。这里还有一个事例，光绪三十二年（1907年），黄河铁桥尚未开工，泰来洋行却临阵换将，把他们聘请的大工程师德克派到黑龙江去修铁路去了，改由一个年仅二十岁的工程师负责黄河铁桥工程。彭英甲又立马致电泰来洋行和天津德国领事："现在二期料已启程，请照合同与德克一并速来。喀佑斯原办之人，非来监修不可。"三天后，泰来洋行回电：新工程师已经启程。这位新工程师就是泰来洋行聘请的美国人满宝本，在当时，也是一位优秀的工程师。但彭英甲还是再次致电德国驻天津领事馆，对泰来商行的临阵换将予以严正申明：

"喀佑斯系原包桥工之人，德克系估桥工之人，二人必须来一人，办事熟悉，两有裨益。"应该说，彭英甲的申明是理直气壮的，但问题是，合同并未规定一定要指定谁在这里担任工程负责人，在某种意义上说，这是泰来洋行的内部事务，而泰来洋行必须恪守的终极合约条款，就是确保工程质量，并且"担保固八十年之责任"。事实上，彭英甲很快也发现，这位美国工程师满宝本是一位经验丰富、在专业技术上甚至比德克更优秀的工程师，黄河铁桥实际上就是在他的主持下完工的。

但此事还是让人不免追问，如果满宝本不是一位优秀的工程师，而是一个滥竽充数者，大桥出了问题，咱们中国人又找谁去追责呢？这其实是一个多余的问题。中方支付给泰来洋行的白银并不是一次性支付，如果中国人傻到把所有的银子在工程竣工之前一次性付给了泰来洋行，那也只能怪自己太傻了。而泰来洋行总归是要赚钱的，在所有的银子未到手之前，他就是想要糊弄咱们落后的"支那人"，至少也不会糊弄自己，更不会糊弄他们该拿到的钱吧。所以在这一点上，或许有追问的必要，但历史却并无改写的可能。

从中德双方正式签订合同，到黄河历史上的第一座桥梁在宣统元年（1909年）七月初四竣工通行，历时三年。为了这样一座铁桥，双方有利益的博弈和不乏激烈的争执，但至少没有太多被后世假想的受欺凌、被损害的民族屈辱感。还有一些值得我们铭记的名字，包括美国人满宝本、德国人德罗和华工刘永起等人，还有由德商泰来洋行招雇来的69位洋工华匠，他们以终结的方式，开创了黄河的一段历史，也填补了黄河自古以来没有桥梁的绝对空白。

黄河铁桥建成之后,被命名为"第一桥",它也是名副其实的黄河第一桥。

4

黄河"第一桥"最终以一个伟人的名义而被终结。1928年,一说为1942年,为纪念孙中山先生,由当时的甘肃省主席刘郁芬手书一块"中山桥"匾额,悬挂于铁桥南面的牌厦上,"第一桥"从此改名中山桥,一直沿用至今。但终结的只是一个名字,而非事实,黄河第一桥一旦诞生,永远都是黄河第一桥,哪怕坍塌,哪怕不复存在,都无法改写这个历史事实。但在民间,很少有人叫它第一桥或中山桥,当地老乡都直呼为铁桥,黄河铁桥。

黄河铁桥的第一次大修是1931年,主要原因是由于风水撼动、大车碾压,铁桥部分桥面板损坏。抗战爆发后,随着中国东部和中部地区的江山沦陷,这座铁桥成了从大西北到大西南的一道交通要隘,随着运输压力猛增,桥梁出现了较大震动,民国政府又在1940年4月开始对铁桥进行了三个月左右的维修。1944年4月1日至5月9日,又进行了一次小规模维修,主要是将铁桥腐朽的梁木、桥面板及人行道板等予以抽换。但对这座桥最大的一次考验,还是1949年8月26日,在人民解放军解放兰州战役中,铁桥桥面木板被焚,杆件及纵梁被枪弹打得通红,但桥身安稳如常。而解放军也以夺得黄河铁桥作为解放兰州的标志。

直到新中国诞生,在黄河全线一共只有这座兰州黄河铁桥、郑州黄河铁桥和泺口黄河大桥三座大桥,全都是由外国人设计和施工。1954年,国家拨款60万元对铁桥进行了一次全面维修加固,这是一次成功的加固,在原平行弦杆上端架了一道弧形钢架拱梁,没有破坏桥梁结构,反而使结构更加美观坚固。

按德国人在合同上写的"担保固八十年之责任",合同到期时间应为1989年8月19日,然而就在合同到期的前十天,8月9日,一艘自重两百六十吨供水船突然失控猛地撞到了桥墩上。两百六十吨,这还只是船体的自重,还有数百吨载重,这是一次比雷霆更猛烈的撞击,整个兰州都感到了震撼,黄河水顷刻间如同海啸。一座铁桥在拼命摇晃,谁都以为他这次要倒了,但奇迹出现了,这座运行了八十年的铁桥在遭受致命的撞击后,居然没有倒塌,当强烈的震荡终于过去,整个桥身依旧"安稳如常"。而许多比这小得多的船,已经不知道撞塌了多少比这更大的钢筋混凝土大桥。兰州市当即组织技术力量进行抢修,在检修中,很多施工人员吃惊地发现,整座铁桥共有两百六十多万颗螺丝,在经历了近一个世纪之后,这些螺丝无一不拧得相当紧固,在岁月中没有丝毫松动。面对德国人干出来的这一工程,一些原本对老外不太服气的中国人也不得不震惊和叹服了。

我无法看到这座铁桥的内脏,但我也能感觉到这座桥的内敛,又有巨大的张力。这不只是钢铁的力量,而是一种大于钢铁的力量,结构的力量,严谨,精确,凝练,像德意志人的性格,把钢铁表现得如此充满了意志的力量,几乎把一种力量贯彻到极致。这不是一个想当然的臆断,这是时间的审判。一百年后,时间可以做出判决了。一座桥可以承载多少岁月?不说经历了多少暴风雨、洪水、泥石流,只说经历了多少次战乱,从辛亥革命、军阀混战、抗日战争和解放战争,这座桥除了在新中国成立前夕短暂中断了数日,纵使山河破碎,它也一直以倔强的姿态屹立在乱世之中,连炸弹也无法将它彻底毁灭,连两百多吨的船也没有把它撞毁……

而更让我震惊的还是这样一个细节,1989年,在黄河铁桥整整竣工八十年之际,兰州市政部门收到了一封从德国寄来的函件,在询问铁桥运行状况的同时,又以严谨的措辞正式通告兰州市政当局,根据原泰来洋行当年和清政府兰州道订立的契约,在黄河铁桥运行八十年后,合同到期,德方不再对这座铁桥承担任何责任。——这是让我倍感震惊和敬畏的一个细节,也是对我一开始的担心给予的最后回答,这些德国人不是推卸责任,而是把一种责任贯彻到了最后。想想,八十年,差不多经历了四代人,当年那些设计师、工程师毫无疑问早已作古,泰来洋行也已于1946年注销,而德国在这八十年岁月里经历了两次世界大战,而且两次都是战败国,但他们对自己在八十年前在遥远中国的清朝建造的一座铁桥,却依然没有遗忘,哪怕当年的承包商已经不存在,哪怕生命成了空白,但责任却没有成为空白。而在中国,还有多少建筑商能够记得他们在八十年前建造的工程呢?

也曾有人猜测:黄河铁桥是当年的泰来洋行从德国拆来的一座旧桥。但现在已经有确凿的证据证实,通过对德国现存的戈岭大桥和黄河铁桥进行比较,这两座建于同一时代、同一类型的铁桥,采用了当时世界上最先进的架桥技术,而黄河铁桥的跨度更大,水流更加湍急,比戈岭大桥的难度更大。历史无法颠倒,更无法改写,需要改变的或许是我们这种集体无意识的弱国心态，太不自信，总是把自己看作一个无辜的被侮辱和被损害者。

钢铁，作为一种千锤百炼的金属材料，是坚硬而又耐久的，但如果钢铁放错了位置，也只能变成一堆废铁。

此时，就在我伫立在一座百年铁桥上时，正好传来另一座桥在松花江上垮塌的消息。那也是一座被称为改写了历史的大桥，始建于2009年年底，2011年11月6日通车，耗资18个亿。据当时的报道称，该桥是我国长江以北地区最长的超大型跨江桥，其竣工通车也刷新了国内超大型跨江桥的最快建设速度，设计使用寿命为一百年，结果不到一年就垮塌了。它没有改写历史，但有人总结，它至少创造了四大奇迹：计划三年建成的大桥一年半就竣工了，工程进度堪称中国奇迹；一座设计寿命百年的大桥通车不到一年就垮塌了，工程质量堪称中国奇迹；四辆超载货车压不垮轮胎，却能压垮一座大桥，荒诞程度堪称世界奇迹；事发后连施工单位都找不到，问责制度堪称中国奇迹。而当这奇迹被彻底撕开之后，很多人才看到了这大桥的内脏，在垮塌的桥梁体内，充塞着鹅卵石、木棍和编织袋的混合物，而铺在箱梁内的钢筋，竟然没有捆扎。

历史绝不是谁都可以改写的，更不是一个谁都可以任意打扮的小姑娘，它会以各种方式留下诚实的证言。

如今的中国人，在黄河上修一座桥早已不是什么难事了，大河上下，从源头到入海口，已建起了几十座黄河大桥，黄河天堑，早已变通途。然而又有多少大桥能够运行八十年以至百年？又有多少桥梁能在运行百年之后依然让人类如此珍视？2004年，这座桥被兰州市政府确定为永久性的步行桥，两年后，又被国务院批准为全国重点文物保护单位，这也意味着，它将被永久保存下去，成为黄河桥梁史乃至是中国桥梁史上的一个活化石。

我觉得，咱们中国人没有必要妄自菲薄，也没有必要把一座德国商人制造的桥梁过于理想化。有人说这样一座桥铸就了一座城市的荣耀，还有人说这样一座桥给兰州留下了独特的地理标志，黄河上从此多了一道亮丽的彩虹，我从来不信这些溢美之词。我甚至觉得这不是什么好兆头。所谓城市的荣耀，松花江上那刚垮的大桥不也曾是哈尔滨市的荣耀吗？而彩虹，重庆綦江的彩虹桥不是早就垮塌了吗？与其发出多情的赞叹，不如诚实地承认一种事实：一座桥，一百年，一直无声而默契地陪伴着黄河，它承载了太多的劫难，它也有力地抵御了一百年来所有的灾难，这就是它的全部真实。只要咱们中国人能把每一座桥修成这样，也就足够了，足以对得起历史了。

当我再一次凝视那被黄河水浸泡了一百多年的桥墩，我突然明白了我想表达的真实意思，它的存在，其实就是沧桑岁月的一个证据，一个铁证。

■陈忠实

作者简介

1942年6月生,陕西西安市灞桥区霸陵乡西蒋村人。中国当代著名作家,曾任中国作家协会副主席,陕西省作家协会名誉主席、党组成员等职。1965年开始发表作品。出版有长篇小说《白鹿原》、《陈忠实小说自选集》三卷、《陈忠实文集》七卷,以及散文集《生命之雨》《告别白鸽》《家之脉》《原下的日子》等著作70余种。

多部作品获国家级和省部级奖项。其中,长篇小说《白鹿原》获第四届茅盾文学奖,被教育部列入"大学生必读"系列,被改编成秦腔、话剧、舞剧、电影等多种艺术形式。有多部(篇)作品被翻译成英、俄、日、韩、越、蒙古等语种文字出版。

2016年4月29日,因病在西安去世。

作家印象

陈忠实离开我们两年多了。两年前，有人慨叹，他的离开带走了"这个民族的秘史"。但是，两年后，我们发现，陈忠实似乎从未走远。

25年前，陈忠实以孤篇盖全唐的气势，携《白鹿原》横空出世。弹指一挥间，岁月老去，《白鹿原》却未有一时一刻从人们的视线中淡出。而今，穿越时光的迷障，我们日益精见《白鹿原》的深邃弘毅，精见陈忠实的远大抱负和忠悯情怀。

陈忠实工于人性，凭小说立身，散文创作亦卓然不群。他的目光，穿越中华民族五千年历史，他的一腔热忱，却从未远离他深深挚爱的白鹿原。陈忠实深谙中华民族的文化密码，唯有如此，他方能以深刻的洞察，从渭河平原观见中国近现代半个世纪风雨变迁，方能以如椽巨笔，从位于十三朝古都之侧的小小白鹿原，管窥中国农村的斑斓多彩、气象万千。

——李 舫

愿白鹿长驻此原

■陈忠实

独寻秋景城东去，
白鹿原头信马行。

这是白居易一首七绝中的两句。每有机缘上原，心头便会涌出这首绝句，情绪顿时也会畅朗起来。我无法想象千余年前的白居易纵马白鹿原上寻到的是怎样一幅秋色美景，单是眼前的一派绿色，已经让我沉醉了。

一条新修的宽敞的公路盘旋在西边原坡上，两边是层层叠叠的绿树。刚刚从酷暑进入初秋，尽管杨树柳树槐树等树木的树冠呈现着深色和浅色的小小差异，却依然流露着蓬勃的气象。草木清爽的气味，诱使我连续深呼吸。这里曾经是荒坡和梯田。荒坡上长满枣刺和杂草。梯田里一年只种一料麦子，因为缺水缺肥，麦子长得矮小细瘦如同猴子的黄毛，收割时搭不住镰刀，只能用手薅，民间戏称薅猴毛，产量也就可想而知了。大约不过10年前，那种延续了不知多少年的广种薄收乃至无收的景象中止了，退耕还林，便有了这一派让上原和下原的人心旷神怡的绿色。

上原的路大约走到一半，有一道平台，自南到北散落着一个个或大或小的村庄，俗称二道原。民办大学思源学院已成气候，随坡倚势建造成一幢幢楼房，校园里如同精心构设的花园，四季轮番开放的花草和花树，弥漫着种种诱人的香气。这里活跃着来自全国各地的两万余名学子，避开了都市的喧嚣，在这一方天地汲取知识。校方扶持建立了白鹿书院，我常和一些文学朋友到书院交流，尽管他们多是走南闯北见惯了奇山异水的人，也多感佩这一方地域独有的脉象。大约10年前，这所大学的创始人周先生约我参加一个座谈会，把他想在白鹿原的二道原上创办一所民办大学的意图坦陈出来，让大家论证。我那时竟然很激动，一时尚不敢估计这座古原破天荒建立的第一所高等院校的深远影响，却也想到不仅是每年能有多少年轻人完成高等学业，更有对原上乡民文化意识的潜移默化的启示。10年过去，这所学院不仅被评为全国十大民办大学，而且让民办大学由二道原扩展到白鹿原上，挂着种种专业校牌的民办大学已建成10余所，形成了一个颇具规模的民办大学城。就我粗略的印象，1949年新中国成立前，这道原上大约只有两三所新式小学；截止到上世纪90年代，仅有三四所中学，分属三个区县督管；到今天不过10年时间，这里已经形成拥有10余万学子的民办大学城了。从这些民办大学门前经过的时候，我常有不可思议的感慨，变化之快几乎让我不敢相信，随之也生出生不逢时的自怜，如若晚生许多年，就不会留下缺失高等教育的人生遗憾了。

原的西部已经几乎看不到庄稼,传统的麦田消失了,蓬勃着一眼望不透的樱桃树。种植樱桃和小麦的悬殊的收益,是任谁都不会拒绝对樱桃的选择。每到5月樱桃成熟时节,原上原下和原坡的万亩樱桃园里,笑语喧哗,那是西安城里人或呼朋唤友或扶老携幼上原摘樱桃时忘情的声浪。秋天刚刚来到原上,葡萄又熟了。樱桃几乎是家家户户都有种植,而葡萄却是规模化的集中栽培。原上先后建起三家较大规模的果园,两家既种樱桃又种葡萄,还有一家是专门种植葡萄的园子,种植面积有几百亩到过千亩,都是以最严格也最规范的技术措施栽培管理。我曾有幸参观,可谓大开眼界,且不说那些颇为深奥的技术措施,外行的我看到细水浸润的滴灌设施,顿然感知到现代农业和粗放管理的农业的差异来。为了保证果品的品质,一概不用化肥,连复合型的肥料也不用,而是从内蒙古草原收购牧民的牛羊粪,集中窝沤,使其熟化,再从千里外的内蒙古草原运回原上,单是这项投入的工本就令我咋舌了。这样培植的樱桃和葡萄,不仅味美,更让消费者放心,价格也就高出普通果园的樱桃、葡萄几倍。我走在这家葡萄园里,满眼都是紫红的葡萄串儿,嘴里就有口水溢泛。这位种植园主是我的同乡,一位卓有建树的农民科学家,曾获得国务院的褒奖,那是他向乡民传授各种果树管理技术赢得的奖励。他在原上亲自种植葡萄,更带有示范的效应。我更多感佩的却是这道原的变化,自古以来白鹿原缺水,向来不植一株果树,即使庄稼,也只能保证一料小麦的收成,多有的伏旱,秋天的作物十有九年都无收获。更甚者，生活用水都很困难，原下人调侃原上人说，早晨起来，夫妻对面吐唾沫儿洗脸。现在，每个村子都有深井，自来水通到家家户户，果园也就蓬勃起来了。白鹿原高过渭河平原200米，昼夜温差大，无论樱桃无论葡萄的甜蜜就享有天时地利的优势了。

绿树掩映着的一个个或大或小的村庄，既是古老的，又是新生的，古老到和这道原的历史一样悠久，新生在于现在的村庄已经完全改换出一派新的风貌，一幢幢二层小楼或平房，从绿树的空隙间显露出来。如果走进村巷，便会看到甚为讲究的一个个农家院的门楼上都有题款。几乎看不到土坯垒墙的传承了千年的厦房了。沟通每一个村庄的道路全部实现了硬化——水泥路面，永久性地告别了泥泞小路。我曾陪《白鹿原》剧组的朋友踏访原上村庄寻找外景地，失望而归，上世纪的白鹿村的影像荡然无存。我不为剧组的失望而失望，倒为原上的乡党而庆幸，他们终于获得了安逸富足的生活，既不为锅里缺米缺面而熬煎，也不为屋漏而愁肠百结了。

写到这里，我突然意识到，每触及一景，便牵出这一景地昨天的景象来。似乎不是有意为之，而是一种自然的不可违逆的心理反应，昨天的贫瘠景象铸存太久，而今天焕然一新的景象来得太快，作为这道原的亲历者，发生今天与昨天的鲜明而又强烈的对比，欣然的感触和感慨就是本能的心理反应了。

因为一只白鹿的出现，这道原便有了象征着吉祥安泰的白鹿的名称。随后，汉文帝葬在白鹿原西北的原坡上，原坡根下流淌着灞水，文史典籍称为灞陵，这道原也被改名为灞陵原，民间却少有人说。自北宋大将军狄青在原上屯兵驯马，这道原又被改换为狄寨原，一直沿用至今，白鹿原的名字早已淹没以至消亡了。近年间，因为拙作《白鹿原》的发行，这个富于诗意也象征着吉祥安泰的白鹿原的名字又复活了。白鹿原名称的重新复归，恰当其时，多少代人期盼向往的富裕和平的日子已经实现，却是改革开放的科学而又务实的富民国策实施的结果。

愿白鹿长驻此原。

■ 成都凸凹

作 者 简 介

又名凸凹,本名魏平。1962年出生于都江堰。中国作家协会会员,诗人、小说家、编剧。成都文学院终身特约作家。著有诗歌、小说、散文、评论《甑子场》《大三线》《花儿与手枪》《蚯蚓之舞》等20余部。现居成都龙泉驿。

作 家 印 象

久居成都的大巴山汉子魏平，笔名凸凹。魏平——未平——凸凹，天下路不平、心中有块垒。初闻凸凹，知其为朦胧后先锋诗人，有名篇《蚯蚓之舞》流传甚广。后渐知其小说、散文、评论，左右开弓、拳打脚踢，四栖而出，皆有佳作，如古之名将，精通十八般武艺。

凸凹散文产量颇丰，多为场景亲历，絮絮道来，以小见大，日常琐事往往勾连出一段历史隐秘。但是凸凹自我认同的第一身份却是诗人。作为先锋诗人的凸凹，历经20世纪80年代的先锋诗歌狂飙突进、90年代的沉寂以及近年的复兴，一直在场。其诗歌，构思习钻、别出心裁，平易中含奇峻，冲淡中有峥嵘，创诗界独一份"凸凹体"。纵观凸凹创作，文存诗骨、诗蓄文胆，笔下桀骜不驯，恣意妄行，每每至绝处又峰回路转，柳暗花明。

当代作家中不乏由诗入道，而后散文、而后小说者，然同时四面出击、平均使力，处处不凡者寡鲜。我不由想起18、19世纪那些荟萃巴黎的浑身开挂的文学大师们。也许凸凹正是被那个时代遗落在"外省"的一员。

据考，当代作家中笔名"凸凹"者有三，所以此魏平常以"成都凸凹"别于彼凸凹，窃以为大可不必。

时人不识凌云志，天下何处不凸凹？

——李　舫

南丝路起点勘行书

■ 成都凸凹

一 发现南丝路

众所周知,丝绸之路的开通与彰名是以汉代外交家、探险家张骞凿空、出使西域为标志的。

张骞是武帝建元二年(公元前139年)从长安出发的,至元朔三年(公元前126年)归汉,历13年。

张骞出使西域的主要目的,是为皇帝分忧,期盼联络远在西域的大月氏等族国,对劲敌匈奴形成前后夹击的有利态势,借此稳定和扩大帝国版图。为着这个目的而西行却并未圆梦初衷的张骞,却阴错阳差地收获了一个大馅饼:成了丝绸之路的开辟者和筑路人。

按照张骞和朝廷当时的识见,这条集经济、政治、军事、文化于一身、被后世命名为丝绸之路的跨境道路,是中原连通世界、走向世界的处女作。

但是，从长安出发的张骞团队，在呼啸的北风、漫卷的黄沙、不绝的驼铃中，一路经陇西，翻帕米尔高原，过大宛、康居、大月氏，行程达"万二千里"后，于大夏的蓝氏城（今阿富汗的汗瓦齐拉巴德）却见到了产自四川的邛杖、蜀布。

张骞大吃一惊，这一惊非同小可，因为其结果直接导致了国家大政方针的改变。张骞西行不仅为汉武帝带回了汗血马、葡萄、核桃、苜蓿、石榴、胡萝卜和地毯等，还带回了他在大夏国的见闻，汉武帝这才知道，早在张骞开通丝绸之路以前，他的帝国所属的蜀地成都，就有一条隐秘的商道通达身毒（今印度），曰"蜀－身毒道"，即我们今天所说的南方丝绸之路，简称南丝路。就是说，张骞开通的那条丝路其实只是北方丝绸之路。

构成商脉的若干要件中，商路是其中最具象、最有型的一种。中国最古老、最重要、最悠长的商路是"丝绸之路"。商路又有陆路与水路之分，譬如吾国三条"丝绸之路"中，"北方丝路"和"南方丝路"属陆路，"海上丝路"属水路。

那是公元前128年的一天。在大夏国的集市上，张骞饶有兴味地与商家聊起了天。得知滇越国（今云南大理一带）常有蜀商在那里做生意，滇越又与身毒相去不远，而身毒的商品是能远销大夏的。

忧国忧民、忧君之忧，同时又急于出奇招建功立业、名垂青史的张骞，一回到长安就疾疾向宫廷奔去，大汉的风在他扑满域外沙尘的衣冠上打漩。关于张骞向汉武帝的报告，司马迁在《史记·大宛列传》中是这样记载的："臣在大夏时，见邛杖、蜀布。问曰：'安得此？'大夏国人曰：'吾贾人往市之身毒。身毒在大夏东南可数千里……'以骞度之，大夏去汉万二千里，居汉西南。今身毒又居大夏东南数千里，有蜀物，此其去蜀不远矣。今使大夏，从羌中险，羌人恶之；少北，则为匈奴所得；从蜀宜径，又无寇。"

正是司马迁对张骞沿路考察汇报材料的记录，才使得蜀地有通往国外交通线的消息在一份古代文献中透露了出来，也才使得汉武帝有了改变国家战略的依据。在此之前，中原的君臣们、先知们压根不知道，这个世界上还存在着一个叫身毒的国家，且这个国家还是自己西南方的邻国。

能与域外同类产生关联，达成互通有无、互惠互利、共谋发展的共识与通道，对于汉朝和汉朝以外的族国来说，太重要了。汉武帝深知这一点。现在，他又从忠臣、能员张骞的奏本与言谈中知道了一宗事实，那就是，为着这个愿景，如果从长安出发西去的话，会遇到来自羌人和匈奴的阻截与危险，如果从成都出发南下的话，则是到身毒的最佳捷径，且又不经由铁马嘶鸣的匈奴地盘。

吃了一惊随即大喜过望的汉武帝立马决定让建议者自己去实现、坐实自己提出的建议。从理论到实际，从激情到忠诚，这位手下似乎都具有再攀新高、再创千古佳绩的实力与必然。这样，出使西域回到长安不到三年的张骞又接过了去开通"蜀－身毒道"的令牌。一骑驿使，将张骞从与卫青一道抗击匈奴的战场上召回了长安。

一个伟大的时代，一定有个伟大的皇帝，一定有几个出色的人物。这是时间对一个需要嘉奖的国家的标配。

张骞出长安城门，乘车换马，经剑阁道，来到了南丝路始端源地成都。但这位冒险家并没有在花团锦簇、舒适安逸的成都城安营扎寨，而是沿畅通无阻的"蜀－身毒道"首段继续向南挺进，直到把他的指挥中枢设在了紧靠前线"西南夷"的长江边上的犍为郡（今宜宾）。这一年，是公元前122年。

张骞一番考察和谋划后，派出四支探路兼外交队伍，分别从成都和宜宾出发，计划从青海南部、西藏东部和云南境内四个方位向身毒进发。四路使者也是蛮拼的，跟着商队，磕磕绊绊，一路交涉一路前行，哪知各行才一两千里，就分别受阻于氐、榨（四川西南）和禹、滇越少数民族地区。交涉无果，不能继续前进，望着商队过关南去的背影，又得知匈奴来犯长安，只好叹一口气，掉转马头原路折返。

其实，张骞的团队能沿民间商队踩出的"蜀－身毒道"走那么远——都到了夜郎和滇国了——还得益于汉武帝指派的先行者唐蒙和司马相如对"西南夷"的开发。当然，那时的汉武帝一点也不知道自己对西南片区的维稳行为和开疆拓土雄心，竟与一去杳无音讯的张骞后来带回的建议不谋而合。

公元前135年，也就是张骞西出长安四年后，一位叫唐蒙的人浮现了出来。时在南越国都城番禺（今广州）做边地宣传工作的县令唐蒙，因吃到了独产于蜀郡的"枸酱"而灵敏地嗅到了一条商道的消息。于是他毛遂自荐出使"西南夷"，打通夜郎道。汉武帝遂了他的心愿，同意了他的上书请求。经过五年的努力，唐蒙建立了出使夜郎、设置犍为郡、开辟夜郎道与僰道、联合夜郎开征南越的格局与功勋。但是，这一格局与功勋，在安抚的同时，毕竟是动用了血腥武力来达到的——他甚至还斩杀过部落的大首领。

这引起了当地人的不满、骚乱和喋血反抗,也让同朝做官的蜀人司马相如看不下去,略施辩才,发了议论。

公元前130年,汉武帝同意了司马相如的请求,令他接替唐蒙,全面主持宾服"西南夷"工作。

相如的岳丈卓文孙是位大富商,昔日瞧不起他这个穷酸文人,这次见女婿高车驷马回蜀,脸都笑烂了,遂拿出丰厚财物,全力支持女婿招抚"西南夷"。

汉武帝对帝国边疆进行过六次重大扩张征服战役,其中五次都是金戈铁马、兵戎相见,只有针对"西南夷"的战役打得颇见古怪。

真没想到有过琴挑卓文君、号私奔第一人、辞赋名气如日中天的相如还是位卓越的政治家、外交家、军事家兼经济学家。他只用口辞、礼物、货品、商贸、筑路工及赋文(《喻巴蜀檄文》《难蜀父老文》)做武器,就让经营"西南夷"工作取得了突破性成果。邛、笮、冉、駹和斯榆的君长如愿成为汉朝臣子,他们拆除了关隘,使边关扩大,开通零关道,架桥孙水(今安宁河),直通邛、笮。后世跟进的解放军和平解放西藏,可以说也是大致采取的司马相如的这一路数。

司马相如不战而屈人之兵、文取柔治"西南夷"的经验,对国际情势复杂、领土争端频仍、祈愿和平发展的当世也是有着启发价值的。由此亦可看出,"一带一路"的提出与建设,意义极其重大和深远。

"西南夷"有多大呢?包括四川西南、青海南部、西藏东部、云南和贵州等地的中国西南部,都是。民族、民系纷纭的"西南夷"毕竟太大、太复杂了,加之匈奴在西北边不断骚扰,汉武帝对"西南夷"的收服、对"蜀－身毒道"的开辟，终是不能展开身形，毕其功于一役。

于是，张骞之后又来了郭昌、卫广，直到西汉末期的公元前27年，新上任的牂柯郡守陈立斩杀了夜郎末代国王"兴"，南丝路才由汉王朝官方接管，全面贯通。此后，它成了蜀汉孔明"攻心为上""七擒孟获"平定南中之道，元代忽必烈率军沿横断山南下强取云贵之道，中国远征军出滇入缅抗日之道……

而史料记载，早在唐蒙、司马相如之前，南丝路上已是马蹄声声，人影幢幢。可以说，正是擅长桑蚕产业的古蜀时期蚕丛氏的逃亡隐身路线，成就了最初的南丝路——蚕丛氏为沿线土著带去了那吐丝如云的天虫。

那个时代，不特蚕丛氏南逃的路线初开了南丝路，杜宇从朱提（今云南昭通）一带入主成都平原的路线，鳖灵经宜宾溯岷江入川的路线，拒不降秦的开明末期蜀王子蜀泮率将士三万南迁，过云南，达交趾（今越北红河地区），建瓯雒国称安阳王雄踞百年的路线，以及从三星堆、金沙掘出的西亚文明，无不增添着南丝路的宽度、长度、硬度和色彩。

二　锦绣之城

当丝绸与珠宝隔着国境遥相对望、相思，南丝路诞生。

成都就是中国出产丝绸的巨邑（故有别称锦城）——这也是南丝路将自己的策源地和起点选择为成都的最直接最重要的一个原因。而南丝路的反哺，又滋养和壮大着锦城。

锦城又是锦官城的简化与荡开。公元前316年，秦并巴蜀后，开始逐步兴建成都城。在城东筑了周长12里、城墙高7丈的"大城",为蜀郡官府首脑地;在城西筑了"少城",系手工业、商业集散地,设有盐铁等税收机构。稍后,又在城外一个叫"笮桥南岸"(今成都西较场外锦江南岸地区)的地方建了锦官城,一家专事蜀锦生产与管理的国家工厂。在锦官城的西南面,还建了车官城。南丝路的起点,蹬马启车的所在,怎能没有车官衙门及造车修车的配套,怎能没有战车去雾中的南方表达国家意志?

成都蜀锦傲居中国四大名锦(成都蜀锦、南京云锦、苏州宋锦、广西壮锦)之首,有"天下母锦"之誉。

成都除了蜀锦,其丝绸王国中的绣品也是极厉害的,可谓锦绣双骄。蜀绣是以成都为中心的刺绣产品的总称,与湘绣、苏绣、粤绣并称为中国四大名绣。西汉以前,蜀绣就与蜀锦齐名,铺锦连绣。据《皇朝通鉴》记载:蜀工富饶,丝帛所产,民制作冰、纨、绮、绣等物,号为"冠天下"。

锦绣之品,锦绣之术,都离不开桑蚕的作为与布力,离不开绸布的发明与传播。溯寻桑蚕和绸布的源头,我们就能在成都西北边看见"西陵氏""蜀山氏"以及它们的杰出代表嫘祖和昌仆,在岷江流域看见蚕丛氏。

1700多年前,蜀国之所以能与魏、吴并峙,成为三国之一,仰仗的就是"寸锦寸金"的蜀锦——用蜀锦商贸回来的财力。诸葛亮帮助刘备建立蜀汉政权后,为巩固三分天下局势,进一步北征曹魏,把发展蚕桑生产放在十分重要的地位。他说:"今民贫国虚,决敌之资,唯仰锦耳!"诸葛亮在居家住地、后来称为"葛陌"(今双流县东北)的地方,种桑八百株,用手植的行动号召人民种桑养蚕。

诸葛亮鼎力发展锦绣产业，使蜀汉地区的经济得到快速复苏。关于复苏的景象，晋人左思借《蜀都赋》做出了这样的描述：成都城内"栋宇相望，桑梓相连"，许多寻常人家都以织锦为业，出现了"技巧之家，百室离房，机杼相和"的盛况。锦江之滨，"濯色江波"的蜀锦，像初霞在雾水中展开。少城内，来自海内外的商人摩肩擦背、春风沐面，以蜀锦、蜀绣为主打产品的"纤丽星繁"的货物堆积如山。

蜀国丝织品对魏国、吴国的影响也是很大的。南朝《丹阳记》载，中国的锦，"成都独称妙，故魏则市于蜀，吴亦资西蜀。"魏文帝曹丕也对蜀锦花纹赞叹不已，曾诏群臣说："前后每得蜀锦，殊不相似。"

因司马相如、卓文君、诸葛亮等名人皆有不少精彩的锦故事，故后世就将与他们有关的、织法各异的锦称"相如锦""文君锦""诸葛锦"……

在古代，成都地区俨然就是一座丝绸的库房，任两千公里的南丝路怎么搬运，也搬运不完。当然，走在南丝路上的中方货品远不止丝绸——还有布匹、茶叶（四川蒙山是世界茶文化的发源地）、陶瓷、邛杖、铜铁器（西汉卓文孙、邓通的发达均与冶铁冶铜有关）、工艺品、药材、漆器等。外方的货品也不唯珠宝——还有琉璃、毡、缯布、海贝、棉花、象牙、燕窝、鹿茸等。更还有双方的哲学思想、宗教艺术、政治诉求。

在古代，成都也是一座大城，否则她是承载不起作为南丝路起点的重任的。

西汉中期，成都县人口76256户，仅次于首都长安80800户，是全国第二大城邑。西汉末年，成为全国除长安以外的五大商业都会之一。唐代,"扬一益二",成都成为仅次于扬州的中国第二大都会。宋代成都十分繁华,其综合测评指数与汴京在伯仲之间。

成都浣花南路268号,蜀江锦院蜀锦手工织造演示厅。我看见四把银光闪闪的铁梭在叶永洲师傅的手中来回穿梭,而坐在5米高台上的曹福生师傅双手同时控制着1200余根"钦线",不时跳线、提线,十指在丝线间舞动,令人目不暇接、眼花缭乱。

三 最后的南丝路

江水涣涣,群山复复。世界天翻地覆,我们已很难看见古锦古绣的真容了——南丝路的真容呢?丝与路哪个穿透时间的能力更强?谁比谁存活得更久?

成都地盘不小,辖11个市辖区、4个县,代管5个县级市,有1.46万平方千米。如今,那条成于古蜀、畅于汉、兴于唐、衰于明的南丝路,在其起点成都境内可还有自己古老的踪影?有的话,在哪里,是什么模样?这条路出城后,又是怎样走向海外的呢?带着这些个疑问,在这个"山寺桃花始盛开"的季节,我挎着相机,向雾霭中闪着隐约丝绸残光的道路走去。

从成都锦官城出发,沿着"蜀－身毒道"南去,共有西路、中路、东路三条路可供选择。一些干道、支路,在不同的历史时期,随着城镇、地理、政治、区划等的变化会跟着出现变化,但向南去的大方向不会变,且终点都指向印度地区。

西路(灵关道、牦牛道等):成都锦官城→双流→新津→邛崃→名山→雅安→荥经→汉源→甘洛→越西→喜德→冕宁→西昌→德昌→米易→会理→攀枝花→（渡金沙江）→云南永仁→大姚→大理。

中路（水路、五尺道等）：成都锦官城→乐山→宜宾（上五尺道）→高县→筠连→豆沙关→大关→云南昭通→贵州威宁→云南曲靖→昆明→楚雄→大理。

东路（沱江道或东大路等）：成都锦官城→龙泉驿（或金堂五凤）→简阳→资阳→内江→自贡→泸州，之后分东西两道，东道从毕节和遵义分别穿过贵州到达广西，再分别到交趾（越南）、广州出海向太平洋；西道过永宁河在贵州分别通过毕节和六盘水，到达云南昭通，再过曲靖、大理。

到大理后，走永昌道，经漾濞、永平、保山、腾冲，尔后过盈江，经缅甸八莫抵印度。如愿意，再至中亚、欧洲。

合上古籍，我首先勘行的西路。城区内哪有古道可言，便驾车出城。南出成都，过永丰立交，上成雅高速公路，过双流境，交10元过路费在新津出口后，折西望邛崃古城而去。风很稠密很均匀地向后奔跑，它翻飞的衣襟把车玻璃打得很是响亮。两千多年前的人类和路一定没有想到，羊肠小道般的古道一代一代茁壮成长，它现在的第N代世孙，远比其先人宽大又平坦，而人类的速度已达到了可以驾驭风的程度。

其实，仅仅只在87年前，成都境内一条完整的南丝路仍旧存在着并行使着自己的实用和美学功能。两千多年来，成都经新津、邛崃至雅安仅有一条供肩舆、驮运的驿道，直到民国19年，成（都）康（定）公路成雅段竣工才完成历史使命。走西路出成都的边界地是邛崃。如今，沿西路至邛崃城区有一条更快捷的路，即成温邛高速公路，此路往前过名山，接成雅高速。

从成都至攀枝花，一般不走邛崃，而是多走成雅，雅西，攀西，一路高速，就到了。

南丝路在西路成都段的显形出现在邛崃市平乐场镇边上的骑龙山上，是出生于中医世家的场镇居民熊永龄老先生带我上的山，当地人管山上这条古道叫"马道子"。

渐走渐行中，我们到了骑龙山的山顶平台，一个树木稠密、名"城隍岗"的地方。此时马道子的旁侧墙垣已由一道变为了两道——两墙像夹道欢迎的人墙。两侧墙垣四五尺高，用鹅卵石呈人字形嵌砌。它们把古路夹在中间，其状与秦汉时代官方"甬道"规制完全一致。《史记·秦始皇本纪》记载：秦始皇"作甘泉殿，筑甬道。"注说："谓于驰道（大路）外筑墙，天子行中间，外人不见。"史书上的书写，在大地上找到了佐证和回音。

古道为什么沿山顶脊骨修筑，而不是像公路一样顺峡沟、河流而设呢？熊老先生对这个问题的解答是："这条古道是驮运重要物资的商道，只有在山脊上行走，才能站得高、看得远，才不会中伏击。此外，山脊上修路，可减少过河建桥的成本。"

中路是水路，从成都城内锦江码头上船，顺水而下，经望江楼、中和、中兴、黄龙溪，出成都境在彭山市江口镇汇入岷江，尔后经乐山达宜宾后上岸，望云南去。此路尚存，只是水量大减，水运凋敝，早无"门泊东吴万里船"的景象。水路不好使了，但顺江而去的成乐、乐宜两条高速陆路却出现了。

东路有陆道和水道两条。陆道称"东大路"，东出成都，经龙泉驿、简阳，出成都过资阳、资中、内江、自贡抵泸州。水道称"沱江道"，从成都至金堂县赵镇码头（或五凤码头）上船，顺沱江抵泸州。笔者入籍龙泉驿逾25载，对南丝路东路成都段再熟悉不过。水道尚通，除了旅游船只，已鲜有帆影。陆道尚存的南丝路主要在龙泉山大佛村境内。现年73岁的村民肖太发是位古道热肠的守碑人——他守着古道旁国宝级文物"北周文王碑"都49年了。肖大爷指着脚下草丛中宽约2米、闪着历史熹光的石板路对我说："东大路以前可热闹了，成都平原与川东、川南的往来商队都走这里。由于这段路在龙泉山脊，就成了成都东边屏障的军事咽喉，古代很多战役都在这里展开。民国时期，朱德、刘伯承也在这里打过仗，杨森的侄儿杨天骅就打死在这个地方。"如今，出现在成都东南边的公路有成渝、成自泸、成安渝高速，和成简快速通道。

西中东三个方向上，取代南丝路的高速公路其实都是大致沿着南丝路的路基开道前行的，就是说，南丝路最后的功能，是为现代化的发展起着奠基与路引的作用。

成都最后的南丝路，目送现代文明前行后，继续待在老地方，让游客驻足、遥想、触景生情、自去感动。

■ 高洪波

作者简介

笔名向川。1951年12月出生，内蒙古开鲁县人。毕业于鲁迅文学院第七期、北京大学首届作家班。曾任中国作家协会创联部主任，中国作家协会党组成员、副主席、书记处书记。现为全国政协委员，中国作家协会副主席。1971年开始发表作品。

出版有儿童诗集《大象法官》《鹅鹅鹅》《喊泉的秘密》等20余部，散文随笔集《波斯猫》《醉界》《人生趣谈》等30余部，幼儿童话《鸟石的秘密》《渔灯》等20余部，评论集《鹅背驮着的童话——中外儿童文学管窥》等4部，诗集《心帆》《诗歌的荣光》等多部，以及《高洪波文集》（八卷本）等。曾获过全国优秀儿童文学奖、五个一工程奖、国家图书奖、庄重文文学奖、冰心奖、陈伯吹奖、中国少儿出版社"金作家"等。

作家印象

诗人、儿童文学作家高洪波有一颗不老的童心,正如他创作的作品一样。他坦荡、真诚、透明,永远把微笑留在脸上。在中国,不知道有多少家庭几代人都读着他的儿童文学作品长大,又将自己的读后感分享给后代。难得的是,这位为孩子们创作了许多优秀童话故事、优美儿童诗歌的作家,始终关心被视为"小儿科"的儿童文学创作,关心着中国儿童少年的心灵园地。

20世纪80年代初,高洪波可爱的女儿降生。高洪波在此之前的诗歌和散文创作,大都围绕着他十年军旅生涯。然而,当他看着襁褓里的女儿,诗歌便在他心底生长。他想通过诗歌告诉女儿,他对她的期望,就是身心健康、快乐成长。他说,女儿小时候想做幼儿园老师,后来又想去动物园做管理员。现在她是一名普通的技术工作者,她做什么,父亲永远为她骄傲,因为她过得自足、快乐,这是生命的本质。

对于今天无数害怕孩子输在起跑线上的父母亲,高洪波文章的深意不仅在字里行间。

——李 舫

莲峰觅古

■高洪波

小时候学历史，老把两个人弄混，一个是文天祥，另一个是史可法。

弄混的原因很简单：他们二位都是汉民族的英雄；又都是官居丞相、共同抗击异族入侵的大忠臣；最后好像也牺牲得同样壮烈。渐渐大起来，从小人书上学到的历史知识转化为另一种文化，文史二人自然分得清晰起来。

我知道文天祥的朝廷亡于蒙古人之手，而史阁部的朝廷先失之于李闯王，继而亡于大清国，他们中间隔着大明帝国和元朝。文天祥顶出名的是一句诗：人生自古谁无死，留取丹心照汗青。这句诗太有名了，几乎积淀在中华民族数百年来被压迫、被奴役者的心灵深处，成为一种遗传基因似的东西。因此一旦我读懂了这两句诗的时候，文天祥便成为顶天立地的男子汉，再也不会同史可法混淆了。

但文天祥究竟是什么模样？他的祠堂在北京什么地方？对于我一直是个谜。直到有一年夏天在府学胡同里恰巧相逢为止。府学胡同在北京东城北新桥南，穿过这个胡同就是一座电影院，我先是为了抄近路看电影，继而才发现这胡同里有着文天祥祠，遂有了对文丞相的首次造访。

庭院深深，静寂无人，我造访文丞相时正是冬日里一个星期天的下午，仿佛整座祠堂是为我而开启似的，静谧中我感受着当年文天祥被囚禁时的氛围。祠堂前身为土牢，文天祥兵败被俘虏至元大都（北京），在受囚的四年中，就是在这块土地上进行生命的最后抗争的。《正气歌》就是作于此处，因此我想这堂屋、墙壁、窗棂，当是文丞相的第一听众吧！

庭院内有一株古枣树，枝干扶疏，相传为文天祥被囚时所植，枝干向南自然倾斜，人们觉得这株枣树上寄托着文天祥的灵魂，遂有"臣心一片磁针石，不指南方不肯休"的解释。可惜正值冬日，否则还能看到古枣树那心形的果实，是如何悬垂于祠堂默奠文丞相的。

此外便是石碑石匾，东壁嵌有唐代大书法家李邕的《云麾将军李秀碑》，据说是清代康熙年间的有识者放在这里的，算是对文丞相的一种超时代的文化仰慕。文丞相的塑像庄严生动，据说原为儒士像，后改为宋丞相冠服，一如现在所看到的。这祠堂从明洪武九年建起，后代一直有修缮，清嘉庆、道光年间便修过两次，可见文天祥的忠肝义胆烛照千秋的伟力。

告别文天祥祠时，意外地发现它傍邻一座小学，孩子们在操场上的欢笑声，课堂里的书声，将给这座古祠堂增添许多生机。虽然正值星期天，我面对的是一派静寂。可我能聆听到这一切，我相信文天祥也能听到。

第二次造访文丞相却不在北京，而在南国汕头的潮阳县海门镇，在一座闻名遐迩的莲花峰下。时间就在3月的一天下午。

3月间的北国尚无点点绿意，3月的南方却春意盎然。我们一行人采访汕头特区，偷闲到海门觅古。车子径直开入公园，在文天祥巨大的雕像下停住。与北京文天祥祠堂的塑像相比，这尊文丞相气派威严，屹立在丽日蓝天下，背倚苍松翠柏，左手按剑，右手捶腿，眉峰紧锁，目光充满忧郁地眺望着海面，披风和头巾似被海风掀起，别有万般无奈，千种怨仇！塑像的确很生动，脚下的巨石刻满铭文，仿佛文丞相踩着一面石鼓，冥冥中能踏出咚咚然的鼓声！

文丞相踏的其实不应是这块石头，而应是号称"天南第一峰"的古莲花峰。这莲花峰更高更大，也更森然翘然。据说文丞相兵败至此，站于石峰之上遥望帝舟，久候不至，失望之际顿足长啸，足下巨石竟骤然裂成几瓣，成为现今的石莲花状！多么美丽而凄楚的一个传说，又是多么悲壮而又无可奈何的一个故事！莲花峰就这样日日夜夜向着蓝天开放着，用自己断裂的身躯，证明着、昭示着、呼唤着民族英雄的豪气干云。从这个传说来判定文天祥塑像的神态，的确是极传神的写照。

沿着莲花峰向西漫步，一座"文山祠"呈现在面前。祠堂内仍有一座传统意义上的文天祥塑像，着宋丞相衣冠，面目沉稳和蔼，少了许多适才见到的刚烈之气。或许这才是文山先生的本来面目！怒踏海涛，足裂巨石，瞬间足以代表永恒；平和沉稳，临刑无惧，同样为大英雄本色。因此我向文丞相顶礼膜拜，吸一口袅袅的香烟，感觉到这烟火里仿佛蕴含着天地间浩荡不止的凛然正气。

归程无事，猛然想起几句歪诗，觉得很能代表此时此刻的心情：

莲峰觅古

亘古的岁月之雨
孕成一瓣灵胎
借云絮为花粉
你向天际喷香
向宇宙示爱
不知从哪朝哪代
你屹立成石莲
成为文丞相
忠君的记载
更替那终南独木
肩起亡国的悲哀!
其实,王朝迭替
改朝换代/干你顽石何事
你听风听雨
任潮去潮来
本有大自在
亘古的岁月之雨
如今仍在飘洒
莲花峰的花蕊
便只能这样
朝朝暮暮
半闭半开……

诗写得平平,一不朦胧二非含蓄,仅起到一点宣泄情感的作用而已。回到北京,无意中翻阅清人梁绍壬的《两般秋雨庵随笔》，在卷八读到一则《同气之异》的文章，内中涉及文天祥和其弟文璧仕元的典故，梁绍壬的确有见识，他判定"兄难而弟不难也"，把文天祥兄弟间的作为进行了分野，哥哥大气磅礴，义薄云天；弟弟仕元，也算是另一种"曲线救国"吧。只是"南枝向暖北枝寒"让我想起文丞相祠中以枝干指南的那株枣树来，时令已近晚春，那枣花想必早已盛开成一团锦簇，抖擞出若干幽香，迎接老北京一个又一个景慕者。

我要赶快去踏访，顺便告诉文丞相潮州春讯，让他老人家方便的时候乘长风破万里浪，往莲花峰走走……

■ 郭文斌

作者简介

著有《寻找安详》《农历》等10余部；有中华书局版精装8卷本《郭文斌精选集》行世；小说《吉祥如意》先后获人民文学奖、小说选刊奖、鲁迅文学奖；小说《冬至》获北京文学奖；散文《永远的堡子》获冰心散文奖；部分作品被翻译成外文。曾任中央电视台8集大型纪录片《中国年俗》、百集大型纪录片《记住乡愁》文字统筹。

现为中国作家协会全委会委员，宁夏回族自治区作家协会主席，银川市文联主席，《黄河文学》主编。

作家印象

从年节民俗、乡土伦理中走出来的郭文斌，宽柔，慈敏，面上灭除忧喜色，胸中消尽是非心。他的为文，就像他的为人一样，谦卑中有傲岸，安详中有叱咤风云。他用悲悯的目光打量着世界，世界也以慈悲的胸怀拥抱着他。

郭文斌那至为敏锐、清新与优美的语言，以及驾驭这些语言的高超的技巧，使得他有众多的拥趸。他们在他的文章里找到了内心的吉祥如意，找到了远离喧嚣纷扰的精神上的世外桃源。他的文字和他的思想都成为中华民族传统的一部分，这是中华民族的浪漫和诗意，如大地一样广袤敦厚，雍容包藏。

懂得了郭文斌，就懂得了中华民族的赓续绵延，也就懂得了生命本身的刚柔相济。

——李 舫

中秋是归途

■ 郭文斌

在拙著长篇小说《农历》中,我用小说的眼光打量过中秋,在散文集《永远的乡愁》中,我以散文笔法写过中秋,但仍然觉得没有进入中秋。丙申中秋将近,强烈的中秋味道再次笼罩了我。是日深夜,沐浴在皎洁的月辉中,享受着一种难得的清凉,蓦然,一个特别的世界向我打开,我十分惊讶地发现,中秋,原来是一条先祖给后人精心铺设的归途。

中秋之祭

《礼记·祭统》曰:"凡治人之道,莫急于礼;礼有五经,莫重于祭。"古人把祭祀作为诸礼俗中的首重。《礼记·祭法》记录:"夏后氏禘黄帝而郊鲧,祖颛顼而宗禹。"指出早在夏朝对祖先的祭祀已经存在。《周礼·春官》记载:"大宗伯之职,掌建邦之天神、人鬼、地示之礼。"可见祭祀已成规定,依时有春礿、夏禘、秋尝、冬烝。

流传至今的中元祭祖和中秋祭月，当是"秋尝"的重要内容。而无论是中元祭祖还是中秋祭月，都是为了合道，都是趋吉避凶的方法论。

《易·系辞上》讲："一阴一阳之谓道"。《易·系辞下》讲："日往则月来，月往则日来，日月相推而明生焉。寒往则暑来，暑往则寒来，寒暑相推而岁成焉。往者屈也，来者信也，屈信相感而利生焉。"华夏先祖视太阳为寰宇之间阳性之最，名为太阳，视月亮为寰宇之间阴性之最，名为太阴。作为中国民间农时重要依据的阴历即是据月亮运行周期编成。既然月亮在天地间有如此重要的意义，有着祭祖传统的中华先祖当然就要献祭。《国语》记载："古者先王既有天下，又崇力于上帝明神而敬事之，于是乎有朝日、夕月，以教民事君。"所谓"夕月"就是祭祀月亮的仪式。不过当时祭祀月亮是在秋分这一天。据《周礼·春官》郑玄笺注："天子春分祭日，秋分祭月。"历代王朝也都把祭月列入国家祀典，严格执行。北京的月坛就是明代嘉靖年间为祭月修建的祭坛。

古人发现，秋分之日太阳行至赤道上空，昼夜相等。此后，白昼渐短，阳气渐衰；黑夜渐长，阴气渐增。所以，在秋分这个阴阳相当，阳气"屈也"阴气"信也"的时刻祭月，既是敬送阳气之往，又是恭迎阴气之来。正如《周礼·春官》所说："中春，昼击土鼓，龡豳诗，以逆暑；中秋夜迎寒，亦如是。"但秋分是据太阳的运行确定的，在农历中不固定，或在月初，或在月中，或在月末。若在月末，就很难见到明月，无从献祭，后遂演变为阴历八月十五进行。

在民间，中秋献月饱含着百姓浓烈的感恩之情。一年劳作，托福于天地护佑，风调雨顺，日清月丽，五谷和瓜果成熟了，作为受益者,就要首先把果实献给天地和祖先品尝,所谓"秋尝"。

在古人看来,祭就是吉。因为祭是人天中介。用今天的话说,就是能量通道。生命来自父母,父母又来自他们的父母,寻根究底,肯定有一个第一父母。这个第一生产力,应该就是老子讲的"道"。"道生一,一生二,二生三,三生万物。"人也是万物之一,自然也是由道生的。要保持生命力,无疑就要保持和道的联谊。古人用的方法是祭。可见祭是人类和宇宙能量保持畅通的一种形式。

而要成功获得这种能量,就要高度同频化。怎么办?首先要斋戒。《祭统》介绍,国家公祭之前,皇帝和皇后要分居,先散斋七天,再致斋三天,以收摄身心。这个调频过程,就是斋戒。

《了凡四训》讲:"凡祈天立命,都要从无思无虑处感格"。祈天也好,立命也好,"无思无虑"是关键。这大概有点心理学讲的把意识层关闭进入超意识层的意思。一旦进入超意识层,祭者的频率和宇宙频率就重叠了。频率重叠,能量就可共享。也就是老子讲的"人能常清净,天地悉皆归"。

按照现代科学的说法,任何事物都由三要素构成,即信息系统、能量系统、物质系统。月亮作为一个巨大的天体,肯定有它的信息系统和能量系统。这就是古人讲的"月神"。既然真有"月神",《论语》中讲的"祭如在,祭神如神在"就显得必须。这让人想到小时候给爷爷拜大年,三个头磕下去,爷爷就给奶奶说,快给孙子红包。在古人心目中,祭祀对象就像爷爷奶奶,是人格化的。

古代国家和集体层面的月祭都是要诵读祝文的。向西设坛,由祭官或女性贤淑沐手恭诵祝文,然后向月焚化。祝文主要由两部分构成,先是歌颂,再是立志。作为阴性能量的载体,月亮有着太多值得人们歌颂的地方。想象一下,宇宙间如果只有太阳没有月亮该是一个什么情形。现代科学已经证明,月亮对地球有一定的保护和平衡作用。月辉更是重要的生长力。据研究,女性受孕多在月圆时。据说在北极圈附近生活的爱斯基摩人,冬季有四个月看不到月亮,女子也四个月不来潮。所以,祭月它不单是一种文化仪式,更是重要的生命力获得程序。

为了让这种能量具有存在感,祭祀之后要分食祭品,古人名之为"饺",我没有考证这是不是饺子的来源,但古人把饺子就称为"月亮馄饨"。随着祭礼的不断演进,月饼和瓜果就成了中秋的主要祭品。无疑,祭品是一种祝福化了的食品,用我们今天的话来说已经被磁化了。因此,在祭礼之后,我们看到,许多家长舍不得吃掉分得的祭品,要拿回家,让老人和小孩分享。

中秋之中

中秋有三个核心意象,一个是"中",一个是"秋",一个是"圆"。先说"中"。在我看来,它是中华文化的核心。《中庸》讲,"喜怒哀乐之未发谓之中,发而皆中节谓之和"。"中也者,天下之大本也;和也者,天下之达道也。致中和,天地位焉,万物育焉。"可见"中""和"之重要。"中""和"体现在状态上,就是阴阳和谐。阴阳和谐人就不生病,就没有灾难,就风调雨顺,就国泰民安。而阴阳和谐的大前提是"中"。从心性层面讲,大多祭礼都是把人心引向中道,中秋月祭也不例外。

在我理解,"中"有两层含义。一是反极端。中华民族之所以能够保持持久生命力,就是她的思维方式是"中"。我不消灭你,就不会埋下你消灭我的种子。我今天把你消灭了,终有一天你的后代会来消灭我。对应在养生上，去掉极端情绪，就能心平气和，自然健康长寿。"中"更加形而上的一个意思是贯通天地，正如"中"字的会意，它是一个贯通天地人的中线，这个中线，对应到人体上就是中脉，对应到心灵上就是现代心理学讲的零极限。而要保持这个"中"，就要"不以物喜，不以己悲"，就要心存"都一样"。人的痛苦来自"不一样"。古人为什么特别强调活在当下，因为忆往期来都不在"中"上，只有活在"这一刻"才在"中"上。

美国著名心理学家霍金斯研究发现，当一个人的心态在"都一样"上，他的生命能量是六百级，相当于一千万个二百级之下的生命能量之和。而"都一样"，事实上就是中国先祖讲的"中"。那是一种待在面缸里不出来的状态。一旦从面缸里出来，变成面包、面条、饼干、点心，就有了分别。有了分别，就有了喜好。有了喜好，就有了选择。有了选择，就有了争夺。有了争夺，就有了灾难。

而如何才能待在面缸里不出来，古人的经验是中道，而祭礼，是引导人们还原中道的重要方法。事实上，现代人已经很难体会古代祭礼中的那种大清静了。那怎么办？按照老子教的，向惯性生命相反的方向走，把我们可能的财富、体力、智慧分享给社会。渐渐就能接近中道。老子讲："多藏必厚亡。"为什么？因为"藏"把我们的生命力变成物质，积压在低频状态。如果奉献给社会，它就又被激活，还原为生命力。

秋祭向人们表演的，正是这种思感恩，知敬畏，天地共庆，有福同享的还原心态。它让人们从"道生一，一生二，二生三，三生万物"的"万物"向回走，回到道上去。对应在教育上，就是《大学》中讲的"明明德",就是《中庸》中讲的"修道之谓教"的"教"。可是今天,我们发现许多家长不但没有向回走,还在助长生命惯性。饭粒掉在地上,孩子要捡起来吃掉,父母却阻止,脏,不能吃!这就在孩子的心中制造了一个分别,就把孩子生命力的一半分离出去了,从此,世界在孩子心中就是两部分,一部分是净的,一部分是脏的,他见到"脏的"就会反感、拒绝,这一部分能量就被拒之门外了。出门的时候,爷爷奶奶说,小心,现在坏人很多。又把一半能量分离出去了,在孩子心目中,世界是由两部分人构成的,好人和坏人。由此看来,人们要想保持生命力,就要努力消灭分别,从子目录不断回到根目录,这大概就是古人讲的中庸之道。

中秋之秋

中秋的另一个核心意象是"秋"。它对应着"春种夏长秋收冬藏"的"收"。中秋作为节日给人们的心理关怀就是要引导人们进入收敛,把过分的欲望收起来,为了明春更好的播种。农民这时开始磴地护墒,把地力收起来冬藏,以备第二年春种。因此,这个节日是一个重要的心理暗示,是对人的重大关怀。如果说一辈子人活80岁的话,不惑之年就要进入收的时候了。把能量存下来,传给下一个生命周期。对应到人伦,就是把能量转移给子孙后代,或者奉献给公益。在协助央视拍摄大型纪录片《记住乡愁》的时候,我十分惊讶地发现,古代有那么多官员,人生并未进入暮年,却主动告老还乡,或高堂尽孝,或从事农桑,或兴办义学,等等,足见古人是把"秋藏"作为一种自觉，也把"有福不享、留于后人"作为一种信念。

看看庄稼，看看果木，人们就会得到启示，它们一年辛苦，结出果实，自己却不享用，全部贡献给人类，这就是天演仁道。这种仁道，还通过生生不息的繁衍力体现出来，对此，看看种子就会明白。谁能知道，一粒粒小小的种子里，潜藏着那么巨大的生长力。那是一份收于秋藏于冬的慈悲，正是这种慈悲，形成一种生命相续之力。由此可见，种子是藏起来的花朵，也是一种藏起来的大仁大义。这也许就是古人以"仁"命名种子的原因，比如桃仁，杏仁。

这种宇宙大爱，投影于人，就是父慈子孝。日月没有按人的级别收取光租，空气也没有按人的级别收取气租，日光月华不但平均，而且免费。它们不但没有分别，更没有交换，没有索取。天下父母也没有谁向孩子收取过奶费，没有谁按给孩子换尿布的次数收取劳务，恰如日月之无私。

如果我们不能理解这一点，对"月神"的敬畏心就生不起来。敬畏心生不起来，中秋节的神圣感也就生不起来。神圣感生不起来，节日就变成娱乐，渐渐就会被人们淡忘，因为现在人们不缺娱乐。

从功用学的角度来讲，只有我们通过行仁道，才能和天地日月的频率一致。跟天地日月的频率一致，才能获得同频生命力。

中秋之圆

"中秋"的背后还隐藏着一个十分重要的意象，那就是"圆"，它是和谐宇宙的频率，也是吉祥如意的频率。大到宇宙，所有的天体是圆的，轨道是圆的，小到细胞，也是圆的。对应到人间，就是圆满不缺。既然不缺，那就不缺财富，不缺长寿，不缺康宁，不缺好德，不缺善终，所以"五福临门"。对应到"五伦"，有父母在，我们就能享受到来自上面的能量；有儿女在，就能享受到来自下面的能量；有夫妻兄妹在，就能享受到来自平行的能量。有祖先在，就能享受到纵坐标的能量；有国家在，就能享受到横坐标的能量，此谓"祖国"。因此，古人也把"五伦"形容为"五轮"，也是一个圆。

对应在文化上，它就是一个大团圆结构。因此，有人说中国的戏剧不够深刻，其实它才是真正的深刻，因为它是重要的心理暗示。中国古人早就知道，什么样的念头会形成什么样的结果，就像什么样的底片会投射什么样的影像。如果平时读的文学作品是大团圆，潜意识里就会形成无数个大团圆的底片，下一个生命周期播放出来的生命景象就是大团圆，当一个民族的集体意识是大团圆，她怎么能不长寿。

祖先们早把天理、地理、物理、人理、心理搞通了。

之所以用月饼献月，还是这个道理。古人讲，境由心造，反之，心也由境造。看到一个圆，心里就有一个圆；心里有一个圆，气就是圆的。气圆则和谐，和谐则健康。所以，月饼作为祭品，正是为了唤醒人们内心的圆满。纪录片《记住乡愁》中有一句台词非常经典，父亲给儿子讲，只有你的心是圆的，你手里的月饼才是圆的，如果你的心不圆，再高超的技术也无法把月饼做圆。可见经营并非为了经营，而是为了圆满心态。祭典也不例外。

如此看来，月饼上面的一切意象都是心灵底片：像玉兔那样没有暴力性；像嫦娥那样长生不老；像蟾蜍那样多子多孙；像"桂花"那样富贵芬芳。

如此，中秋赏月又何尝不是心理暗示，赏什么？无非是一个圆一个明。由圆和明对照之下的人生感叹就从文人墨客的笔下流出。核心话题无非是如何让生命有常。如何才能让生命有常呢？记着初心，存着归意，以一种面对天地祖先的真诚和虔敬，度过生命中的每一天。对应到文题上，就是止于秋，行到圆，回到中。

这是中秋节的四个主要元素：祭、中、秋、圆。它是古人一种极其重要的心理干预，也是一种极其重要的能量设计：但愿人长久，千里共婵娟。

■黄宾堂

作者简介

壮族，笔名桂宾等。1958年出生于广西武鸣。1982年毕业于广西大学中文系。1974年参加工作，历任北京《青年文学》杂志社编辑、副主编、主编，中国青年出版总社文学艺术分社社长兼总编辑、编审。1980年开始发表作品。1992年加入中国作家协会。著有《生命潮汐涌动的世界》《广西文坛的三次集体冲锋》《文学之缘》，文集《距离与空间》等。

作家印象

　　从遥远的百越之地一路北上，黄宾堂的文字里永远充满了挥不去的乡愁。奇特的喀斯特地貌、灿烂的文物古迹、浓郁的民族风情、富饶的海产资源，在黄宾堂的笔下，都有着淋漓充盈的张力。800公里的国境线、1500公里的海岸线，让八桂大地富有特殊的内涵，也让黄宾堂的文思有着绵长的深情。在他的文章里，不，在他的心里，他永远将他经历过的地方与他的家乡比较，气候、水文、海岸、植被、语言、民生、港口、岛屿、地貌、人口，这是他生长于斯的地方，是他深情怀恋的故乡，就像深夜里迷路的孩子，不论走多远，不论走多久，在他文字的迷宫里，他都会无意中绕回到原点。这是他与母体割不断的血脉相连，他的故乡在他的思念中永生。

　　　　　　　　　　　　　　　　　　　　——李　舫

广西广西

■黄宾堂

20多年前的冬末,我初到北京,第一印象是北京的树上不长叶;20多年后,我与一北方人回广西,他的第一印象,是指着大道两旁的棕榈树说,南宁怎么那么多假树。人是有盲点的,而唯其因由,才是人类成长的动力。于是有了一句格言,叫读万卷书,行万里路。感谢广西同党的邀请,使我又增添不少新鲜的记忆。

阳朔西街

实话说,我对很多旅游城市旅游景点的民风商易向来持基本否定的态度。那是一次性心态下的陷阱和谋财,是地头蛇对外来客的温柔猎捕,所以游客在收获美妙的同时总伴随着遗憾。

然而,西街是一次颠覆。

漫步在这不足一公里的西街,林立着各式商铺酒吧餐馆旅店网吧书画店音像店等等;建筑风格更是融汇中西,田园式的返璞型的后现代的，创意无限；招牌大多中英文呈现，极具想象力。你随意进入一个商铺，都会遇到闲适而客气的微笑，而不是我们见惯了的那种虚假的热情。西街人做生意就像平常日子居家生活，客人来购物就当邻居家的串门，即便是老外客人，西街人也大都能操外国语言，行外国礼数，平等、亲切而轻松，你购物的欲望和掏钱的预期与这种气氛非常吻合，不需特别防范（或者说即便吃了亏也心甘情愿）。果然，你试着问价格，然后习惯性地讨价还价，得到的一律是不还价，我在一个箱包店问价，说120元，还价，不允，再还价，主人干脆说：130元。这就是西街，童叟无欺，中外同价，老外掏着美元，也能享受国人价格。世界大同，西街人就有这种胸怀，无怪乎每年踏访西街的游客达150万，数千老外或长或短在此流连，甚至把护照变成了定居户口，在当地娶妻嫁郎。习惯于讨价还价的我，在经历几次这种不习惯之后，反而认可了这种规则，这是相对真实的规则，你想想，到邻居家买东西，你好意思讨价还价吗？双方抬头不见低头见的缘分，那种岁月慢慢积攒下来的情分，这就有了一种内在的可靠和信任，西街人做生意就是这个理儿！

形成这种品格与西街的成长有关。30多年前，西街周边还是菜地农舍，"半是乡村半是店，可为生意可为耕"是西街的写照。当地人在秀美山水的浸养下，怡然自得，与世无争，淳朴的乡风民俗根植于这种田园般的生活中，就具有了坚硬的质地。所以他们不会急功近利，不去幻想一夜暴富，即便商潮滚滚机会在前，也只会顺其自然，闲适却不慵懒，无利不起早，有利也不玩命，一切按着自己的心理节奏行事。我在一个店铺看一位姑娘在一台简易的织布机上操作，五颜六色的彩线在她手里变成各种图案。我问织一块布用几天,她说两天,我说要买你这块布,晚上给加个班行吗,她说不行,晚上还要要呢,多住几天嘛老板,生意是做不完的。

平淡的话,却近乎箴言。

这里的人都是生活者,平和,淡定,不是职场,更不是官场,有竞争,但不是你死我活。有一家餐馆,店名叫"没有",据说是个美国人起的。"没有",是空间,是悖论,是无限,是想象力,颇具哲学意味,但不生活,所以开始并无人光顾。后来老板虽画蛇添足但颇生活化地在门面上用中英文加上了几条:没有热啤酒,没有不好的饭菜,没有不好的服务,没有敲竹杠,没有不好的客房。这外国人的哲学与中国本土的生活化一结合,便具有了发酵力,于是"没有"餐馆火冠西街,老板还一口气开了三个分店。

还有一个没有,就是没有报亭书摊。职业的习惯我一连问了三人,均茫然,不知是对书店的茫然还是对我问此话之恍然隔世的茫然。我好不容易找到城里也许是唯一的新华书店,卖的只有两类:教辅和音像。西街是休闲的西街,逛逛书店翻翻书也应是休闲之内容。真希望有人也开一家"没有"书店,没准儿也是一大商机呢!

也有"有"的,比如啤酒鱼。这种取之漓江鱼,不去鳞,双面煎后,佐以葱姜蒜和啤酒焖煮,满街均卖,全城尽食,最后也就利益均沾,自给自足。看来创意和特色是需要的,在这一点上,环球同此凉热。

西街地处阳朔县城中心,头枕漓江,脚踏公路,周边美景环抱。在三四平方公里范围内,环绕着大榕树、兴坪、杨堤、遇龙河等七大景区,那景致,牧牛归舍,田园如画,清风出袖,明月入怀。旅游的方式也丰富多彩,可竹排漂流、徒步、自行车旅行,也可攀岩、探洞、乘热气球观光。加上那个世界上最大的山水剧场,激情上演着"印象刘三姐",集山水、风情、文化之大成,你可以花180元从正门进入,也可花40元到农家自搭的棚子上野趣十足地观赏。

面对这一切,你那堪比大海苍穹丰富的心灵肯定也能找到对应的爆发点。而西街,是这一切的出发点和落脚点。有一位高人是这样概括的:当你在山水中迷醉,便回到西街解醉;当你在西街中毒,便游荡于山水间解毒。山水是仙界,西街则是俗世。每到夜间,霓虹闪烁,人头攒动,充满诱惑,一切皆有可能;各国语言交汇,不同肤色杂糅,西街与游客互成风景,相互欣赏、融洽、和谐、不设防。有烛光下的喁喁私语,也有露天外的光膀吆喝;可以在酒吧聚众宣泄,也可独自舔舐伤感。逛西街是一种体验,在这种轻松休闲的氛围下,将心灵放逐、梳理、回视,或者等待不期而遇,等待缘分的降临,甚至,你可以独自去发呆。西街,揽天地之灵气,敞包容之胸怀,让你尽情。

偷得浮生几日闲,梦回西街,一片灿烂。

北海老街

北海是与银滩联系在一起的。那片绵延数十里的海滩,滩长平,沙细白,不含泥,无鲨鱼,空气饱含负氧离子。到了北海,第一欲望是更衣换行头,赤足戏耍银滩,与那号称浪柔软、水温静的大海亲密接触。白天,天高海阔,看日出日落,感受阳光下泛着银片的长滩;晚上散步,白炽路灯下雪一般耀眼的白沙，一堆一堆，海风带着浓重的潮气，浇透你一头一身。

舔一舔嘴唇，这就是北海的味道了。

北海是与珍珠联系在一起的。因了那个"合浦珠还"的典故，因了那句"西珠不如东珠，东珠不如南珠"的耳熟能详，还因了自汉代以来南珠一直是朝廷贡品的地位，珍珠自然成了北海一张艳丽的名片。矗立在银滩广场那座硕大的珍珠意象球体，就是北海的象征性地标。

北海是与生长联系在一起的，30年前，这里还是遥远、封闭、朴拙、默默无闻。30年来，这里已经成为中国西南地区走向国际市场的门户和东南亚各国进入中国的桥头堡。铁山港的巨吊，市区北岸的鳞次栉比，环海大道的旖旎，草木繁茂，莺飞燕舞，活力荡漾，生气勃勃。

这是北海的精气神。

还有一处地方，虽不为人熟知，但对这座城市至关重要，这就是北海的老街。

这是一条百年老街，沧桑的肌理弥漫着历史的气息。1876年的《烟台条约》，增开了宜昌、芜湖、温州、北海为通商口岸，北部湾这片沉睡的海域第一次牵引着大洋彼岸洋人的目光，他们纷至沓来，设立领事馆、商务机构，建造邮局、医院、教堂，于是中西融合蔚然成势。在这条不足两公里的老街上，骑楼式的岭南民居风格与卷拱窗柱式欧洲元素结合，两三层的西洋式阁楼上却雕龙画凤，依稀可辨的商号石匾，中文洋文互见，一切都那么自然和谐。

老街上有一处"东安马（码）头"的牌匾，这是北海开埠前最繁忙的码头之一。当年老街的住房是前面临街，后面靠海，涨潮时船可直抵后屋，形成前店后库兼码头于一体的奇特格局，海鲜干品时令百货，欸乃一声，备齐入库。可以想象，当年的船帆点点，户户码头，成就了老街的灯红酒绿，繁盛一时。

今天的老街上有一组摇水井的情景雕塑，两个小伙子拉动着木杆摇水，栩栩如生，这确实是数十年前的情景再现。据记载，老街的东西两头有两处古井，一是当年珠海路的接龙桥双水井，这是庞氏家族的祖传老井，属于私人所有，至今已有200年历史。海边的淡水珍贵，庞氏先人有商业头脑，金山银山不如给后人留口活水，既荫及子孙，也惠泽百姓。据说井水还有奇效，古井附近就颇多长寿的百岁老人。另一口古井是当年中山路的观音堂双水井，1887年曾重修，并立有古井碑记。据说水质甘甜，用其酿酒，醇香味厚，当年古井附近就建了多家酒坊，是洋人买办经常光顾的地方。这古井也是老街人的生命之水，方圆数里的居民均在此打水喝，一些无人手的商铺或大户人家则雇请专职的"担水人"。于是早晨或黄昏，成群结队的担水人穿街过巷，如同老街一条条流动的管道，将生命之水输入百户千家，成了老街一道独特的风景。

漫步于这条经过修旧如旧的老街上，仿佛穿行于历史与现实的隧道中，你会感到气静神怡。偶有逶迤而行的盲人，用车驮着一张木板床，打的是"盲人按摩"的心理招牌；斑驳泛白的西洋式旧窗户里不时飘出粤曲小调；一条窄得只容一人通过的老巷不知藏着多少风流韵事；骑楼下乘凉的老者神态安详，百年老屋百年风，似乎并无多大改变，时光静止了，儿时的生活对接于老人布满皱纹的脸上，炎炎夏日泛起一片清凉。

大千世界，车水马龙，竞争奔忙，追逐利禄，这一切于老街都如同无根之浮萍，雁过无痕。就如一位英国人所说：若城无旧屋，如人类无祖先。老街是先人沉淀的智慧，它是一种文脉，一种气脉，是现代人再出发的坐标。

北仑河摊儿街

位于东兴市的北仑河是中越两国的界河，河畔立有一人高的界碑，上书"大清国钦州界"六个鲜红大字，碑石粗粝，字迹苍劲，透着历史的厚重；界碑面朝境外，彰显一种威严和霸气。同样一块界碑还出现在西北部的大新县境内，那条中越的界河叫归春河，就是这条河创造了著名的德天跨国瀑布，那块界碑就立在瀑布砸下之前的汹涌河畔，上书"大清国广西界"。两地相隔数百公里，有一条东起东兴，途经凭祥友谊关零公里处，擦过云南地面，西至百色那坡县，全长725公里的边境公路相连，这也是一条风光无限的"飘带"。

北仑河就是这风光无限的起点，它婀娜蜿蜒，柔媚多姿。中越两国一衣带水，一桥挑着东兴与芒街两国的边防口岸。

两国边民历来有"互市"的传统，早七晚八，相互过境做买卖，桥的两头，每天两三千人流，像公务员一样准点上下班。

于是有了北仑河畔的摊儿街。

这是越南边民的游商群体，沿河一溜排开，或蹲或坐或扎堆儿聊天，声调硬朗，几人之间的闲聊，说话就像上战场表决心般铿锵有劲儿。地上铺张塑料布，上面摆着越南香水、白虎膏、牛角梳、硬木筷、咖啡、纪念邮册、各种香烟等商品；更多的是挎个布包、遍布街巷的游动小贩，她们操着普通话或粤语，追着你缠着你，只要稍作犹豫，或眼神无意定格，就会被围捕似的死缠烂磨，叫价也是无序竞争，一条香烟能从150元竞叫至30元。面对这场面，你只能选择逃跑遁地。

但是我看到了一双眼睛，一双少女的眼睛，她穿花色窄袖裙子，上身束腰，下摆舒展，还套着白色长裤，头戴斗笠，系带垫着一条口罩似的白毛巾，将整个脸部遮严，唯露出一双清澈平和的眼睛。她不声不响不兜售，静静地裹在游商队伍里。数米之外，就是她们的故乡，那是外国，我们目光出国，细细打量那并无多大差别的异国他乡，像所有游客一样这拍拍那留影，背景都是外国，就权当又出了趟国。正午时分，我们在一河之隔的此岸，伴着他国的风景畅饮，旁边又开始围了一圈嗡嗡兜售。蓦然间，又看到了那双眼睛，还是那么沉静安然。同事上前要照相，她却轻轻别过脸去，众游商起哄，说买了东西才给照。饭馆老板出来轰走她们，那双眼神暗了一下，又在远处亮起来。

吃完午饭，我们又四处游逛，蜻蜓点水，随处可见法式风格的建筑，大街小巷全是店铺，货品大同小异，中越杂间，店老板不少是越南人。越南硬木家什声名在外，但我目之所见，均泛着贼光，漆着厚漆，不明就里，均匆匆而过。

返回停车场，最后回望那静静的北仑河，它承载了太多的历史。我知道，30年前，这一带还布满地雷，枪炮频仍。而今，人民和平共处，商贸兴隆，一派祥和。

我又看到了那双眼睛，清澈平和，令人感动。我走过去，挑了一条三五烟，问她多少钱，她摘下那口罩般的白毛巾，露出漂亮的面容，眼睛下方有颗痣，微微一笑说，50块。

我为中越边贸贡献了人民币50元，约合越南盾12万。

■ 韩子勇

作 者 简 介

　　汉族，1962年出生。文艺评论家、作家。著有《当代的耐心》《西部：偏远省份的文学写作》《文学的风土》《浓颜的新疆》《深处的人群》《木卡姆：巨灵如风吹过》等。曾获新疆社会科学优秀成果青年佳作奖、二等奖，首届天山文艺奖和全国第二届鲁迅文学奖等。

作 家 印 象

　　你在什么地方、什么时间——你就是什么。地域、历史和时代，对个人而言，犹如父亲，是他把你生出来。不同的是，这是个不太负责的家伙，他给了精血，之后消失得无影无踪。于是，每个人都是野人，在社会的榛莽漂泊、在未知的命运流浪，心如猛虎、魂无定所。生命的焦虑由此而来……我是谁？从哪来、到哪去？一生跌跌撞撞寻找归宿，寻找那个办完事消失的家伙。只有极少的人，认出他、了解他，创造新我，成为自己的父亲、创造自己的父亲。更多的人，是永无身世的弃儿，不被收留。

　　韩子勇的《在新疆》，告诉你的，就是这样一份关于漂泊、寻找和指认的隐秘笔录。

——李　舫

在新疆

■ 韩子勇

被大漠、关山重重遮挡的新疆,给人留下的印象是感性的。

绚丽歌舞、瓜果美食、民族风情这三样,像古代的鸣镝,只能发出内容明确简单的信号。而缺乏耐心的当代人,不耐烦"在很久、很久以前"这样的开头,于是我们很难说清稍微复杂一点的事物。不要说维吾尔木卡姆艺术这样庞大、久远、陌生的音乐遗产,就是面对新疆当代生活,也时常有见多识广、受过相当教育的"口里人",在饭桌上问:你是维吾尔族吗?你们骑骆驼上班吗?你们住毡房吗?新疆有多大……

整个一个十万个为什么!

新疆是一个让人无限好奇而又使人显得十分幼稚的地方。面对过于复杂的深处,人们放弃复杂,直取表象。一个躲在西方名校的洋教授,依据仅存的一点点可怜的木简纸帛,可以就某一小片绿洲上已经消失了的语言,研究终身,写十本书。而我们面对历史烟云和今天的雪山大漠,又常常语焉不详,不知从何说起，脑子里一片空白。

空间拉长时间，时间扩展空间。

在我们这样一个历史久远、疆域辽阔、民族众多、文化异常丰富的伟大国度，需要更长一些的耐心和踽踽独行，才能走完真像与爱的旅程。对新疆的了解，需要像当年玄奘西行那样，穿越西域的深处。也许，那时，蓦然回首——灯火阑珊地方，会有她隐隐一线芳踪。

那么，开始吧！我们上路——

新疆的"疆"

直到今天，人类的主要活动仍然是在地球上，而且大部分人的活动范围十分有限，不能够"全球化"地飞来飞去。一个在中国沿海城市打工的乡下妹子，手中缝制的贴牌服装可能穿在英国绅士的身上，而她存身的地方，可能就是嘈杂的工厂与拥挤的宿舍——梦中回到清苦的乡下，醒来在缝纫机前飞针走线。

世界越是连成一体，故乡在一个人精神文化的版图上就越是醒目和突出。

在内地和国外，异域的生活影像，瀑布般从车窗源源不断地划过。恍惚之中，我似乎看到一些似曾相识的景物，飘散着只有故乡才能散发出的模糊记忆的气息，我神情一振，马上又下意识地压制住——就像黎明时分从旧梦中初醒，贪恋那份中年人对虚假往事的依依不舍，生怕惊飞了栖息一树的时光之鸟——但是马上，就被一个明亮而尖锐的理性刺痛：那是别处，是别处的生活，是完全陌生的田园。是啊，这一小片可怜的、被误植在异域的田园，如同戈壁上的蜃景，诱惑疲惫的身心。

渐渐变老的事物，都是相近而相似的，他们在向一个地点、一片区域集中。

有时候，大街上毫无规律的人流中，我会突然盯住一个背影，是我的父亲或母亲？赶紧走几步……他们怎么会出现在这里？他们好像完全不认识我了，看到我丝毫没有反应。所有的老人都那么相似，好像互相成为对方的替身。一种今生来世的熟悉与陌生，让我震惊，让我难过许久，我会立刻决定去父母那儿看看，看看他们在不在。

渐渐变老的事物，神秘地变得模糊而相似，他们在向同一个地点、同一片区域集中。

总有一天，一切都被归大堆，只是在最后消融的时光里，我们要竭力记住，记住他们风化前、消失前的样子。我想，在另一个世界，在另一个更加遥远的世界，天是那样暗，地是那样静，没有风，影像重重，我看不清，熟悉的和陌生的，都变成了一个样子。我想问问，问问那些只有亲人才知道的私密细节，以此找出我的亲人。但声音从嘴里出来，就消失得无影无踪。我喊，嘴里像是塞满虚无的沙子，喊不出。也许，这就是幽冥的世界吧，亲人不得见，一切陌生到极致。孤苦伶仃，一无所有。

故乡是我们心灵的圣地，如同沉陷中的记忆，偏僻而隐匿，黑暗而甜蜜。这令人惆怅、忧伤、难舍难分的故乡母亲，是我们血气蒸腾的内心，是我们岁月的风向标，是艰难燃烧的风中之烛，照亮返乡的小路。

作为自然之子，自然地理仍然是决定我们的物质世界与心灵世界的一个重要因素。生产方式决定社会生活，从而决定我们的历史。而自然地理影响到生产方式,自然地理是我们最重要的物质世界和客观基础——越是上溯久远,就越是如此。

2004年,在云南大理召开的全国民族民间文化保护工作会议上,我的发言,以对新疆的"疆"字的"说文解字",来叙述故乡的自然地理。

"疆"字仿佛专为说明新疆而设。

这个字左右结构,左西右东:危险来自西方。"疆"中之"弓",一次次向西张开。它弯弯曲曲的"弓"字边,就像新疆5600多公里的漫长边境,而那片"弓"外之"土",提示我们在近代被一系列不平等条约割让的土地。面积之大,足可立国。

2004年我去一个中亚国家。火车向西,一过阿拉山口,景观大变,林高草密,湖泊成串,气象壮阔,雄浑深厚,好一派中亚大草原原始风光,让人不禁感慨万端。

沙俄划走的土地,决不仅是面积之巨,在质量上,尤其胜过我今天的故乡。

"弓"字告诉我们,我们这个国家,失败在火器盛行的工业时代。汉唐开疆扩土,不输于漠北的马镫和弯弓,但到了晚清,形势大变,再也翻不过身来,一败再败于西方的"来复枪"。

"弓"字还告诉我们,中央王朝在新疆有漫长的屯田史。

自西汉开始的屯垦戍边,绵延几千年。从政治、军事而言,代表历史上中央王朝的有效管制;从文化、文明而言,源源不断地为西域注入儒家的文明。直到今天,绝无仅有的新疆生产建设兵团的大部分团场,仍然由北至南,分布在边境一线。兵团是我的血地,我在团场生活了十八年。

"疆"字的右边分别是"三横两田"。"三横"由上至下排列,分别代表三条山脉：阿尔泰山脉、天山山脉和昆仑山脉。

但这是多么大的"三横"呀！

在新疆行走，不管是走上几天、几个月，茫茫天宇之下，漫漫旅途之中，"天似穹庐，笼盖四野"——在你周身围拢成圆弧的地平线上，至少有一脉大山远远相随。山顶雪线，如银蛇颤动，逶迤天际。这雪线，如老人的眼睛，似乎为了看得远些、再远些，努力地眯缝着眼睛，静静俯视脚下辽阔大地，俯视大地上的沧桑变幻和踽踽行旅——你始终躲不开她的目光，你始终在她的寓言般的视线里。

"三山夹两盆"。上"田"为北，是准噶尔盆地；下"田"为南，是塔里木盆地。天山，果断地把新疆一分为二，北面是"北疆"，南面是"南疆"。就这样，新疆自然地理的骨架：166万平方公里的土地，写出的一个大大的"疆"字。

……

准噶尔的"草"与"苗"

在阿尔泰山脉和天山山脉之间，是准噶尔盆地，即"疆"字的上"田"。

准噶尔盆地的核心部分是古尔班通古特沙漠，蒙古语的意思是"三堆芨芨草滩"，这里是芨芨草、梭梭树和骆驼刺的世界。芨芨草就是古代边塞诗中常提到的"白草"，一墩一墩，其茎细长，劲直柔韧，如箭杆密集地怒放。过去，当地常有人用芨芨草杆扎成大扫帚，直到兰新铁路建成，道通物畅，才被更耐用的竹枝扫帚所取代。

观天下·新世纪散文精品文存

在土地上睡着和醒来

我要在一山沟的鸡鸣声里,再睡一觉。

——刘亮程《在土地上睡着和醒来》

总体来说，准噶尔盆地的自然条件、特别是植被情况，要比塔里木盆地好过许多。历史上，这里是传统的游牧区，现在有水和地势平缓的土地，早已开发成连片的农业区，深山、浅山和盆地深处半荒漠的地方才是牧区。游牧和农区的交相混杂，加之以相对发达的交通线和密集的城镇，是北疆的特点。

我生活过的那个团场的连队，就在准噶尔盆地边缘。

一到冬天，大雪铺地，连队边闲置的破房子里，不知是哪一天，就搬来几户哈萨克牧民。早晨干冷的空气中，飘来异样的奶香和膻味。老乡的牛、羊和骆驼，在连队每家每户的柴火垛旁、林带里和被厚雪掩埋只露出草尖的条田里乱窜。它们一定是迷路了，走走停停，东张西望，抽空吃一点庄稼秸秆和地上的树叶。就像乡下人第一次进城，迷迷瞪瞪，神不守舍，充满疑惑与好奇。这里曾是游牧民族的冬牧场，连队的位置，正是过去牧民们传统的"冬窝子"：背风、雪浅、有草可吃。

牧区和农区是可以互补的，大家相安无事。

这些混迹于连队的牛、羊、骆驼，这些会活动的"肉"，在那个计划经济和平均主义的年代里十分安全。生产建设兵团的体制、纪律和公有制观念，已经渗到血液里，尽管人们粗粮也吃不饱，很少有肉可食，却从没有人打这些门前屋后的牲畜的主意。

牛、羊、骆驼们，也是吃到哪就睡在哪。

悠闲的哈萨克人，只留几头奶牛拴在房前屋后，供日常喝奶之用，基本不用太管流窜在各处的牧畜。春天到了，要转场到山上的夏牧场了，他们才会找齐牛羊骆驼，打点好不多的家当零碎，开始上路。

我们这些十几岁的孩子，冬天寒假的一个重要的乐趣，就是合伙逮住几头牛犊子，拴在自家门前的沙枣树上，得空就骑上，快一阵、慢一阵，摔下来再骑上，乐此不疲，兴奋地在家属区横冲直撞。骑完了还舍不得放掉，拴好，抱一堆苞谷秸秆喂着，完全比对自己的亲弟弟还要好。

有时玩腻了牛犊子，也打过骆驼的主意。但听大人说，骆驼发怒时喷出的唾沫有毒，会让人皮肤发痒、长癣、溃烂。同时，骆驼对我们这些"半桩子"而言，也显得过于高大、陌生了些。因此，几欲下手，围住了这些林带里努力吃树叶的大家伙，但终究无从下手，只能悻悻而去。

夏天的时候在连队，也看到骑在马上、绝尘而去的哈萨克。

骑在马上的哈萨克，多少有些令人生畏。这些从山上的夏牧场匆匆而来的陌生人，还奇怪地穿着冬天的大皮裤，带着浓烈的青草气息和羊皮子的味道。在我们的眼中，与冬天里缩在连队旧房子里老乡似乎并不一样，显得威风神气多了。

夏牧场的生活肯定充满暗示与活力。有一段时间，我们这群孩子用竹条作弓，从竹门帘上抽下细竹条，用火柴化开臭油，焊上小钉子，躲在门前林带的柴垛里射马。当然是十次九空，偶尔射中一次，还未看到马惊时摔下老乡的景象，就吓得怪叫一声作鸟兽散了，生怕那些哈萨克骑着高头大马追打过来。我们哪里知道，怎会有会从马上摔下来的牧人呢？

这个孩子气的游戏，是否也隐含两种文化的、心理的关系呢？后来，我见过一些主宰一方哈萨克族领导，已在城市生活多年，但一到夏天仍然心里痒痒，隔三岔五往山上跑，回来后就精神焕发，一副心满意足的样子。

农耕社会的封建文人进城做官，无论官做多大，最后都愿意告老还乡，回到他出发的地方，田园才是他真正的家。而游牧民族对夏牧场的眷恋，也使他可以抛弃城市，找到自然之子的感觉。

《大唐西域记》有云："夫人有刚柔异性，言音不同，斯则系风土之气，亦习俗之致也。"也许，农民的地气在田园，而牧人的地气则在山上的夏牧场。气失神伤，魂飞魄散。隔段时间去接接地气，是有道理的。

如果说农业文明是大河文明，大河的泛滥与治理，催生中央集权国家，那么游牧文明是以草原中的山岳为原点，山岳是进退出入的焦点。村落、族群、文化，就像野生动植物，就像由心灵、肉体和观念构成的水土，环环相扣，暗藏天机，出生、发育和成长在哪片地方，多少有一定之规。虽经千年万年不断驯化，看上去似乎已经脱胎换骨，但一不留神还会"祖返"。所谓"江山易改、本性难移"是也。

今天的维吾尔木卡姆艺术，主要出现在沙漠绿洲的生活环境之中，但木卡姆的文化基础，应该包括绿洲农耕文化和草原游牧文化。无论是历史上"西域大曲"的时代，还是"西域大曲"这个名称被"木卡姆"覆盖以后，新疆的历史始终都有草原游牧与绿洲农耕两支力量，穿插交织，鼓动激荡，潮水般涨落起伏，新疆的民族、民族生活、民族文化，始终都在草原游牧与绿洲农耕——这如磁铁之两极所构成的一个强烈的磁场之中。与南北的农耕与游牧相对应，东西方向的丝绸之路，把东西方文化联结起来。这样，我们如同得到一个空间上大大的、有些旋转摆动的"十"字，游牧力量主要是南北向，当然也有"西来东去"

或"东来西去",但丝绸之路在大的视域里、在宏观上,是东西的轴向。

从"西域大曲"到"木卡姆",它的发展变化,就是这"十"字轴转动、融合的结果:我们可以在各种木卡姆中,找到游牧文明的内容,"刀郎木卡姆"就特别明确、显著;我们也可以看到,"木卡姆"这个名称、包括其中一些木卡姆的具体名称、歌词内容、音乐风格、习俗等方面,受到阿拉伯、波斯和伊斯兰教东渐后的一些起影响。当然,即使在"西域大曲"的时候,丝绸之路文化交流和穿插交织的游牧与农耕文化,已经是非常重要的四个"影响极"。

我们在史料中经常看到和研究者经常提及的,是西域音乐对中原、对中央王朝的影响,无论是皇家官史、史家个人的记述,还是文人们诗词歌赋中点点滴滴的津津乐道,这一点都非常明显。但中原音乐对西域的影响往往被忽视,这一方面是研究者的疏忽,西域自身的史料记述远非完整系统,"礼失求诸野"的田野的考察,又旷日持久。另一方面,也是因为18世纪末期,西方的目标不一、心怀各异的探险家们在西域的猎获激起阵阵涟漪,中亚的学问由此而热,西方先入为主的学术架构,是立于"西方中心论"的支点上,学术上的强弱对比,形成套路后又影响我国的研究者——在地理上和文化上,比较习惯"由西向东"视线和"流向"。其实不仅是音乐,在其他方面,也有这种现象。其实在事实上,在更为长久和连续的历史时间内,中华文明一直是更为高耸的"文化水塔",东方的滋养,东方的灌输,东方文化的水量的持续力,对西域更具有决定性的力量。

还有一个重要因素,就是任何一种文明的历史记述,都比较留意"进来"的东西,而忽视"出去的"东西。有点"嫁出去的闺女,泼出去的水"的意思,走了就走了,漠不关心。中华文化的辐射和影响半径,在汉族知识分子那里,留意不够。古老的谦谦君子之风,或者说过分的谦虚和虚怀若谷,使我们的自我评价更倾向于打折、低估,更重视别人、他者、遥远之处,以"出口转内销"的方式、对自己的评价。

从多个音乐研究者那里和我自己一知半解的音乐知识和音乐感受上,有一点感性的认识,就是哈密地区和和田地区的某些音乐中,特别是民歌里,可以找到西北地区乃至中原戏曲的影响——从根本上说,音乐及其他,万事万物,影响从来都是双向的,绝对的独处、孤立、真正的纯而又纯、一尘不染,是不存在的,是形而上学,如同"老光棍""亢龙有悔",无法"发展"、没有后裔,是会灭绝的。

总之,草原"行国"和绿洲"城国",东方和西方——四种文化力量构成木卡姆的文化背景和文化基因。但木卡姆毕竟最终落实在绿洲生活之中,落实在一个历史上信奉过多种宗教、现在信仰伊斯兰教的维吾尔族中间,是维吾尔文化的重要组成部分,木卡姆的文化血边缘,应该说主要是绿洲生活的因素在起作用。历史上"西域大曲"是如此,后来是"木卡姆"时也是如此。

(本文有删节)

■ 蒋子龙

作者简介

　　1941年出生于河北沧县。1962年开始发表作品。1979年《乔厂长上任记》、1980年《一个工厂的秘书日记》、1982年《拜年》获得全国优秀短篇小说奖；1980年《开拓者》、1981年《赤橙黄绿青蓝紫》、1984年《燕赵悲歌》获全国优秀中篇小说奖。著有长篇小说《蛇神》《子午流注》《人气》《空洞》《农民帝国》等，以及中短篇小说集和散文集共百余种。2010年由人民文学出版社出版14卷《蒋子龙文集》。曾任天津作家协会主席和中国作家协会副主席。

作家印象

　　古人说,君子坦荡荡。我以为说的就是蒋子龙。他澄净,真挚、率性,冷酷的外表下埋藏的是一颗火热的心,犀利的笔锋中挺立的是一个大丈夫的伟岸。

　　四十年前,他携改革文学横空出世,真实、立体、多元地记录了中国改革开放的历史方位和社会路向,他笔墨沉着,赞美中蕴涵忧患意识,讴歌里不失批判精神。四十年后,我们发现,他不仅是改革的记录者、见证者,更是改革的参与者、实践者、推动者。

　　曾经有人记录蒋子龙趣事。一次,在美国洛杉矶中美作家联谊酒会上,美国垮掉派诗人金斯伯格请中国作家蒋子龙猜谜语,并说这个谜语20年来尚未有人破解。蒋子龙则声称自3岁以来尚未遇上猜不出的谜语。金斯伯格的谜语是:"把一只2500克重的鸡装进一个只能装500克水的瓶子里,用什么方法把它拿出来。"蒋子龙立刻答道:"你用什么工具装进去,我用什么工具取出来。"众人一头雾水,金、蒋二人会心大笑。金斯伯格伸出大拇指说:"你是第一个猜出这个谜语的人。"其时恰值20世纪80年代,美国作家对语言学了解不多,中国作家更是知之甚少,而蒋子龙巧用的工具,恰是"语言"。

　　木铎金钟,怀才抱器如蒋子龙者,可谓凤毛麟角;睿智机巧、纵横激荡如蒋子龙者,着实世所罕见。而一以贯之,数十年如一日,为人民鼓与呼,蒋子龙堪称社会良知。

这实乃中国文学之幸。

——李　舫

毛乌素之魂

■蒋子龙

初冬自毛乌素沙漠归来,并无"风尘仆仆"之感,相反心里倒多了一份洁净,还有一种感激、感动和崇敬之情。甚至每遇到熟人都想问他一句:你知道石光银吗?媒体时代推出了许多各种各样的名人,却也忽略了一些真正可感可佩、让人从心里钦服的人。

比如生活在北方的人,近十几年有个明显的感觉,天上没有下沙子了,平时衬衣的领子也脏得慢了,北京甚至达到了奥运会对气候条件的近乎苛刻的要求。这不能说是石光银的功劳,但也绝不能说跟他没有关系。

自打石光银记事起,就跟着父母搬过九次家,有时一年要搬两次。不为别的,就为躲避沙子,不搬不行,搬慢了都要被沙子埋住。那真是沙进人退！他八岁的时候，跟同村一个小伙伴在沙窝里放牛，只顾四下寻找那一点点发绿的东西，没提防天空骤然黑了下来。沙漠里大白天发黑是常有的事，遮天蔽日的不是乌云，而是沙暴。绝地朔风，沙翻大漠，顷刻间他就人事不知了……一天后，父亲在几十里以外的内蒙古找到了他，而他的伙伴却再也没有找到，连同那头被一家人视为命根子的老牛，都永远地被漫漫荒沙吞没了。

这件事在石光银的心里造成怎样的伤害，他从来没有说过。长大后话也不多，只是拼命干活，有事没事就爱跟沙子较劲，20岁就当上了生产大队长。有些农村的大队长可以当成"土皇上"，他却一门心思摸索着各种治沙的法子。只要听到哪儿有治沙的能人或高招，一定要去取经，即便步行一二百里，也全不在意。那时他肩上还挑着几百口人的饭碗，不敢成天光跟沙子玩鳔儿。到1984年，国家发布新政策，私人可以承包荒漠。这好像是石光银等待了几辈子的机遇，他立刻辞职，一下子就承包了1.5万亩荒沙。签这么大的合同，兑现不了拿命都抵不了啊！家人不同意，亲戚朋友吓一跳，外人则开始叫他"石疯子"。这时候他说了一句话："我这辈子就想实实在在地干一件事，治住沙子，让乡亲们过好日子。"

一个不同凡响的人，在关键时刻总会有惊人之举。石光银这个原本再普通不过的农民，因时势的变化，便逐渐显露出那非同一般的特质。可是，想治沙就要植树造林，要种树就得有树苗，买树苗就得用钱……他缺的恰恰就是钱。愁得夜里睡不着觉，忽听到羊圈里的羊叫了两声。这鬼使神差的两声羊叫，一下子提醒了他，第二天一早，就把家里的几十只羊和唯一的一头骡子要牵到集上去卖掉。这可真是疯了，要拿全家的日子往大漠里扔啊！妻子想从他手里夺下骡子的缰绳，又哪里争得过他？只能听凭他拿走全部家当换了小树苗。

"务进者趋前而不顾后"，说来也怪，他这副铁了心的架势，竟感动了六七户平素就信服他的农户，大家从他身上看到绝望中的一线生机、一线希望，与其这么一年年不死不活地凑合，还不如跟着石光银背水一战，兴许真能干出个前程。于是那几户农民也变卖家畜，把钱交给石光银去买了树苗。这下石光银责任更大了，干不好毁掉的可就不光是他一家人的日子。晚上妻子怎么也忍不住要唠叨几句，这个家并不光是他石光银一个人的。但她还没说上两句，石光银就截断了她的话头："睡吧睡吧。"他并不多做解释，连一句劝慰的话都没有，可能他的心里也没有底。所幸他石光银的女人贤惠，男人叫睡就睡，即使睡不着也把嘴闭上了。

但女人的直觉和担心却不是多余的，头一年种下的树全死了，第二年成活了不足10%，石光银真成了"往大风沙里扔钱的疯子"。这时候社会上有一种很时髦的理论，叫顺应自然，人是不能跟天斗的。石光银说不出更多的大道理，只在心里不服气，凭啥我这儿的自然就是沙子欺负人，你叫我们祖祖辈辈顺应沙子？其实，"老天"最早安排的"自然"也不一定就是眼下这个样子，过去此地连年战乱，人怨天怒，很难说是人祸引来天灾，还是天灾加剧了人祸？毛乌素曾经也是绿洲，自唐代才开始起沙，到明清便形成了茫茫大漠，这叫石光银该顺应哪个自然？如何"顺应"才自然？好在石光银身上有股异常的疯张和倔强，牙关一咬就扛了下来。他带着干粮常常在沙窝里一干就是许多天，当干渴难挨的时候，就用苇管插到沙坑里吸点水喝。那就像嚼甘蔗，把水咽下去，将沙子再吐出来。或许这就是造化的公平，在毛乌素的沙窝里，扒下一尺多深，沙子就是湿的，沙漠里的地下水位远比沿海大城市里的地下水位高得多，打井到地下8米就能出水。"毛乌素"在蒙语里是"坏水"的意思，可如今在毛乌素生产的"沙漠大叔"牌矿泉水，是水中的极品。这是后话。

老天果然不负苦心人，第三年石光银成功了，种树的成活率达到90%以上。20多年来，石光银种树治沙22.5万亩，已形成400多平方公里的防护林带，莽莽苍苍，吟风啸雨，蔚成大观。有人或许对用平方公里计算的树林，形成不了具体的概念，那么就说的再形象一点：将石光银的树排成20行50米宽的林带，从毛乌素可一直排到北京。若改成单行，则可绕地球一圈还有富余。这些在毛乌素沙漠里已经自成气候的林木，不能不说是对当代人类的一个重大鼓舞。在当前全球的生态危机中，沙漠化排在了第一位，被生态学家称作"地球癌"。眼下地球上的沙漠达到3600万平方公里，相当于4个美国的面积，占全球陆地总面积的30%，世界上约有9亿人口受到沙漠化的危害。而中国又是世界上受沙漠化危害十分严重的国家，沙漠化面积达到174万平方公里，占国土面积的18.2%。

所以，没有上过多少学的石光银，两次被邀请到联合国防治荒漠化大会上讲演，介绍造林治沙的经验。2000年，先被"国际名人协会"评选为"国际跨世纪人才"；后被联合国粮农组织授予"世界优秀林农奖"（"拉奥博士奖"）。设若是其他行业的时尚人物，获得了这样的国际荣誉，还不得闹腾得家喻户晓？这也正暴露了当今媒体时代在精神上有块沙漠，忽略了真正的时尚。而石光银从一降生就面对沙子,大漠历练了他的精神、他的定力,无论是荣誉,还是人世间最大的痛苦,都不可能让他迷失,让他颓丧。他在治沙上最得力的助手、也是他唯一的儿子石战军,一条34岁的壮汉,在急急忙忙去买浇灌树苗的水管时遭遇车祸丧生。人们不是都爱说"好人有好报"吗?

自知者不怨人,知命者不怨天。没人知道石光银是怎样化解了这巨大的苦痛,也没人听到他说过一句怨天尤人的话。恐怕他心里早就清楚得很,治理毛乌素不是一代、两代人就能完成的,恐怕死一两个人也是正常的事。当初既然是自己挑头,就得由自己承担全部后果。历尽天磨成铁汉,他只要有点闲工夫,就愿意钻进自己亲手栽种的森林里,听着树叶被风吹动,发出哗啦啦啦的响声……对他来说这才是世界上最美妙动听的音乐。命运已经给了他最丰厚的回报,在这时候就连他也相信"老天是有眼的"——这才是毛乌素人该有的大自然。一向不爱多说话的石光银,却多次向家人和亲友们重复过一句相同的话:"我活着就是种林子,死了将林子交给国家。"

他一如既往的淡定、坚韧,犹如毛乌素沙漠里一束圣洁的光。其实,石光银并不孤单,在毛乌素治沙有了大成就的还有几个人。生活在远处另一个沙窝里的牛玉勤,有着跟石光银大致相同的经历,丈夫因治沙积老成疾,中年早逝。她独自一人抚养孩子,照顾因患精神病常年神志不清的婆婆,还要像男人一样治沙,或者干脆说像牛一样勤劳无怨。因为她懂得一个道理,怨人的穷,怨天怪地的没志气。周围的人都说:"这个婆姨生生是用泪水和汗水把一棵棵树苗给浇活了!"到她60岁的时候,已经造林治沙11万亩。长年累月的难以想象的劳苦和艰难,并没有摧毁她柔媚而丰富的情感世界,为了表达对丈夫张加旺的思念,把自己投资兴建的小学取名"旺勤小学";把育苗基地叫作"加玉林场";将自修的沙漠公路命名"望青路"——走在这条路上就能望见青山绿水。这是她的梦想。而所有治沙人,心里都有个梦。

实际上只要治住沙子,其他就都好办了。治理前沙窝里寸草不生,树一栽起来,林子一成气候,各种绿色植物就会自生自长,遍地蔓延。有了防护林的沙地也很容易改造成草场和庄稼地,不然毛乌素这个大沙窝里怎么能成为现在的"中国土豆之乡"?渐渐地绿色食品加工厂办起来了,养殖场建起来了,药材种植基地形成了……石光银们摸索出了林、农、牧、药多业并举的路数。他实现了自己当初的诺言,让周围的数百家农民都脱贫了,可他的家里,一年到头每天只吃一种"合菜饭":将菜、米、面、盐一起煮,菜饭合一。只在过年和有应酬的时候才会放点肉,或包顿饺子。他和家人早就习惯了这样的生活。而他的林子和那些企业估算起来,至少值几千万,他为啥还要这般苛待自己?他说:"我还欠着银行300多万的贷款,哪有条件享福。"沙漠里的树是只能种不能砍的,这就是老百姓常说的,富了林子,穷了造林人。石光银说:"不管我种多少树,办多少经济实体,都不是为了个人赚钱。我要钱干啥?还不是为了治沙,为了再多种树。"

面对石光银这样一条铮铮铁汉,精神上会感到健旺、畅达,对毛乌素和沙漠里的人,生出一种信心和希望。他们是沙漠的魂,是毛乌素的胆。据说毛乌素里的定边县名,原是北宋文学大家欧阳修所赐。而石光银们,用自己的命运证明,定边只有定住沙,才能定住绿;定住绿才能定住魂,定住魂才能定边——"底定边疆"!

■ 雷 达

作者简介

1943年出生于甘肃天水。作家，评论家。1965年毕业于兰州大学。历任新华通讯社编辑，《文艺报》编辑组长，《中国作家》副主编，中国作家协会创研部主任及第五、六、七届全委会委员等。2018年4月病逝于北京。

著有论文集《民族灵魂的重铸》《思潮与文体》《重建文学的审美精神》等15部，散文集《缩略时代》《雷达散文》《皋兰夜语》等多部。获第四届鲁迅文学奖、中国文联文艺评论奖、中国当代文学研究优秀成果奖、《上海文学》奖、《北京文学》奖、首届孙犁散文奖、全国报纸副刊银奖、《中华文学选刊》奖等。

作家印象

2018年3月31日，敏锐的雷达，刚猛的雷达，宽阔浩渺的雷达，生命钟摆永远地停止于75岁。这一刻，恍如泰山崩陷。一个如"雷达"般行走于文学场域40年而不言老的勇士，竟然也有疲惫之时。

雷达原名雷达学。他说，其实一直不喜欢"雷达"这个名字，因为作为一个喜欢耽溺于审美的人，"雷达"似乎给人一种工具化或科技化的，甚至窥探什么的感觉。然而，40年来，他对于文学思潮、文化现象如"雷达"般的精确敏捷，却无法复制。

雷达首先是优秀的评论家，他作为评论家在文学界的巨大声誉，甚至遮蔽了他的文学创作，他的散文温婉、细腻、浪漫，浑不似他的评论那样刚烈，在这里，他抒写心底里埋藏的爱，抒写寻找世界的渴望，绵里藏针，柔中带刚。然而，这些散文终究带着他的痕迹，与他的评论相互印证。不论从哪里出发，不论经过多少峰回路转，他不躲闪，不犹疑，不回避，终点是明确的，目标是无可置疑的，那就是正义、真理、善良。士不可以不弘毅，任重而道远。以天下为己任，不亦重乎？死而后已，不亦远乎？我以为，此"士"即雷达。四十余年来，他坚定地捍卫了他的理想，更见证了他的理想。

为此，我们送别他，纪念他，缅怀他。

——李 舫

天上的扎尕那

■ 雷 达

去扎尕那我就去,不去扎尕那我就不去!

那远得很啊,要穿过整个甘南藏族自治州,它所在的迭部与若尔盖大草原接壤,若翻过岷山山脉的一座大山,就是四川的九寨沟县,那一带路况很不好,你不害怕吗?

不害怕!人生难得几回搏,万水千山只等闲!

我发出了如此的豪言和决心,总算感动了几个上帝,中间不乏自称感冒了或表示累得很而打退堂鼓的人,但最终,还是由徐兆寿、张语和夫妇和他们骄傲的小公主、6岁的徐艺丹,以及诗人唐翰存和我共5人,拼凑出了一支老青幼冒险团队,自驾一辆广本,沿着兰临公路进发了。几年前我就听过扎尕那的名字,说是,论水当然比不上,论山它可比九寨沟强。我将信将疑。直到今天,即使在甘肃也没几个知道扎尕那的人。扎尕那成了我的心结,说什么也得去看看。

我们的路线是:首先直扑玛曲,设法赶上当天下午在那里举行的中国格萨尔赛马大会,第二天再向东南行,造访大名鼎鼎的郎木寺,然后再沿白龙江峡谷前行,到迭部,最后以登上扎尕那石城作为此行的高潮和顶点。全程一千多公里,不停地跑,也需要三四天。

提起甘南,很多人马上会说,我也去过甘南呀。一般人所谓的到甘南,不过是到夏河,在那里看一看比塔尔寺大两倍的金碧辉煌的拉卜楞寺,再到旁边的桑科草原帐篷里唱一唱卡拉OK,吃几只藏包,喝二两劣质青稞酒,买一条念珠或一个转经筒,然后自豪地宣称,我到过甘南啦,我到过甘南啦。其实,他到的只是甘南藏族自治州的北边沿,离腹心差得远呢。甘南藏族自治州的总面积将近五万平方公里,比瑞士、荷兰、比利时这样的欧洲国家还要大,位于青藏高原东北角,人称"小西藏"。不管从外形看还是从内涵看,甘南藏族自治州的确有如西藏的一个缩影,举凡雪山,原始森林,草原,冰川,湿地,高原湖泊,高原河流,一应俱全。它是迄今为止,绝少污染,因其幽寂和不为人注意而未遭破坏的一片香巴拉式的地方。在中国,这样的地方已是绝无仅有。它甚至比拉萨、日喀则一带的生态保留得还要好。

快到甘南藏族自治州首府合作时,我发现云团低低的,一朵一朵,缓缓从头顶飘过,飘向了合作城——一座狭长的小城。到过的人指给我看,哪是当周沟,哪是森林公园,哪是天葬台。天葬台就在目力可及的半山腰上,离城极近,使人觉得,生与死其实紧紧地挨着,几乎没有界限。"合作"的名字,乃是藏语"黑措"的谐音,本意是羚羊奔跑的地方。据说新中国成立之初,有个大人物听汇报时,将黑措改为"合作",含有民族合作之意。我倒是希望它的名字更富有藏文化气息和诗性才好。现在人们一提"合作"马上跟着解释说,也就是黑措的谐音啊。这太麻烦,干脆就叫黑措不行吗?

至午,到达合作的甘南饭店。作家李城、敏彦文、雷建政,诗人阿信,及藏族女诗人完玛央金,早等候在那儿。阳光灿烂得发白。在刺目的高原紫外线下,雷建政出现了,不细看已认不大出,一脸的沧桑,眸子里仍有不屈的挑战性、好辩性。见到了我,相当于见到了他最青春、最浪漫时光的见证人。我为他的小说集写过序。我觉得没有写好,他那种寻根与先锋相混合的神神秘秘的风格,我不是很能把握,但我硬着头皮写了。这在多年后的今天,似乎变成了一种功劳。双方都感慨万千。听说建政当过一阵副县长,试图走从政的路,现在是到党史办属下的一个委员会做事。当官以前,他的创作力旺盛,在《收获》《人民文学》发过好几篇小说。但多年前已完全停下了。我望着这个在鲁院班上唱花儿唱得最妙,写东西出手最快,男子汉气概十足的人,忽感时光疾驰而过,好像就在耳边呼啸,不由生出几分伤感。我也不知道在这里,他究竟应该选择什么。那天纯属民间聚会,却没动白酒,建政便显得比较冷静,给我们画了去玛曲的路线图。我们想在日落前赶上格萨尔赛马大会,便匆匆上路了。

甘南多河,而且都是名河,大河。由于山势峻拔,切割剧烈,积雪融化,雨量丰沛,地下裂隙水和地上融雪水交汇,使得甘南成为多条大河的发源地,其神奇性令我想起云南横断山脉发源了多条河流一样。后来请教人,才知这里的每条大河都有一个藏语名字,而且都有一个"曲"字:黄河叫玛曲,洮河叫碌曲,大夏河叫桑曲,白龙江叫舟曲。真妙啊!沿途看见一条波浪汹涌的河,却叫不出名字。我猜测,它可能是洮河,此乃黄河一大支流,发源于碌曲县南的西倾山。记得60年代一个冬日,我曾在岷县看见过洮河,只见贴近水面之上另有一层冰粒,经阳光一照耀,像在一条河上叠压着另一条银河,美丽绝伦。不知此景观还存在否?但也有可能是大夏河,那也是黄河一大支流,夏河县,临夏市,皆因其得名。它发源于甘青边界的大不勒赫卡山,山下的桑科草原传说是格萨尔王煨桑祈神之地,水流于此,故称桑曲。当然,它绝不可能是玛曲或者舟曲,因为那两条大河,还没有到撩开面纱的时候。

沿途我们不断停下来,拍照,赞叹,流连,这里可能有自我肯定和故作夸张的成分,耽误了不少时间。但景色确实太美。比如,猝然面对巨大的湿地"尕海",会产生千山鸟飞绝万径人踪灭的万古寂寥感;再如一登上玛曲山口,油然而生"会当凌绝顶,一览众山小"之慨,它的海拔竟高达4000米,只见彩色的经幡在山顶临风翻飞,千山万壑从你的脚下分流而去,像远去的波涛,人便突然有一种长了翅膀的感觉。

啊呀糟糕!此时才注意到,公路上不断有骑着摩托衣着鲜亮的藏胞带着满足的神情飞掠而过,而伸出一排马头的卡车也一辆辆从身边驶过,我们这才回过神来:赛马大会结束了,全是"贪玩"惹的祸啊。待我们一口气赶到赛马会现场时,天色薄暗,但见如云的帐篷铺向天际,暮色中匆匆赶路的藏女明眸皓齿,银镯子闪亮,而向四面散去的马队则蹄声得得,带起一片烟尘;只有满地的纸屑和塑料袋让人想见白天的喧腾。听说每年这里的格萨尔赛马大会,都要汇聚甘青川三省最剽悍的骑手,它是目前国内最大的赛马会。我们竟然没有看上,万分遗憾哪!

站在玛曲的夜的街头，满眼是穿着藏服的红男绿女，骑着高头大马的青铜肤色的骑手昂然经过，我竟有些孤独和恐慌的感觉，像置身在语言不通的国外。来到玛曲，我和徐兆寿都有了高原反应，身体不适，头晕，加上唐翰存讲了一个听来的血腥故事，我们变得很紧张。事后证明是场虚惊。玛曲县的藏族人口占到90%，其种族的纯粹度比拉萨等西藏城市还要高。我们根本找不到对话的人。

一高一矮两个黑脸膛的人出现了，他们是藏族诗人瘦水和汉族文史专家陈拓，当地著名的文化人。像所有高海拔地区的人一样，他们皆寡言罕语，让你猜不出在想什么。他们一路无话，带我们来到了玛曲——天下黄河第一弯的地方。在一临河的帐篷里围桌而坐，一边赏月，一边看黄河。草原的风打着呼哨在帐篷外游荡。早晚温差大，得穿毛衣了。我们喝着真正的奶茶，一碗又一碗。黄河完全不是想象得汹涌和咆哮，而是出奇的安静，静极了，在月下无声地流淌着，温柔恬静得让人想上去抚摩。陈拓说，别看它表面平静，清澈，内里很凶险的。瘦水却唱起了仓央嘉措的情歌，气氛忽然变得神秘而恍惚。张语和后来描述道：月光洒在黄河上／她们温柔，令人心醉／河边帐篷里，一个人在歌唱／在那东山顶上，升起洁白的月亮／我不敢抬头望，那轮仓央嘉措的月亮。正是当时情形的写照。

我问，为什么要叫玛曲呢？说是，因黄河从南、东、北三面围裹着玛曲县城，遂形成了天下黄河第一弯，故有此名。另一更有力的说法是，黄河发源于巴颜喀拉，经星宿海，鄂陵湖，蜿蜒穿行于阿尼玛卿神山。因它是源自玛卿神山的河，故称玛曲。我们向帐篷外引颈望去，希望看到玛卿神山的身影，当然只能是厚厚的夜色。啊，高耸的，阴森的，无极的阿尼玛卿山啊。

从帐篷里出来，开车回玛曲县城，不料遭遇意外：汽车的夜灯前面黑压压一大片，去路被堵了！毫无思想准备的我们，不知遇见了何物，个个惊惧。透过车窗细瞧，原来是无数牦牛伫立着，木木地观望我们的车。现在谁敢惹动物啊，只得熄了火，龟缩车中。一会儿传来摩托声，放牛的藏民骑着摩托在牛群中熟练地绕来绕去，迅速驱赶开了，牦牛们相跟着消失在夏夜的草原。

这里不能不说一说摩托。玛曲堪称摩托之城。据介绍，现在的牧人，极少步行，也不骑马，改为骑摩托放牧，大大提高了牧业生产力。玛曲是个富足的县，一万多平方公里的土地上，只有四万三千多人，合每平方公里四人。人少而牛羊多，好啊，现在城市对牛羊肉的需求量何其大，他们的收入之好可以想见。于是，满街尽是脸冒红光、喜溢眉梢的摩托车手。最有趣的是，喇嘛也骑摩托，白天看到过一个披着袈裟的喇嘛，边骑摩托边打手机，一团紫红飞奔而来，紫红一团绝尘而去，十分潇洒。

第二天，第一个目标是直奔郎木寺。郎木寺名气很大，为什么大，却也并不真知。小时候，在地图上看到甘川交界地有个"郎木寺"，就好奇，觉得这三个字无论发音还是字形都别致，悠然神往，后来得知"郎木"乃藏语，仙女之意，又常常听人用夸耀的口气提起它，就更坚定了此次寻访的决心。

从玛曲到郎木寺有一沙石路近道，只需60公里，但因广本车的底盘低，昨天已磕碰了好几回，车主心疼新车，不愿走沙石路，我也不好说什么，便返回了尕海岔口，由那里转道郎木寺。那可就远多了。

郎木寺终于在高山峡谷间浮出它清新的面庞，一眼看过去，你得承认，它有一种陌生的美和不凡的气质。突出的感觉是，有种世外桃源感，甚至是遗世独立感。用清幽，明净，恬静，透亮，爽翠来形容，都不过分。由于当地民居"塌板房"全用木质结构，且一色红顶子，镶嵌在几条绿油油的山谷中，俯瞰之际，红绿相间，竟然显出一派欧式风格，于是人称郎木寺镇是"东方小瑞士"，实乃巧合。主寺院建在山腰上，有一呈70度角的铺满卵石的窄路仰着，汽车们铆足了劲干吼好久才能爬上去。郎木寺是格鲁巴派的名寺，平时甘青川三省的朝圣者络绎于途。我们去时，寺院经堂里喇嘛们正在"辩经"，听不懂，但看主辩喇嘛不断地击掌，并用夸张的声调宣讲，似有表演化倾向。现在什么都带上表演性，可叹。寺外树荫下的空场子上，小喇嘛们在统一指挥下蹦蹦跳跳，看上去很像跳集体舞。天葬台在后山，不少人跑过去看。

我总算弄明白郎木寺名气大的原因。首先，它是白龙江的发源地，沿山峡向上一公里处有三眼泉，日夜冒泉水，此即白龙江之源头，谁能想到，最后汇聚成了嘉陵江的浩荡涌流。其次，一水之隔，使郎木寺镇分属甘川两省，而这一带的寺院群包含了三个部分，一是属四川的格尔底寺，一是属甘肃的郎木寺主寺，还有两大寺之间的伊斯兰清真寺，使三大寺院差不多连成一气，中间由小河相隔，钟磬之声相闻，藏回汉信徒和谐相处了多少岁月，这无疑构成了一派独特的祥和的温馨的大宗教气象。如此之地，焉能不名？

但寺院的公共设施似过于简陋，尚需改进。除了道路难走，那么多游客却没个厕所，只在门外沟边用板条搭一小棚，仅容一人，半敞开着，男女通用。我如厕时一个下蹲，手机掉了出来，眼看着滚向了无底的粪坑，我一个侧扑，用"一指禅"将其摁定在深渊之边。好玄哪！要是辘辘下去，就没影了，我五百个电话号码全丢，还有心思游玩吗？

兴许是手机"大难不死"，使我有些亢奋，胃口也开了。在"马二力"——由哥儿俩在分属甘川的街两旁开的面馆——北面属甘省的店里，吃了一大碗羊肉烩面，就了一整头生蒜，外加一大碗面汤。大家也都吃了不少。然后，仍由徐兆寿开车，向迭部进发。

进入迭部境内，景色大异，不再是丘陵，换成了深山老林，沿着湍急的白龙江，车像扭麻花似的在深山里扭来扭去。山很高，须得仰视才看到顶，有些地方大石如巨屋，东倒西歪，滚到路侧，好像刚发生过地震的现场，又像是泥石流随时要爆发的样子。我暗暗恐惧，盼着车赶快开过去，好像晚一秒就可能被砸在里面，或者后面有人追杀一样。全是土路，有好几次走到了四川省境内，发现计生标语落款是四川某镇，才悟出走错了，再折回来。有时走十几公里都遇不上来车，有种天荒地老的被抛弃感。后来就好了，山是无边的青翠，江是深深的清澈。天黑时分终于到达迭部。街上几乎没有摩托车，很是幽静，藏民虽然占到75%，却不怎么穿藏服，像一个汉化程度较高的小城。县城附近最多的是蕨麻猪，长不大，满街乱跑，以吃蕨麻长大，听说肉极香嫩。

县长，武装部长，宣传部长，在一山坡木屋安排吃饭。县长叫赵凌云，藏族，谈了许多宏伟设想。听说我们要去扎尕那，他略感意外。因为迭部现在最火的旅游点是腊子口，那里的风光着实极佳。

第三天,天一亮我的心就开始激动了,马上就要看见魂牵梦绕的扎尕那了。它到底是什么样子啊?扎尕那,藏语意为"石箱子",当地人又称其"阎王殿"。它在迭部县城西北二十公里处,属于横亘迭部县境北部的迭山一隅。不料我们运气不佳,赶上了湿雾笼罩的天气。雾潮沉浮,人在雾中,时有被抬在天上的感觉。穿过一道绿色的天然长峡和鬼斧神工的石门,就进入了扎尕那石城。天阴晦着,只能望见石城中离我们较近的地方:坡上四个藏族寨子、城正中央一座寺院,以及云雾中隐约的山水。兆寿唯恐阴天的扎尕那让我失望,反复嗟叹着说,太阳若能出来就好了!他曾来过,是晴天。现在整个迭山都跌落在云雾里,扎尕那的幻境是看不到了。他的话还没完,一座山就突兀地横在眼前,这座山浑身上下竟披着一圈一圈的环形云雾,森然站立着——是山神!我们马上下车,崇敬、畏惧、惊讶地久久仰望着它。

顺着泥泞的土路,迭部的朋友带我们向山神方向缓缓上行,山神近了,越发显得高大威严与不可亲近。脚下的山坡上一片狼藉,原来这是前几天原生态民歌会的会址。在这美妙的地方唱民歌肯定是件美妙的事,而山光水色却被满地的垃圾坏了。想到赵县长谈到开发旅游是迭部县发展经济的最大希望,就想到了人的可怕。正在此时,迭部的朋友指着一窝古老的藏族榻板房说,你看,杨显惠就在那里住过好几天。有人就说,有时间住上几天肯定是好啊。正说着,两位拾柴的藏族妇女带着一个小孩从山上下来,胸前都挂着佛珠。能在这荒渺大山中相遇也是一份缘啊,这样想着,我便上前用手势比画,要和她们合影。

她们当然明白，照完相继续下山了，自始至终没说一句话，一直微笑着。这时，迭部的诗人阿垅说，要想看扎尕那最美的石林，一定得步行，从山神北面前行五公里左右进去，来回需五六个小时。看着快下雨的天，想想回兰州的遥远，我只好说，留个念想吧，以后有机会再来。

不觉到了一座寨子脚下。寨子里不见一个人，只见一座小桥和几头牛。这些牛清一色的黑，头上两把镰刀样的大角，模样威风，眼神却很温柔，其中一头静静地望着我，仿佛在说，你是从哪来的啊，我不是在做梦吧？

兆寿一边驱车上山，一边对着越来越浓的雾叹息，而我却已经被这石城中怪异的山形震慑，有的狰狞，有的慈祥，有的傲慢，有的城府森严，共同构成了一种恐怖诡谲的美。但越是心生恐惧，越是想看。车没走多远，我便说，停一下，取个景。在一处山坳，石头全是瘆人的白，一支小溪蜿蜒流下，仿佛很久之前这里发生过激烈的恶战，余下了大堆当年的骨头。这时我的学生张语和突然顺着山坳向上奔去，问她干什么，也不说，我们一齐喊，小心，石头滑！沿着她去的方向，只见白石缝中绽放着一枝夺目的红花，显得无比冷傲、艳丽、孤独。她摘了那朵红花捧在手中说，刚才我觉得有人在唤我，一抬头就看到了这花，我要把它带回兰州。

走走停停，到了山顶。扎尕那山顶海拔四千多米，下窥，云雾在脚下澎湃不息，那些寨子早不见了影踪。现在这世界就剩下我们几个，让人感觉尘世离我们已极为遥远。旁边一座山很怪，灰白颜色，山顶竟然有个很圆的洞，不大不小，光线刚好从洞的背面射过来，照着信步的云团，很像一只天眼。我忽发奇想，倘若把每人放在天眼的那一束光中照射，会不会显出前世的原形？有人变成一只白狐，有人变成一只山魈……

在某些时刻，人的感觉是相通的，也许大家都想到了在这原始古老的国度里做一只自由的鹰，都想张开双臂，不，应该是双翅，飞翔在这茫茫的雪山之巅，白云之上。翰存低吟道，扎尕那啊，你是天堂的骨头遗落在这里。然后，站在那里做飞翔状。我仿佛看到他的灵魂已经起飞，向那亘古不变的时空升去。

啊，高耸入云的扎尕那，此刻只有我们几个，在更高的峰巅之上，还有几只寂然不动的鹰，它们是我们的亲人啊。如果时光也累了，就让它在此地此刻歇歇脚吧！然而，尘世的另一只手从山外伸过来，轻轻地拍打我们，小声说，快回去吧。大家似乎都听见了这声音，默默地回到了车上。

开始下山了。在无边荒蛮的落着小雨的山路上，在看来绝不可能有人迹的无人区，忽然西游记似的，冒出了一男一女两个藏胞，像姐弟俩，他们把脸贴到雨湿的车窗玻璃上，举起一大束白色的花球，说是雪莲。为了不让雨中人失望，我递出了20块钱，顺便问了一句，你们住哪里，藏女说，"十个家"，大概是个地名。

峰回路转时，突然出现一座怪石嶙峋的山，像就地打坐的老者，满脸威严。我们停了车。小公主徐艺丹忽然说出大人的话：太恐怖了，我们快走吧。只见那座山向南倾斜着，恰巧有几只鹰蹲在上面。我也说，赶紧走吧，不要惊动山鹰。大家复匆匆上车前行。突然，一道木栏杆挡住了去路。正不知发生了什么，路旁隐蔽的小屋飞出了一个藏族汉子，极高大威猛，我真疑心他是不是一只巨鹰或猛虎变的。大家忙说,是你们赵县长请我们来的。他似乎听懂了,露出憨厚的笑,随手升起了横杆。在流连与惊惧交织中,扎尕那在我们身后越来越远。我们仿佛从天上一步步降落到人间。车行到山底下时,我没有再回头。

  我的心是多么矛盾:我写文章,希望人们知道扎尕那的美,但我深知,一旦知道的人一多,蜂拥而至,它立刻就会变色变味。试想,拉萨本地人原也不过十多万,现在是几十万外地游客包围着这十多万人,于是拉萨与内地的差异很快消失了,满街也是山城火锅,北京烤鸭,牛肉拉面馆,藏民也穿着西装,只是脸黑些罢了。当年的九寨沟,不过是九个藏族寨子,与世无争地自在着,可现在每天万头攒动,没有消停的时候。所以,就某种意义来说,我又希望知道扎尕那的人越少越好,迭部的变化越缓慢越好;可是,那穷困县该怎么改变面貌呢?天上的、云端里的扎尕那啊,我是为寻求自由和美感而来,为寻求纯净和圣洁而来,但愿我的笔不要无意中伤害了你的纯洁无瑕和绝世之美。所以我决定,关于你,只写此文,再也不写了,看不到的人就不要看了。

■刘亮程

作 者 简 介

　　新疆人，1962年出生。著有诗集《晒晒黄沙梁的太阳》，散文集《一个人的村庄》《在新疆》，长篇小说《虚土》《凿空》等，作品曾获第六届鲁迅文学奖。创建菜籽沟艺术家村落及木垒书院，任院长。

作家印象

提到刘亮程，不能不提他的《一个人的村庄》，这是他从沙湾到乌鲁木齐打工时利用极少的闲暇时间完成的散文集，是他站在城市对乡村的孤独回望，充满了辽阔的忧伤。读罢这篇《在土地上睡着和醒来》，仿佛穿越了数千个日子，又看到他那时的忧伤和孤独。

刘亮程由散文而小说而又散文，由乡村而城市又回到乡村，文学是他日常行走的崎岖小路，也是他精神世界的通衢大道——心灵的猎手怀揣梦想狙击猎物，在瞄准器里每每看到的都是琐碎的现实，在土地上睡着，又在土地上醒来。他常慨叹自己从原点又回到原点，其实那记忆中的村庄，早已物是人非。所以，这篇散文，也算作是他对自身行走的一种怀念、一个瞩望。

——李 舫

在土地上睡着和醒来

■刘亮程

菜籽沟早晨

我要在一山沟的鸡鸣声里,再睡一觉。布谷鸟、雀子、邻家往小河对岸的大声喊叫,都吵不醒;满坡喳喳疯长的花豆草、野油菜、麦苗和葵花吵不醒。山梁呼噜噜长个子,在我傍着她的均匀鼾声里,有一匹马和小半群绵羊,枕边走过,行到半坡拐弯处,一只羊突然回头,对着我半开的窗户,咩咩咩叫,仿佛叫她前年走失的羔子。我就在那时睁开眼睛,看见在我被一只羊叫醒的另一世里,我跟着她翻过了山坡。

乌 鸦

我认识乌鸦中的老者。他们一伙在杨树梢呱呱叫时,我听出他苍哑的嗓音,像一个 80 岁老人在喊叫。我不知道他喊谁。

我听见了，他就是在喊我。我朝树下走几步，想从一树黑乌鸦中认出老了的那只。可是，乌鸦再老羽毛也是乌黑的，他们不会像人，活到头发花白。

我住的菜籽沟村最多的是白发老人，那些沿路零散地排开的老宅子里，有的住一个老人，顶多住两个，住两个的过一阵剩下一个。在村委会上班的也是老人，村长、支书都老了，天天到村办公室开会，讨论菜籽沟未来发展的事。

乌鸦在讨论什么呢。他们在树上开会，听上去每只都在呱呱叫，只有我在树底下听。我听了半辈子乌鸦叫，还是不知道他们在叫什么，但我终于听出一只老乌鸦的叫声。在一树黑压压往天上飘的叫喊中，有一个粗哑的喊声往地下落，好像尘土里有什么被他喊出来。只是我仍然辨不出哪只是他。我仰得脖子都酸了，满耳朵是他们的嘈杂喊叫。

我一冲动，扯嗓子对着树上呱呱呱大叫几声，他们全惊飞起来。

他们飞过书院菜地时，我认出那只老乌鸦了，飞在最后面，迟缓地动着翅膀，脖子伸得长长的，像人老了一样，走不快了，头使劲往前伸，他明显跟不上疾飞的鸦群。他们飞过河沟和马路，飞到那片长满藏红花的山坡后，不见了。

那只老乌鸦留下来，落在水溪边的榆树上，他没叫，头朝这边看我，可能他听出我的声音比他还老。也可能他被一只在地上大叫的乌鸦吸引住，他在天上飞累了，也想到地上来。他一直盯着我看，他的眼睛也许早花了，辨不出我是一个人还是一只乌鸦。也许在他眼里我就是一只老乌鸦，弓着腰，背着膀子，匍匐在地上。他看了我好一阵，呱呱，叫了两声，我知道他是叫我的。我没好意思再学乌鸦叫。多少年我跟着乌鸦学他们叫，早学得太像一只乌鸦了。我担心把他从树上叫下来。万一他真飞下来，落我身旁，跟着我走，我会把他领哪儿去呢。

鸽　子

　　一只灰白鸽子，站在屋檐上看我们在院子里做饭，大案板上摆满青菜、肉和醒好准备下锅的拉面，她大概看得嘴馋，咕咕叫。我抓一把苞谷撒上去，她跳开几步，眼睛依然盯着我们锅里的饭。

　　我们坐在锅头边的案子上吃饭时，她落下来，小心地朝饭桌旁走来，走两步，偏着头望一阵，又走几步，那感觉仿佛她认识我们中的谁，前来打招呼；又仿佛她是我们忘了很久的一个孩子，回家来吃饭了，我们忘了给她摆筷子，忘了给她留位子，忘了做她的那份饭。突然地，我们全停住筷子，看着她一步一步走过来，快到跟前她停下来，依然偏着头望，像一个一个认她久别的家人。

　　我妈说，给她撒点米饭，鸽子爱吃米。

　　方圆起身拿米饭时她飞了。

　　她朝屋后的麦田飞去时，连头都没回一下，仿佛她真的跟我们没有一点关系。

挖　坑

　　我蹲在坑沿，看他们俩往外扔土。头一天，他们挖到半人深回去了。第二天挖到中午，老八找到方如泉，说坑两天挖不完，原来说的六百块太少了,让方如泉加点钱。方如泉说先干,干完再说。第三天下午,他们终于把自己挖进了坑里,只见一锨一锨扔出来的土。我没再去坑沿上看。我一去,老八就跟我说干亏了,让加点钱。

老八和老五接活儿的时候,可能都忘掉了自己的年纪,他们都五六十岁的人了。年轻时挖一个菜窖,也就一两天工夫。后来,菜籽沟就没有人家挖菜窖了。老八老五也有十年时间没挖过菜窖。这十年他们挖得最多的是管沟,自来水通到村里,光缆拉进村里,都得挖沟往地下埋。他们早已忘了挖菜窖这回事了,可是,我们书院要挖一个大菜窖。我们地里的洋芋丰收了,黄萝卜也丰收了,得有一个大菜窖来冬藏。方如泉找来老八,老八在地上踏了尺寸,一口价要了六百块。老八回去又拉上老五,他们俩计划两天干完,一人挣三百。可是,他们干了整整三天,最后一天,干到星星出来了,菜窖的深度还差半尺。第四天上午,两人又过来补挖,等于干了三天半。

多干的这一天半,成了老八给自己挖的一个坑。菜窖挖完了,院子的其他活儿还在继续,老八每天一早骑摩托来,干到中午回家吃饭,下午又来干到天黑。只要碰到方如泉,老八就说加钱的事。他说自己多干一天半不要紧,关键是老五不愿意,老五六十多岁的人了,被自己叫来干活,还干赔。他说自己挖坑累得胳膊疼,现在都没缓过来。还说自己夜夜做梦,梦见自己在一个越挖越深的坑里,出不来。方如泉只是笑着装糊涂,老八一嘟囔他就走开。

方如泉到最后也没给老八他们加钱。这期间我去湖北"长江讲坛"讲了一场课,题目是《从家乡到故乡》,我用自己富有感召力的散文语言,带着在场的五六百人,从家乡出发,往永恒的故乡走。那么多的人,跟着我回家,一个童年的家,路窄窄的,天低低的,光线时暗时明。我讲的是我一个人的家乡,但是,那条语言之路通向所有人的故乡,仿佛人人都回到自己的故乡,我带他们去,喊他们回,他们仿佛忘记了回。

演讲结束后,突然觉得我给他们挖了一个叫故乡的大坑,五六百人被我带进这个大坑里。离开武汉后的好多天里,一些人还在我挖的那个坑里,我从微博信息中看见他们留言。有一个读者说,刘亮程老师都回新疆了,我还在他讲述的那个村庄里。

我回到菜籽沟时菜窖已经修好,里面躺了一堆洋芋。这个温暖的盖了顶棚的大坑,成了一堆洋芋的家。在接下来的漫长冬天里,我们会一次次地下到这个坑里,拿洋芋出来,炒土豆丝,做土豆烧牛肉。到那时,老八梦里的这个坑或许还没挖完,这个活儿他得在梦里干一个冬天。我们帮不了他,或许他会叫上老五,老五比老八聪明,但老五不知道,每个夜里老八都拉着他挖坑,一边挖一边听老八嘟囔活儿干亏了。老五就这样被老八白白地在一场场的长梦里使唤,他以为自己睡觉休息了。他干完白天的活儿,回家洗漱,吃妻子做的汤面条,有时还自己喝两口酒,然后上床睡觉。可是,他睡着后被老八喊走了,他不知道自己夜夜在老八的梦里跟着他挖坑,那个坑越挖越深,永远挖不完了。因为老八认为挖亏了,所以在每个梦里,老八都扭亏为盈,他在一些梦里轻松挖好坑拿了钱,分给老五一半,有时不分,自己独吞。可是,那些梦里挣的钱他带不到梦外,醒来他依然是亏的,这个梦没完没了。老五每天睡不醒,白天干活老没劲,他不知道劲去哪儿了,只能承认自己老了吧。有些人就是这样老的,当然,也有另一种老法,像老八,掉进一个坑里,再也出不来了。

我们的菜窖呢,只装了小半窖洋芋。他们说洋芋丰收了要挖一个大菜窖的时候,没有谁怀疑。可是,我们在菜籽沟书院的第一季洋芋没有丰收,但也足够吃到来年的洋芋成熟。期间大菜窖会逐渐空荡地等候新一年的收成。只是我没下去看过,下菜窖都是方如泉和方圆的事,我只是偶尔经过时探头朝里看看,有时晚上经过,突然想起老八,不由得站住。菜窖上面星星密布,在多少个有月光的夜里,这个菜窖被一次次重新开挖。我看不见老八和老五,他们或许能看见我。在老八完全封闭的梦里,我的脚步声传不进去,太阳月亮的吠叫传不进去,厨房煮肉炒菜的香味飘不进去,金子提茶壶倒的一碗水递不过去。在他们挖菜窖的那几天,金子每天做完饭洗好碗给他们烧一壶茶放在坑边,老八老五都夸金子热心。在老八不着边际的梦里,金子是否也一次次地给他烧茶?我不知道进入老八梦境的门在哪儿,但我一定夜夜在他梦里,他光梦见挖坑不行,得有一个梦中给他付钱的人。那个人肯定不是方如泉,因为方如泉不会给他加工资。他有一次找到我,说挖坑亏的事,我答应给他加一点。可是,我去湖北讲课了,回来再没见到他。他在梦里每重挖一次坑,我就给他加付一次工钱,我不知道给他付了多少钱,一个小小的菜窖会让我没完没了地给一个梦中人付钱,也许我早把所有的钱付完,变成一个穷光蛋了。接下来,老八会不会在梦中翻身,我们书院和所有房子,都归了他。他背个手,站在坑沿,看我给他挖菜窖,一天天把自己陷到一个深坑里。他低头跟我说话,我在坑里仰脸看他,说这个坑挖亏了,让他加点钱。他说加钱,没门的事,一扭屁股走了。

木　匠

　　赵木匠家弟兄五个,以前都是木匠,现在剩下他一个干木匠活儿。菜籽沟村的老木匠活儿只剩下一件:做棺材。这个活儿一个木匠就够做了,做多少都有数,只少不多。村里70岁以上的,一人一个,60岁以上的也一人一个,算好的。也有人一直活到八九十岁,木匠先走了,干不上他的活儿,这个不知道赵木匠想过没有。也有人被儿女接到城里住,但人没了都会接回来。

　　赵木匠的工棚里,堆了够做几十个寿房的厚松木板,一个寿房五块板,所谓三长两短。我在里面看了好一阵,想选几块做书院的板桌,又觉得不合适,那些板子在赵木匠心里早有了下家,哪五块给哪个人,都定了。做一个寿房多少钱,也都定了,不会有多大出入的。

　　村里的老人或许不知道赵木匠心里定的事。有时哪家儿子看着老父亲气儿不够可能活不过冬天,就早早地给赵木匠搁下些定金,让把寿房的料备好,到时候很快能装出来。更多时候是赵木匠自己做主,把他想到的那些老人的寿房都定制了。早晚都是他的活儿,人家不急他急,他得趁自己有气力时把活儿先做了,万一几个人凑一起走了,他又没个打下手的,那就麻烦了。

　　赵木匠心里定了的事,旁人不知道,鬼会知道。鬼半夜里忙活着抬板子,三长两短盖房子,给每人盖一间,盖到天亮前拆了板子抬回原处。我不能买老木匠和鬼都动过心思的板子，看几眼，倒退着出来，临出门弯个腰，算请罪了。

我们的大书架和板桌、木桥，原打算请赵木匠做的，问了下工钱，也不贵，但最后请了英格堡乡打工的外地木匠。也是想着赵木匠二十年来只做寿房，他把菜籽沟的门窗、立柜、橱柜、八仙桌还有木车都做完了，一个老木匠时代的活儿，都叫他干完，我不忍再往他手里递活儿。另一个我就是考虑他脑子里下料、掏卯、刨可能都想的是打寿房的事，我不能让他把这个活儿干成那个活儿。

赵木匠到我们书院串过几次门，他跟我们说着话，眼睛盯着院子里成堆的木头木板，他一定看出这摊木活儿的工程量。

他没问我们要干啥。我也没给他说我们要干啥。赵木匠耳朵背，我怕跟他说不清，我说这个，他听成那个，所以啥都不说。赵木匠是个明白人，他心里一定也清楚，一个木匠一旦干了那个活儿，也就不合适干别的活儿了。对木匠来说，干到可以干那个活儿，就简单了，所有以前学的花样都不用了，心里只有三长两短的尺寸和选板的厚道。赵木匠是厚道人，我看他备的松木板，一大柞厚，看了踏实。

我们来菜籽沟的头一年，村里走了三个人，外面来的小车一下子摆满村道，仿佛走掉的人都回来了。

冬天的时候我不在村里，方如泉说菜籽沟办了两个葬礼和十几家婚礼，礼钱送了好几千。我交代过，只要村里有宴席，不管婚丧嫁娶，知道了就去随个份子。

村委会姚书记说他一年下来随礼要上万，哪家有事情都请他，他都得去。姚书记一点不心疼随了这么多礼。他的儿子这两年就结婚，送出去再多，一把全捞回来。

村里出去的孩子，在城里安了家，结婚也都回村里操办，老人在村里，养肥的羊、喂胖的猪在村里，会做流水席的大厨子在村里。再有，家人大半辈子里给人家随的礼账也在村里，要不回村里操办酒席，送出去的礼就永远收不回来了。

也是我们到菜籽沟的这一年，英格堡乡出生了两个孩子。我听到这个数字心里一片荒凉，几千人的乡，一年才生了两个孩子，明年也许是一个，后年也许一个孩子都不出生，到那时候，整个英格堡、菜籽沟，只有去的，没有来的。

麦 收

昨天午后，拉了高高一垛苞谷秆的拖拉机，突突突打书院门外驶过时，突然觉得我们院子少了一车什么。书院菜地的苞谷秆稀稀拉拉地站了几行，没来得及吃一口青玉米棒子，他们就老了。刮风的夜晚，苞谷叶子干燥的响声传入梦中。我们忙活半年，好似只种了一地干喳喳的风声。

从麦收开始，先是拉麦捆子的拖拉机，一座山一座山地从书院门口驶过，接着是拉豆秧和苞谷秆的车。

菜籽沟的秋收漫长到下雪，那些坡地上的麦子，都要一镰一镰地割。从路上望去，人像小虫儿爬坡，一点点蠕动，动一天，坡地凹下去一块。扎捆的麦子成队竖摆在麦茬地，远看像一块粗针脚补丁。

从7月到8月，沟里都在收麦子，这个季节找个干活的都困难，前面雇的7个甘肃民工，6月初回家割麦子了，他们把盖了一半的房子扔下,把我们预计8月完工的计划扔下,说要回老家割麦子。

"不回行吗?"

"不行。"

"为啥不行?"

"这边挣钱,在老家雇人割麦子,不一样吗?"

"雇不上人,家家的麦子都熟了,谁有空给你干活。"

盖一半的房子扔了半个月,他们一起回来了。回来的时候是黄昏,从拖拉机上下来,个个脸色像饱满的麦子。第二天,他们的身影又晃动在墙头上,还是那些人,接着半个月前那个茬往上垒墙。只有我知道,那个茬再也接不上了,首先砖缝很难完全对上,即使后来勾了砖缝,我也一眼能看出他们停顿又续接的缝隙。更重要的是活儿搁了十几天,房子主人的想法变了,原先定的木头架房顶被钢板替代,木工活被铁活替代。事实上盖出来的房子变成了另一栋。半个月前他们因为回家割麦子而耽搁的那个砖混木框架的房子,永远都不会再盖出来。

甘肃的麦子割完了,新疆菜籽沟的麦子才开始黄。坡地陡,收割机上不去,全靠人工镰刀割。一人一天顶多割一亩地,一家种几十亩,就得一个劳力起早贪黑累一个多月。这一个多月书院其他活儿耽搁下来,哪都找不到给我们干活的人。这个季节,哪儿有比割麦子更重要的事情呢,我们只有眼巴巴看他们快快收割,我们院子里的活儿停下来。多好的太阳,多好的白云,多好的月亮和星星,我们干等着,看他们收获。我们挖管沟、盖房子、收拾院子的活儿,放一年也没事。房子不盖也没事,哪有比割麦子更大的事呢。

地上收麦子的季节，天上星星月亮都闲着。地上的麦香往星空里飘，那里有一层人，每年这个季节让麦香熏醒。他们眼睛朝下看，跟我们朝上望的目光相遇，仿佛黑夜里面对面走来的亲人。

我在这样的夜晚清闲下来，躺在靠椅上看星星。夜空像茫茫戈壁一样，那些朝黑暗里走远的人们，夜夜回头，我在书院的松树下，等候他们回望的目光。迟早我也加入其中，在奔赴无尽黑暗的路上，我夜夜回头，那时坐在夜空下看星星的人是谁呢，谁能从茫茫星空里辨认出我微弱而深情的目光，谁的思念会让我醒来呢？

在书院的松树、杨树上面，在稍远的山坡上面，星空荒芜着。它底下的山坡沟底，年年种麦子、土豆，年年丰收。

叮叮当当的狗

太阳把铃铛丢了，他从坡上凶猛地跑下来时像另一条狗。

我妈去英格堡赶集，见有铃铛卖，老式黄铜的，顺手摇一下，有她早年听熟的声音，就买了两个，太阳月亮脖子上各拴一个。月亮的没几天丢了，她不喜欢这个乱响的东西，自己甩掉了。我妈拾回来再给她戴上，第二天，她又脱掉。她当我妈的面脱掉的，她把一个前爪蹬住脖圈，头往后缩，脖圈就掉了。然后，她衔起带铃铛的脖圈，一路响着跑到屋后面，在我妈看不见、听不见的地方转了好一阵，无声地跑回来，她把那个讨厌的铃铛藏掉了。

太阳的铃铛一直戴着，他喜欢那个声音。他个头比月亮小，但他觉得自己比月亮多一个声音，他经常晃着头在月亮面前摆弄自己的响声。他成了一条叮叮当当响个不停的狗，他跑到哪儿我们都能听见。

夜里他的叮当声成了院子里最清晰的声音。我们从来不知道夜晚的院子里发生了什么，半夜被狗叫醒，侧耳朵听听，是月亮在南边大叫，或许进来人了，或许是一只野猫或獾猪。有时开灯照一下，若是小偷，看见窗户亮，也就跑了，我们并不出去看究竟。上百亩地的大院子，交给两条一岁多的狗，或者交给一条半狗。太阳只是条小宠物犬，秋天抱来时浑身精光，担心过不了冬。果然天稍一凉他就往屋子里钻，每次我都毫不客气赶他出去，我要让他习惯日渐寒冷的天气。菜籽沟已经是冰雪世界了，他的毛还没有完全长出来。天亮前那阵子外面最冷，听见他在门口叫，拿头顶门，门缝露出的一丝温暖会被他的身体接住。金子一起来就开门放他进房子，让他暖和一下。我坚决赶他出去，我不能让他依赖屋里的暖和，他得在漫长冬天的寒冷中长出自己的暖。

他的铜铃铛声在冬夜里听起来尤其寒冷，我们围炉取暖，他戴着冰冷的铃铛在寒风里来回跑，他不跑会冻死。月亮不怕冻，她是藏獒和哈萨克牧羊犬的后代，身上有厚厚的绒毛。天冷前给他们俩挨着修了狗窝，里面垫了厚厚的麦草。太阳不敢自己在窝里，放进去就跑出来。他往月亮窝里凑，一进去就被月亮咬出来。月亮真是条守原则的狗，白天跟太阳怎么打闹都可以，晚上就是不让太阳进自己的窝。

后来不知为什么月亮也不在窝里待了，可能狗窝在院墙边，太阴冷。我在门口用纸箱给太阳做了一个小窝，纸箱侧面掏一个洞,上面用砖压住,里面和洞口处铺上麦草,太阳晚上住里面。这次月亮随了太阳,卧在洞口的麦草上,那个纸箱做的窝盛不下月亮,她只好给太阳守窝。

  经过一个冬天,我们在菜籽沟的第一个冬天,太阳终于从一条宠物犬变成了狗,他在漫长寒冷的冬天里长出一身细绒毛。接下来的冬天,他将不再寒冷,不会在冬夜里不停地响着铃铛跑。我们也不再寒冷,书院在建锅炉房,到时候每个房间都暖暖的。

  月亮大叫的时候,听见太阳的叮当声跟在后面,太阳很少叫,他知道自己的叫声太小,吓不住入侵者,他让响亮的铃铛声跟在月亮后面助威。

  多少次深夜醒来,我听见太阳的铃铛声绕着房子转,他不睡觉,也可能他闻见我醒来,我醒来和睡着时气味不一样。他把铃铛声摇遍书院的每个角落。月亮只有自己的汪汪声。有时她在北边杏园叫,那里有一只大白猫,夜夜惦记我们伙房的肉。有一个夜晚后窗户没关,大白猫进来,把案板上一块骨头偷走。月亮闻着那块骨头的味道追咬到后院墙边,白猫越墙跑了,月亮在院墙边狂叫。

  我隔着菜地看见过一次大白猫,她修长的身子在杏园来回走动,还停下来看我。我从没见过这么大而纯白的猫,打问是谁家的,都不知道。

  丢掉铃铛的太阳没有声音了,他一路跑,一路往后看,好像那个叮当响的自己在山坡上没有下来,跑到坡下的又是谁呢?他跑一阵,回头朝坡上汪汪几声。那个刚刚还有叮当响的自己,在山坡草地上转一圈突然不见,往山下跑的是一条没有响声的狗。

月亮也觉出太阳不对劲,对着他咬,好像要把他咬回去,把那个叮当声找回来。

第二天一早,我扫院子,突然听见铃铛声,太阳嘴里叼着系了绳子的铃铛,从山坡杏园里狂跑下来,一直跑到我身边。

他自己把丢了的铃铛找回来了。

从那以后,他又成了一只叮当响的狗。

深夜醒来,又听见他的铃铛声绕着房子转。他真的闻见我醒来的气味吗,像一棵树从冬天的沉梦里醒来的味道,像一戈壁的草在雨后返青的味道。我从未站在屋外的黑暗里,闻见我自屋里醒来。

我只闻见我睡眠的气味,像一堆被梦之手倒腾开的陈年麦秆,像一间老房子的门沉沉推开,全是过去的旧味道。那个在梦里游走的我,带着一缕不散的旧气息。此刻他回来,站在窗外,他要在我醒来前回到我的睡眠里,是他的睡眠。我并不认识梦里出现的那个我,我不知道他在下一个梦里会干什么。我没有一只可以醒着伸到梦里的手,去安排黑暗睡眠里的生活。睡眠是我生命的另一场醒来。

我曾在这个黑暗世界一遍遍地醒来。

我醒来和睡着的气味,被一只叫太阳的小狗闻见。

洪 水

我们熄灯睡了,太阳在外面大叫,我掀开窗帘,下午停在水塘边的大铲车发动着了,细雨中车灯直照到深入星空的白杨树梢,接着铲车开始掉头,大杨树被转动的车灯挨个照亮又送入黑暗。当它转过身往书院外行驶时,车灯穿透前排房子的前窗后窗,整栋房子像突然张开眼睛。

我没细想黑夜里开走的大铲车去干什么,连下了三晚上大雨,听说县上已经动员所有力量防洪。我对菜籽沟的多雨天气已经习以为常,在干旱的新疆,这样一个有雨季的小山沟里,我们渐渐适应了阴雨和潮湿。

听到旁边东城镇发大水淹死人的事已经是第二天中午了。

说是四个警察接到养蜂人被洪水围困的消息,便冒雨出警了。

翻滚的山洪沿路旁往下泄,警车费力地往山里爬。警察都是大胆的人,自己管片儿的路,本乡本土的雨水,有啥呢。

养蜂人是外来的,每年花开时汽车运载蜂箱到沟里,给村委会交一点花粉钱,也许不用交,给村长两罐子蜜,就住下来。一坡一坡的花——从最早的野山花,到田里的油菜花、红豆草花、葵花、家家户户菜园里的蔬菜花,采到秋天,罐子装满蜜,在一个早晨悄悄走掉。

养蜂人被洪水困在沟里头,他的蜂箱在大水中漂走,他的蜜蜂下雨前都回到蜂箱,他喊叫着往山坡上跑,边跑边打110,他的蜜蜂喊叫着飞出蜂箱。

在离他几公里远的地方,洪水漫上马路,一辆警车被卷走,车里四个警察,一个逃出来,一个淹死,另两个失踪。

我在微信群里看见东城发洪水的视频,一个村庄淹没在水中,村民站在高处看自己泡在水中的房子,新闻说木垒的两个乡被淹。传到菜籽沟的小道消息说,除了失踪的警察,还有两个学生失踪。

到现在我都不清楚失踪的人都找回来没有。我只知道从我们书院开走的大铲车,行到半路坏掉了。那是我们雇来清理院子的铲车,半夜被征去抗洪,听说什么轴断了。我想也许是司机胆小,把车扔路上回去了。我了解那个司机,是个年轻的生手,开着巨大的铲车,在我们院子高高低低地乱铲了一通,叫方如泉撵走了。夜里他来开走铲车时我没有出去,那样的夜晚,山里黑咕隆咚,到处是洪水的声音,他一个半吊子驾驶员,敢往河道里开吗?

这是我猜测的,或许真是车坏了。他到现在还没有来给我们接着干活。我们也在一夜的沉睡中躲过一场洪水。洪水确实在夜里经过菜籽沟,我没看见它涨满河道的样子,没听见它的声音,我只在早晨看见书院门外的河道半腰被水冲刷,河湾那儿的一块高岸塌落。

刚刚得到的消息是,人们在同一个地方找到冲走的警车和几个蜂箱,汽车里空空的。蜂箱上头有蜜蜂飞旋,可能蜂箱漂入水中时,蜜蜂都飞出来,它们在汹涌的洪水上面追着自己的蜂箱飞,一直飞到一辆汽车把蜂箱挡住的地方。

至于那个养蜂人,据说他在听到营救他的警察被淹死后,第二天一早拉着蜂箱跑了。

黑　暗

老八拖着黑黑的影子从坡上下来。他的摩托车停在大路边,我以为他会骑摩托回家。如果他骑上摩托,黑影会被他甩掉,老八骑摩托野得很,"鬼都追不上"。这是老五说的。老五的意思是鬼追不上飞跑的摩托,我有点不信。年前我看见有人在路边烧纸汽车、纸摩托,可能鬼早已经骑上了摩托,也可能鬼不骑摩托,他们有更快更便捷的工具——影子。

鬼在黄昏时躺在那些疲惫的人影里被带回家。人在地里干活,鬼蹲地头看,也不看,冥冥地待着,等人干完活,也不等,等和看这些事情,对鬼来说早已不存在。鬼只是冥冥到日头倒西,人的影子伸长过去,把鬼接上。

在能看见鬼的小孩眼睛里,鬼仰脸躺在人影子里,头脚对齐,很舒坦的样子。有时鬼坐起来,驾牛车一样吆喝人的影子前行。藏了鬼的影子拖累人,但人认为是自己本来累,干了半天活儿,能不累吗,再累也得走回家,鬼就舒舒坦坦躺影子里跟人回家。

也早不是那个家。原先墙上的照片都撤了,留有痕迹的旧家具也不在,房子的主人换了几代,但还是熟悉的相貌气味,熟悉的姓氏。

鬼是能记得自己的姓,也隐约记得在世上有过一个家。亲人时不时地念想常常让鬼从冥冥里睁开眼,朝着人世间里望,望着就想回来一趟。跟着黄昏时母亲喊孩子的叫声回来,跟着吱呀的开门声回来,跟着炊烟和地上长长的影子回来。

路拐个弯,影子颠簸一番,就到家了。墙根玩耍的邻家小孩对着影子大叫,自家的狗也对影子叫。人烦了,喝住小孩,撵走狗,小孩和狗都惊愕地看着一个躺着的鬼笑眯眯进了院子。

菜籽沟能看见鬼的小孩都长大走了,到外面上学谋生活,逢年过节回来一下,也都再看不见鬼。

剩下半村子老人,都避讳言鬼。看见鬼也不说,装没看见。

就真的好多年没人看见鬼了，好像这世上真的没有鬼了。

老八没骑摩托回家，他直直进了我们院子。月亮猛扑过来，对着老八的影子狂咬，她看见这个人拖来的黑影里有不好的东西。我也看出了，他的影子比黑狗月亮的还黑。一个累坏的人，拖着比别人更黑的影子来到我们院子。我故意朝老八走近几步，两个影子并一起时我吓了一跳。我闲了半天，影子淡淡的，老八的影子比我黑一层。

我赶紧问老八啥事，我害怕他把影子丢在我们家院子。

有些人知道自己影子里藏了不好的东西，回家前想法儿把影子丢掉。丢的方法多：比如，把影子拖进树荫里，自己溜掉；还有，骑驴背马背上，人和牲口的影子叠一起；再就是天黑前找个借口进谁家，等太阳落山了出门，影子就丢给这家了。再就是骑摩托，油门一轰，呜的一溜子土，人瞬间不见，啥东西都甩掉了。

老八不像是要有意害我们的人。他割了一天麦子，腰还没全直起来。他的影子也弓着腰，看上去比老八委屈。

我问，今年麦子收成咋样？

老八说，没毬相，顶多打一袋子多。

老八说的是一亩地的收成，一袋子多，也就一百公斤的样子。每公斤麦子卖两块多，一亩地收二百多块钱，加上政府每亩地一百多块的补贴，合三四百块，机耕费、种子费一除，落二三百块，还不算自己的工钱，要给别人割一亩地麦子，少说也挣一百五十块。

老八种了三十亩地麦子，纯收入六千多。"白毬卡。"老八说完咧嘴笑了笑，骑摩托走了。

我突然觉得心里闷闷的，好像他把三十亩地的负担全卸给了我，把白忙乎的一年丢给了我。

菜籽沟的坡地旱田只一种一收，坡太陡，机耕没法作业，只有马拉犁地，手撒种，镰刀收割，全是人工活。种多了收不掉，种少了不够生活。

老八一夏天在我们书院打零工，每天一百三十元，他六十多了，比我大几岁，没啥手艺，只能干小工的粗活，拿小工的低工资。

老八干得最多的是挖管沟，他一点点地把自己挖进沟里，然后，只见一团一团扔出来的土。每次从自己挖的深沟里出来时，都拖出黑黑的一截影子，月亮见他从管沟里爬出来就咬。我们家月亮见人进院子就叫，见院子里拿东西的人就咬，见从土里钻出来的老八更加狂咬。狗能看见我看不见的东西，我只看见老八的影子比其他人的重。

就像这个黄昏，他拖着从自己家麦地里弓腰一天的劳累，来到我们院子，他把那片麦地里的黑拖到我们院子，就像他一次次地从自己挖的管沟里爬出来时，把土里的黑拖到地上。

月亮跟着他的屁股咬，想把他撵走，可是他不走，跟方如泉说账的事，他挖管沟的活少算了一天，把一天丢了。按日期算天数又没丢，他进院子挖了七天管沟，按七天付工钱。但他硬说是八天，他干了八天活儿。谁知道这一天该咋算。

老八出院门时月亮依旧对着老八的影子咬。她可能闻见影子的不明气味，看见影子里藏着的黑东西。老八不理识月亮，在月亮一声接着一声的吠叫里，老八的影子渐渐拉长，月亮的叫声也渐渐拉长。最后，老八的影子伸到院门外，跟门口小河边榆树的影子并成一体，跟门外坡地上麦田的影子合为一体，一个更大的阴影从天上地上盖过来。天突然就黑了，我一低头看见整个夜晚，跟在老八拖进来的黑影子后面，悄悄地进了院子。

我们没有在天黑前关住院门。

我们的院门一直敞开到月亮出来。那时我在半醒半睡间，听见书院的皮卡车从外面回来，车灯直直照亮院子，照到台阶上的孔子像。然后，我听见铁门和锁链相碰的声音，高高的，仿佛在月亮和星星之上。

醒　来

在我不曾醒来的早晨，你们挖开渠口，往我半月前浇过的菜地放水，你们低声呵斥月亮别叫，把渠边那根大木头抬到后墙边，又担心我醒来看见木头不见，四处找。你们把地边的草割了，晾干码成垛，在我让老王架起的草垛木棚上，你们又往高垛了半个夏天的干草。你们中的谁爬到垛顶，低声喊月亮太阳，他们俩欢蹦着朝上吠叫，又更低声地似乎正在心里喊我的名字，在连狗都听不见的那声呼喊里，我一次次醒来。我看见那时的我，好多个我，从菜地、从果园的浓密绿荫下、从门外的大路、从我一次次睡着的西北间的屋子、从山坡、从和谁的匆忙握别里，朝那个声音处走，步子轻快，眼睛朝上，耳朵侧着。那些走来的身影里有 30 岁的我，20 岁、15 岁的我，亦有 50 岁、80 岁的我，他们在谁的一声喊唤里来了。他们一步步往草垛聚拢，在渠边，15 岁的我好奇地看着 50 岁的我，80 岁的我像一个孩童，蹦蹦跳跳超过 10 岁的我。然后，他们到了草垛下面，似乎草垛又摞了好多个夏天的干草。我看见它高入云端，他们也仰头看，又好奇地相互看，那个呼唤声再没有了，草垛上只有一个梯子，高晃晃竖立着。我认出那是我后父家的梯子，他们也都认出来。在我们早年的记忆里，那个上房的梯子总是短一截子，下房时一只脚探下来，找梯子，害怕地扒在房檐边，这个记忆延伸到无数的梦里。他们围着梯子，谁先上去呢，已经站在高高草堆上的又是谁呢。他朝下看，看见我各个年岁里朝上仰望的眼睛，那是他们中间的一双，早早地到了高处，星星一样静静回望。

在我不愿醒来的那个早晨，你们收住渠口，地里的菜都已长熟，我最喜欢吃的茄子、西红柿、芹菜长得尤其好，它们从来没有长得这么好过。在一个又一个早晨的无边长睡里，你们起来摘菜做早饭，喊干活儿的人吃饭，大声地喊，我寂静地听着。突然谁的一声喊到了我，又突然停住，她意识到自己喊错了，声音已放出去，收不回来。所有人都听见了，都停住，走路的停住脚步，吃饭的停住筷子，太阳月亮也愣住。我欣喜地听着，用我长长一生里所有的耳朵，去追那个散远的声音，我等着谁喊第二声，等她声音再大点喊我一声，等她沉默地在心里唤我一声，喊第三声。像她习惯喊我的那样，她早已习惯了连喊我三声，我早已习惯了在她的第三声里起身。我等她的第三声，她喊了我就起来，出门左拐，到餐厅，到她喊我去的任何地方。

可是没有，她只喊了一声，突然就没声音了，所有人都没声音了，月亮太阳都不叫了。我就在那时，装糊涂地没有起来，没去吃那个早晨的洋芋面条,没去走那个上午的路,没去晒那个下午的太阳。然后,我听见刮风了,满天空的落叶声,一层一层树叶,给大地盖上被子,我暖和地闭住眼睛,想着一百个一千个秋天的金黄落叶会是多么温暖。

■陆春祥

作 者 简 介

1961年12月出生于浙江桐庐,笔名陆布衣等。中国作家协会会员,一级作家,浙江省散文学会会长,杭州市作家协会副主席。已出版散文随笔集《病了的字母》《字字锦》《笔记中的动物》《连山》等15部。作品曾获第五届鲁迅文学奖、浙江省优秀文学作品奖、上海市优秀文学作品奖等。

作家印象

陆春祥的文章与他的人一样,有着温暖的刚烈,带给人们一种别样的冲击与回味。他的文章无不从平凡的现实出发,进入无穷的遐思。

陆春祥作文风格变幻莫测,或援引,或偶发,有历朝历代的社会风尚、典章制度,更有诗文书画、风情景物。它们在他的书中如同神奇的魔方,变化着各种复杂的色彩。陆春祥将他的魔方庄谐并用,借古喻今,针砭时弊,有理有情有思有趣,更难得的是弥漫着俗世的烟火。

——李 舫

《霓裳》的种子

■陆春祥

一

白居易的《琵琶行》，我滚瓜烂熟。

"老大嫁作商人妇"的琵琶女，"江州司马青衫湿"的白乐天，这一对"同是天涯沦落人"的苦命人，因一夜相逢，谱写下了中国音乐史上的著名篇章。

整首《琵琶行》中，琵琶手弹奏的曲子，有名称的只有两首，"初为霓裳后六幺"，一首是《霓裳》，一首是《六幺》。

即便，琵琶演奏到最后，"莫辞更坐弹一曲"，白乐天也没有写弹奏曲子的名称。

《霓裳》和《六幺》，它们都是唐代大曲，所谓大曲，往往歌、乐、舞三位一体，连缀融合的综合艺术。它一般由散序、歌、破三部分组成。

唐代崔令钦的笔记《教坊记》，详细列举了当时流行的46

种大曲名称。其中,"绿腰"就是"六幺"。

每一种曲,都有不同的来历和故事。

这里主要说《霓裳》。

《霓裳》,全名《霓裳羽衣曲》,这,一定要先说唐明皇,李隆基。他是此曲的创造者。唐明皇游月宫,谁带领?有申天师、洪都客,有罗公远,还有叶法善,最著名的当数天师叶法善。

道教作为大唐国教,法曲自然是主旋律。

宋人李上交的笔记《近事会元》,卷四《霓裳羽衣曲》中,有关于此曲的来历:

唐野史云,明皇开元中,道人叶法善,引上入月宫。时秋,上苦凄冷,不能久留。回于天半,尚闻仙乐。及归,但记其半曲。遂筵中写之。会西京都督杨敬述进《婆罗门曲》,与其声调相符,遂以月中所闻,为之散序,因敬述所进为曲身,名《霓裳羽衣曲》也。

虽是野史,情节却相当完整。

开元年间,唐明皇由道士叶法善引导上天,进了月宫。月宫的秋天,天气清冷,在这样的环境里,凡人是不能久待的,但是,月宫中仙乐阵阵,让人飘浮,如在梦幻。返回途中,隐隐的仙乐仍在耳边回荡。等回到人间,只记得半支曲子,赶紧找纸笔记下来。巧的是,西京都督杨敬述,这时向唐明皇进献了一首曲子,音乐专家李隆基一看,声调和在月宫中听到的差不多,于是,就将月宫中听到的作曲子的序,杨敬述进献的作曲子主体部分,两部分合在一起,起名《霓裳羽衣曲》。

二

2016年10月30日,我到松阳,松阳作协主席鲁晓敏和当地作家鬼鬼,陪我爬卯山,拜望唐朝著名道人叶法善。卯山脚下,是叶的出生地,也是去世后归葬的地方。

叶法善(616—720年),他活了105岁,是和张天师齐名的中国著名道士。

在卯山腰,有一座永宁观,观里供奉着叶法善的塑像。四周有壁画,第一幅就是"伴君游月"。

这是一个仙乐伴奏的宴会场面。

月圆形的画面上,唐明皇,叶法善,五位仙女,都踩在五色祥云上。一张矮地宽大茶几,上有各类仙果,有杯盏,有青花壶酒瓶,一仙女双手还端着一大盆仙果。唐明皇,身着明黄亮丽龙袍,右手捏着酒杯,左手打开一个笏板,似乎在阅读乐谱,叶法师,着鲜红道袍,拍打着双手,似乎是在打节拍。一仙女抱着大琵琶,正轻拢慢捻,三仙女围绕着唐明皇,左右伴着舞,飞舞起的水袖,和祥云互为云彩。

这个场面,大约就是唐代野史和宋代诸多笔记描述的《霓裳羽衣曲》来历的经典画面了。

基于李隆基的音乐天才,又是个虔诚的道教徒,我情愿将《霓裳羽衣曲》的来历,看作是一场天才型的创作,这是一次灵感大爆发。

李唐王朝,崇老喜仙,热衷于求神仙,迷信老子。

这对于取得皇位而又没有皇家正统的朝代来说,他们第一个想到的是名正言顺,即我们来掌管这个天下是上天注定的。

于是，千方百计地找关系。唐皇帝就将姓李的老子当作自己的祖先了，因为李耽的名气大啊，足够向民众炫耀，于是将老子的父亲封为先天太皇。开元开得好好的，李隆基却将年号改为"天宝"。其实，老子父亲是什么人，在什么时代，历史上根本没有记载，而且，李唐的先世本是陇西的少数民族，根本不像商周两代的祖先有世系可以考察的。

有了如此深厚的思想基础，再加上叶法善深得信任，被他引入月宫听到天曲，也就不奇怪了。

当然是在梦中，大唐豪华的宫殿里，唐明皇经常做着白日梦。

我们登上卯山顶，这里是千年道观通天观的遗址。

观破墙基在，卯山草木深。遗址一片废墟，乱石，蓬蒿，杂树，藤蔓缠绕。几百平方的山冈，千年道观的屋基，石生青苔，有的还有半人高。山冈中心甚至还有一口井，探头望，深幽然，井中有水，在强光的照射下，看上去黑黑的。鲁晓敏说，通天观，原是一座香火极旺的千年道观，不知毁于什么朝代，从现场的遗迹观察，颓废的年份已经很久了。

不难想象，通天观当年的盛景，道事繁荣，仙乐飘荡，《霓裳羽衣曲》一定是主题，因为它连着唐明皇，连着叶天师。

叶法善活到105岁，在人均寿命三十几岁的唐朝，是个奇迹，人中祥瑞。

据当地传说，李隆基对叶天师的丧事，相当重视，命令唐朝有关机构，千里扶灵回松阳。

卯山还有一块大碑，"叶尊师碑"，这是叶法善大大荣光的标记，碑文由唐玄宗亲自撰写，太子撰写碑额。原碑早就遗失，我在碑前,仔细察看新碑,此碑由杭州著名书法家蔡云超先生书写,棱角刚正,遒劲有力。

蔡先生我熟,他擅碑文书写。他告诉我,这个碑,他写了两块,一块在松阳,一块在武义。武义和松阳接壤,叶法善也在那修过道,括苍山,树高深幽,云雾缭绕,山峦连绵,确实是个修道的好地方。

2016年,叶法善诞辰1440年,松阳当地,以各种方式纪念着他。

三

文化的基因,生存总是极其顽强,如杂草,只要有些许阳光雨露,它就会茁壮成长。

叶天师虽久居长安,也常衣锦还乡,九十几岁回松阳时,他舍宅为观,取名淳和观,唐玄宗赐名并题写"淳和仙府",且赐戏台一座。

自然,长安城里梨园的节目,也一定要带回来,不是有这么精致的戏台吗?"月宫调",那也是必须传授的,而且要作为道教乐曲的经典,这是恩宠和荣耀。

2007年11月,我们的报纸,报道了这样的文化新闻:多年来流传的月宫调,松阳人说很可能就是神秘的《霓裳羽衣曲》。

演奏月宫调,至少得7人,两人吹笛,两人拉二胡,另外鼓、锣、板各一人。演奏时,锣鼓在前,丝竹乐器在两边或者后面,打竹板的在中间。演奏全曲需要六七分钟。乐队队员说:我们这里迎太保、搞庙会,都要演奏这个曲子。也不知传了多少年了。

可以肯定，这并不是《霓裳羽衣曲》的全部，或者真本，但一定有她的遗传因子，因为松阳有叶法善。

还有让我惊奇的。

瓯江上游，这个偏僻的浙西南深山县，至今有一种高腔在传唱，松阳高腔，被赞为戏剧的活化石，唱词无定格，曲牌连缀，音乐节奏却自由，高亢，绵长，带着浓浓的唐代法曲腔调。

我采访过松阳高腔的两位研究者，松阳县高腔研究会的主席刘建超，浙江丽水学院的音乐学副教授王建武。据他们的研究，松阳高腔，它的音乐形式是对道教音乐的糅合，最主要的原因就是，道士布道，很多庄严场合都要用法曲，另外，松阳高腔的数代艺人，基本都是道士出身。当然，祖宗就是叶法善。

松阳高腔的嫡系传承人吴永明，他被称为"松阳高腔梅兰芳"，我们有过一次简单的网上交流。

我问：您是怎么喜欢上松阳高腔的？

吴答：我是传承，从小就喜欢。我父亲吴陈俊，可以演绎高腔所有的角色，我们口传心授。20世纪80年代末，我在部队的文艺会演中，就演出过松阳高腔的折子戏。

我问：松阳高腔的代表剧目有哪些？

吴答：经过近几十年的挖掘，我们已经整理出40多个传统剧目，比如《夫人戏》《耕历山》《白兔记》《买水记》《合珠记》等等。

我问：这些剧目中，有明显的《霓裳羽衣曲》痕迹吗？

吴答：《夫人戏》就是道教戏，主题音乐都由法曲构成。《贺太平》中的砍柴调，我认为和月宫调十分相似。

中国音乐家协会会员的刘建超，他也非常肯定：松阳高腔中的《渔家乐》，和《霓裳羽衣曲》的相似度在百分之八十以上，许多唱腔中的骨干音，还有很浓的月宫调痕迹。

2014年12月，吴永明随浙江代表团访问新加坡、印度等国，在新加坡的香格里拉大酒店，演出了《白兔记》中的一折《马房招亲》，一曲松阳高腔，生生惊及国外。

回望公元630年，唐朝初建，日本的舒明天皇就派出了第一批遣唐使，此后的260多年间，奈良时代和平安时代的日本朝廷，一共派出了19批次的遣唐使者。其中的使者，一定有乐师之类的音乐人才。

音乐无国界，不难想象，这些遣唐使，当他们听到《霓裳》《六幺》一类的大曲时，极有可能足之蹈之，从而将唐朝的文明远播东洋。

四

白乐天让我们记住了技艺高超的琵琶女，琵琶女带我们领略了唐朝大曲的无限神韵。白乐天用文学表现了音乐，琵琶女用琴声表现了文学。诗就是琴声，琴声就是诗，《琵琶行》和琵琶女，构成了中国古典文学史上一座伟大的丰碑。

琵琶溅起的声光碎影里，唐明皇忘情击拍，杨贵妃婀娜弄舞，众臣们整齐合掌，好一个大唐太平盛世。

渔阳鼙鼓动地来，惊破霓裳羽衣曲。

长恨，长恨。

然而，千百年来，《霓裳》的旋律一直撩拨人心。无论多么辉煌的物质文明，都会随尘而湮灭，但大曲的精神内核，却永远百世流芳。

初为霓裳后六幺。

《霓裳》的种子,在中国,在松阳,在广袤而绵长的千年时空里,活跃而勃发。

■ 龙 一

作者简介

　　本名李鹏，1961年出生于天津。毕业于南开大学汉语言文学专业。现为天津市作家协会副主席，文学院专业作家。著有长篇小说《地球省》《烹调爱情》《借枪》《接头》《代号》等，小说集《潜伏》《恭贺新禧》《美食小说家》等和小说理论专著《小说技术》。小说《潜伏》《借枪》《代号》改编为电视连续剧播出。

作 家 印 象

龙一是小说家。他以小说《潜伏》《借枪》《刺客》《暗探》掀起谍战类型的创作和收视高潮,他的每一部小说及其人物都呈现着特别的精致——精致的设计、精致的描摹、精致的工艺、精致的结构。他像一个耐心的银匠,专心致志地"潜伏"在自己的写作中,在方寸之地里挥舞笔墨,搅动山河。

龙一是玩家。他长期研究中国古代生活史,慕古人之闲雅,于是好玩。龙一是生活家。他生于饥荒之年,物质匮乏给他打下深深的烙印,故而喜欢有品质的生活。

龙一是散文家。与他惊心动魄的小说不同,他的散文精致,闲散,舒缓,优雅,他安静于自己安静的生活。龙一常常带着折纸去采风,身行天下、心动天下的路上,他将路上的折纸和所思所得寄送给远方的朋友。

龙一是史家。他用文学创作拼凑历史的残篇断简,他的历史中有未来的星火。相比日新月异的周遭,他的创作似乎很慢,一年一部小说,散文更是屈指可数。尽管有读者的期待和编辑的敦促,他却永远执着于自己的速度。所以,他的每一篇小说都像一颗炸弹,在很难有惊奇的世界炸出频频的惊奇;他的每一篇散文都像一株精心侍弄的花草,安详,茁壮,清风拂面,唇齿留芳。

——李 舫

刺桐古城花欲燃

■ 龙 一

20世纪80年代末，我曾偶然得知，泉州在国外有另外一个美丽的名字"刺桐城"，当时没甚留意。今年到泉州逛灯会，因季节尚早，只看到了刺桐树，未能看到壮观的刺桐花。公元946年，割据泉州的地方军阀留从效修建泉州新城，为什么会选择"刺桐"这个树种遍植新城内外？

留从效是泉州本地人，在"残唐五代"的乱局中，他经历了无数的战斗、联合、背叛以及权谋，终于以泉州刺史和清源军节度使的身份，据守泉州、兴化和漳州三地，在17年短暂的割据时间里，为中国打造了一座名城和名港。

刺桐花看上去就如同一支铸满朱红色獠牙短柄棒状兵器，既热烈，又威严。为此诗人陈陶感叹道："仿佛三株植世间，风光满地赤城闲。无因秉烛看奇树，长伴刘公醉玉山。"（《泉州刺桐花咏兼呈赵使君》）或许，留从效也是因为刺桐花如此壮烈的模样，以其自况，这才格外偏爱于它吧？

此前唐朝对西洋的主要贸易港口是广州，然而，当南唐五代战乱遍地之时,广州通往北方的陆路交通几近断绝,于是,新兴的泉州港便成为最重要的对外贸易港口。留从效非常清楚,掌握了泉州港,便等于掌握了中国南方的经济命脉。为此,他大搞城市建设,大力美化市容,于是,形态美观的刺桐树便成为绿化泉州的首选,因为它是扦插种植的速生乔木,便于大面积种植,六年便有可观,常常高达二十米。我在此刻悬揣,留从效当年的理想应该是将泉州建造成为城墙坚固,坊市繁荣,红花满树,浓荫遍地,美丽开放的国际化港口城市。他的努力没有浪费,泉州以"刺桐城"和"刺桐港"之名,远播欧亚非大陆,为此,泉州成了海上丝绸之路的起点。

泉州成为世界著名港口城市,还有另外一个原因,就是它的进出口货物。与中国历史上任何一个繁荣的时代相似,泉州港出口的货物除去传统的丝绸之外,主要是领先于世界的高技术产品。唐代的陶瓷器,不论是生产规模还是胎质、釉料和创新便利的造型设计,全都处于世界领先水平,是最大宗的外销品。

同时,由于拥有上千年的青铜铸造技术和陶器窑烧技术,便带动了中国冶铁技术的高速发展。留从效时代,正是欧洲的中世纪,欧洲仍然停留在"块炼铁"时代,只能将满含杂质的"海绵铁"锻制成柔软的熟铁,而且根本不知道世上还有"铸铁"这门技术。当时欧洲制造兵器的钢铁制品极为珍稀,只能依靠进口。而此时中国的平炉冶铁技术和炒钢技术处于世界最先进水平,而且铁锭产量很高,是当时世界上最为重要且昂贵的大宗商品。当然,像中国的不传之秘"兵刃局部淬火"等技术,要到几百年后才会传到西亚和欧洲。

从世界冶铁史上看,在同一时期,还有一种高品质的"大马士革钢"存在,原料来自印度西北部的海德拉巴冶炼的"坩埚铁",近似于今天的"炭化三铁",当时的生产工艺艰难,产量极低。这种柑橘大小的球状铁锭被贩运至叙利亚的大马士革,经过复杂的锻造,便成为后来的"大马士革钢刀"。由于这种印度铁锭体积很小,多半只够用来锻造匕首类小刀,长刀稀少,因而珍贵至极,无法用于军队装备。更可惜的是,这种锻造工艺到18世纪后便失传了。

泉州西龙头山上有座铁炉庙,这里是南唐五代时的冶铁厂遗址。留从效去世六年后,宋代泉州最大的永春倚洋冶铁场在此地开业,而在此之前,史料没有记录的冶铁厂还有许多,遗址规模之大,远超世人想象。由此我们可以看出,在冷兵器时代和农耕时代,泉州出口的大量铁锭,对古代的世界军事史,特别是对西亚、欧洲和非洲的铁制农具和铁制工具的发展史,起到了至关重要的作用。

那么,当时泉州都进口什么货物呢?参照今天的地缘经济学来讲,当时中国是以原料进口为主,除去供应造船、陶瓷生产、食品加工等生产和生活所需的大宗商品之外,奢侈品生产所需的原料,例如犀角、象牙、玳瑁和各种含油类香料,是当年进口商品的重要特色。白居易有诗云:"通天白犀带,照地紫麟袍。"(《寄献北都留守裴令公》)唐代官员服制,六品官员使用的"犀带",就是将犀牛角解成或圆或方的薄片,镶在腰带上做装饰。从宋元开始,服制改成二品官员系"犀带"。这种服饰制度,自然带动了社会时尚。于是,武士的甲胄,文人的文具和佩剑,富贵之家的车马,女性的簪环首饰,都少不了犀角、象牙、玳瑁等珍贵的"外贸商品",社会需求量很大。

在南唐五代那个大分裂大战乱时代，留从效的泉州南面是闽粤乱局，北方是后周与南唐争霸，他要想在这海角之地保境安民，没有一些手段是不行的。

公元958年，留从效便打算与占据长江以北，国势正盛的后周皇帝柴荣建立联系。于是他私遣牙将蔡仲赟"衣商人服，以绢表置革带中，间道来称藩。"（《资治通鉴》卷第二百九十四）他无法公然为后周皇帝送去大宗贡品，只能让蔡仲赟携带一些体积虽小却贵重得体的礼品。于是他道："臣生居海峤，实慕华风。辄倾葵藿之心，恭向照临之德。仍进獬豸通犀带一条，白龙脑香十斤。"（《全唐文·上周世宗表》）

不能不说，留从效的这份礼物确是用足了心思。通天犀传说中有"避水"之神功，他在此处是借物隐喻，暗祝后周皇帝出兵攻打南唐时能够顺利渡过长江。龙脑香俗称"冰片"，药性上属于凉药，在中国香道中是"冷香"，而此时正是暑气未消的闰七月，他进贡此物最是应时当令。至于更深一层的意思却是，"白龙脑香十斤"，至纯至净，是来自南太平洋的高级舶来品，恰好说明泉州与众不同的地利之便，暗示他手中掌握着当时最为重要的对外贸易港口。

当然，周世宗身边必定少不了深谋远虑之士，回复留从效的也是一番漂亮话："卿自保全土宇，惠养黎元，立功早达於机权，临事固无於凝滞。乃能望中原而内附，陈方略以输诚，永言恭勤，良多嘉奖。"（《全唐文·赐伪泉州节度使留从效诏》）而后，周世宗却阴险地将留从效的"上表"派人送到了南唐皇帝李璟手里，挑拨其君臣关系。

转眼间，这场小风波已然过去四年，留从效治下的泉州发生内乱,他被属下劫持,背疽发作去世,终年56周岁。"红粉暗随流水去,园林渐觉清阴密。算年年、落尽刺桐花,寒无力。"(辛弃疾《满江红·暮春》)不知道留从效去世的时候,泉州满城的刺桐花可曾开放?

将近400年后,阿拉伯旅行家伊本·白图泰在他长达28年的旅途中,从泉州登陆,这一年是公元1346年。他在其著名的《伊本·白图泰游记》中写道:"对于商旅来说,中国地区是最安全最美好的地区……我们渡海而达的第一个城市是刺桐城……这是一个巨大城市,此地织造的锦缎和绸缎,也以刺桐命名。该城的港口是世界大港之一,甚至是最大的港口。我看到港内停有大艟克约百艘,小船多得无数……该城花园很多,房舍位于花园中央。"

到了伊本·白图泰慕名来访时,凡是可通航的北非、南亚和西亚的海港,几乎都能看到中国的"大艟克",其船通常会有十张巨帆,是当时最大的帆船。整个欧洲、北非和西亚,到处都在流传"刺桐城"和"刺桐港"的名字,交易从这里出口的贵重商品,炫耀从这里赚取的财富。这座东方遥远城市的富足与美丽,在欧亚非大陆各地人民的言语间,书信中流传,有些人将其比喻为亚历山大大帝眼中的名城撒马尔罕,也有些人将其描绘得如同"美好宽阔流奶与蜜之地"。

3月泉州的刺桐花应该快要开放了吧?伊本·白图泰没能看到刺桐花开,马可·波罗也没能看到刺桐花开。"刺桐古城花欲燃,旧游人物想依然。"(黄公度《送陈应求赴官》)那么,出发吧,再不要错过这场历时千年,流传万里的花事。

■ 梁 平

作者简介

当代作家、诗人。现为中国作家协会全委会委员、诗歌委员会副主任,四川省作家协会副主席,成都市文学艺术联合会主席。著有诗集《梁平诗选》《深呼吸》等10部,诗歌评论集《阅读的姿势》,长篇小说《朝天门》等。获第二届中华图书出版特别奖、中国作家郭沫若诗歌奖、巴蜀文艺奖金奖等多个奖项。

嘉陵江记

作家印象

　　这是一位诗人送给他生于斯长于斯的大地的颂歌，也是一位作家送给家乡的生命礼赞。梁平的文字，饱满丰盈，细腻真挚，如子规长歌，恰啼血东风，幽微中蠡窥宏阔，黯淡里喜见光明。他以笔、以命、以心、以爱、以思，铺展历史的长卷，讴歌生命的宽阔，时而悲怆低回，时而驻足仰望，在暗夜里期冀光明。

　　跟随梁平的笔端，我们沿长江、嘉陵江溯流而上，一路奔跑、沉潜、翱翔，同他的爱与恨，他的愤怒与期冀、疼痛与愉悦同频共振。重庆，这是生养梁平之地，更是造就梁平之地。在他轻灵如诗的文字中，我们仿佛得见他椎心泣血的笔墨、响遏行云的呼号、掷地有声的追问——子在川上曰，逝者如斯夫！这是他关乎大悲喜和大彻悟的哲学问道，是他寻求死之尊严与生之庄重的心灵追索，答案不言自明。

——李　舫

嘉陵江记

■梁 平

一

嘉陵江是至今可以认定有两个源头、而唯一以草书方式一泻千里的江河。

站在重庆朝天门的码头看去,一脉浩荡从左向右,把最为抒情的一笔作为她最优美的收势,插入长江的腹中。这是一幅人文的漫长书卷,一次精神的长途跋涉。我是这条大江的子民,我生命的第一声啼哭就是嘉陵江的涛声。所以,我时常会独自一人,在这条大江的结尾处,那个叫朝天门的地方,想象上游、中游以及下游的一切,关于起源和变迁、关于生态和繁衍、关于生命和创造。

嘉陵江发源于秦岭山地和岷山,东源出于陕西凤县西北大王山南侧东峪沟,西源出于甘肃天水市南平南川,两源流至陕西略阳两河口合二为一。尽管东源、西源在历史上有很多佐证各执己见,以为自己是正源,但是嘉陵江没有说话,而是以她最初的包容,接纳了东西二源的水脉,这正是嘉陵江非凡的胸怀和品质,也正是这一条大河给予人类最本色的生命意义。

嘉陵江干流全长 1100 公里,全流域地面积 16 万平方公里,成为长江上游最重要的水系之一。嘉陵江主干明显,其枝杈清楚,被称之为典型的枝状水系。在广元昭化以上为上游河段,穿行于秦岭、米仓山山区,河谷深切,坡陡流急;昭化至合川为中游河段,行切入四川盆地之中,河曲发育,江面开阔;合川以下到朝天门为下游河段,在穿越平行峡谷区处形成新的峡谷,有沥鼻、温塘、观音"小三峡"形成,滩沱相间。

有了这样一个脉络,我们可以清晰地看见嘉陵江在陕甘交界逶迤茫茫的山岭间,一路携百条涧溪,九曲回肠,百折不挠,从海拔三千米的崇山峻岭飞流直下、劈山斩谷,经秦岭腹地的凤县、徽县、略阳,再进入广元、昭化、苍溪、阆中,后又穿行于南部、蓬安、武胜、合川等丘陵与盆地之间,至重庆汇入长江。雁过留声,水过留痕。嘉陵江两岸催红生绿,百态千姿,滋润了绿洲与盆地,养育了名城与民风。嘉陵江一路盘点下来,真可谓大珠小珠,琳琅满目,让你置身未曾谋面的过往。

二

行至广元昭化,嘉陵江汇流了从青藏高原边际奔流而下的白龙江,一江浩荡。昭化,是迄今为止国内保存最为完好的唯一一座三国古城,素有"巴蜀第一县,蜀国第二都"之称。古城位于白龙江、嘉陵江、清江三江交汇处,其嘉陵江水在此洄澜,水系神韵,形成了一个直径约5公里,面积约20平方公里的自然山水太极图,古城则位于山水太极阳极鱼眼之处。难怪有人留言昭化:欣赏天下第一山水太极自然奇观,体验天人合一之精妙。

我曾有机会造访昭化,见过一个客栈两侧的对联,顿时忍俊不禁。上联是"日过很多老陕",下联是"夜宿不少秦人"。这里与陕西接壤,四川、陕西两省的人在这里近得如走亲戚串门。这就是嘉陵江,这副对联里暗藏的几近粗痞的"水流沙坝"之戏,居然不会让人心生敌意,即使陕西人过来看了,也只是会心一笑,称赞一句:"写得好"。尤其因为嘉陵江的滋养,位于古城城西北方的翼山,山形北陡南缓,山势独特优美,为古城龙脉所在,登翼山之上,既可总揽古城风水之格局,感悟风水之灵气,还能搜寻三国古战场猎猎狼烟,体验"滚滚长江东逝水,浪花淘尽英雄"之悲壮。

嘉陵江进入苍溪几乎是悄无声息的,江面貌似平静,而底下却暗流湍急。从县城擦身而过,两三公里后,迎面撞上试图阻挡的西武当山,便右转九十度,流过塔子山脚,变成一漫喧哗的浅滩,然后毫不迟疑地向20公里外的阆中奔腾而去。

一头扎进阆中的嘉陵江,几乎是围绕这座古城转了一圈,这一圈让阆中三面有了水的滋润和营养。流经阆中的嘉陵江,宛若一条巨龙缠绕、守护着这座城市,古城正好端坐在龙背上。登高望去,整个阆中城郭暗合了左青龙、右白虎、前朱雀、后玄武的传统风水的神秘。而且,这又是嘉陵江继上游昭化之后的一幅太极山水图,难怪阆中被誉为"嘉陵江第一江山"。

水是有灵性的,这嘉陵江的灵性首先显现在阆中古城的入口,那里有一座状元牌坊,因为这小小的地方竟然出了4名状元,

116名进士。这里还保存完好有我国仅存的两座贡院之一的川北道贡院,院内古意盎然,连廊通达,亭园规整,堪与另一座贡院南京的夫子庙齐名。就在这个院子里,清朝顺治年间还举行了甲午、丁酉、庚子三科考试。时过境迁,但是可以想象,没有把嘉陵江的涛声当作读书声更为美妙的事情了。

如果说这是嘉陵江的文脉显灵,那么阆中人曾经从嘉陵江打捞起一块石碑,上有"汉将军飞率精卒万人大破贼首张郃于八蒙,立马勒铭",就是嘉陵江的武功面世。据说那是张飞的书法真迹,尤其是他能用丈八蛇矛书写出当时十分流行的"汉八分"隶书。虽然我没有亲眼看见,但我愿意相信只有这张哥哥才有这样的气概:"哥就是哥,哥不是传说。"

往事已远,古城阆中从夏夜开始,嘉陵江上每晚都有密密麻麻的小船上点燃的油灯,逐渐向江中汇聚,构成一幅江风渔火的景观。这一幕幕撩人心境的"江风渔火对情歌"的缠绵,在这江面上长久地萦绕、慢慢地舒展开去。

三

这种缠绵舒展至南充开始升腾,升腾为漫天的雾,而这雾与雾的纠缠,又渐渐地在这里幻化成迷离的丝绸。千里嘉陵江以她最好的身段、最富活力的舞蹈,紧紧相拥了南充。流经南充7个县(市)、区的嘉陵江,境内干流长达298公里。可以说,这是嘉陵江上一条最华美的丝绸飘带,每一个漩涡都是一个结,串联起这一片土地上无数散落的珍珠。

拥有建城历史2200年的南充,自春秋战国以来,皆为都、州、府、路、道、署的治所。这里"西通蜀都、东向鄂楚、北引三秦、南联重庆"的得天独厚,就像流经这里的嘉陵江,横看竖看,都是满目的妖娆和温润。

南充蓬安利溪镇两河塘,今南充市东北,是大辞赋家司马相如诞生地。司马相如拜中郎将出使"西南夷"回京被诬告后,偕妻子卓文君回到两河塘居住多年。后因汉武帝复召司马相如为"郎"而再度离乡。嘉陵江畔的司马相如与卓文君抚琴咏赋的琴台、司马长卿祠、洗墨池等遗迹至今在江水的滋养下散发着扑鼻的墨香。

或许还应该让嘉陵江出来做证:一部影响中国的《三国志》,因西晋时期的南充人、著名史学家陈寿所著,使其故土南充成为三国文化的发祥地。"一本书(《三国志》)、一个人(陈寿)、一座楼(万卷楼,陈寿的读书楼)"为核心的三国文化,作为南充三国文化的一张名片,当然应该成为所有三国迷的寻根地。我看过媒体一个报道,说电影《赤壁》在成都的首映式上,一位记者问台湾导演吴宇森是否知道南充与陈寿,吴导的回应只是尴尬的微笑。或许我们不应该对吴宇森的茫然过于萦怀,但却看到了南充这张三国文化名片似乎应该撒得更远、更广阔。我相信这里的三国文化不是最热闹的,但我更相信有可能成为热闹背后最珍贵的。

青梅煮酒已成定论,丝绸织锦难下尺寸。起源于远古的南充蚕丝,现在已经成为闪烁在嘉陵江上一颗耀眼的珠宝。远在夏周时期已经发展日盛的南充丝绸,据《华阳国志》记载,周初,南充、西充、南部、阆中等地,桑、蚕、麻已成奉献周天子的贡品。南充蚕丝在古代的几千年历史中,经历了发源于远古、兴起于秦汉,徘徊于晋隋,鼎盛于唐宋,停滞于元,欣荣于明清的曲折过程。清末西充县令高培谷的《蚕事备要》,既是集几千年蚕丝生产之大成,也是南充蚕丝生产技术发展水平的刻线。

实不相瞒,我的床上就用的是南充生产的天然蚕丝棉被,这是南充一个朋友专程送过来的,而且告诉我这是好东西,一定要自己享用。我正在美美地享用,甚至觉得不管你身在何处,只要盖上这样的被子,就能很清晰地听到嘉陵江的涛声,而且那种松软、细腻的质地依附在你的身上,你的每一个梦都会是香甜的。

四

嘉陵江离开南充以后,有点一步一回头依依不舍的味道,直到进入武胜似乎才被重新点燃了激情。这个激情缘于自古以来就盛行于此的龙舟大赛。武胜三面环水,流经武胜的117公里的水路,从每年的三月就开始忙活,岸上水中都在为五月的龙舟大赛精心筹备。远的已经无从考证了,清末民初情景却在老人们的记忆里如此鲜活地保留下来。

每年三月,参加龙舟赛的行会、商号和富豪之家,择选吉日,会集在行会的店铺门前,张挂龙旗。旗上书某某行会、商号,某家、某龙船、某某负责等,燃放鞭炮,正式公布参加今年龙舟赛。这个仪式性的活动叫作挂旗。非常有趣的是,挂旗之前,还有一偷,所谓偷,实则是年轻人智慧与勇气的较量。曾经有外地来的一只商船,停靠在武胜沿口镇码头。船老板知道这个规矩，很慎重地叮嘱水手捆好桅杆，将水手分两班轮流值班看守。就在第二天中午，烈日当空，岸上来了两个卖香烟、瓜子和卖炒米糖开水的小贩，他们提着东西先后上船，边喊边把香烟和炒米糖开水送到水手手上，天南海北与水手神侃。这时的江中一只打渔船掩护下的人靠近商船，只十几分钟的时间，就顺利地把桅杆弄到了手。而且上岸以后立即宰红鸡公鲜血祭龙椎骨，鞭炮一响，宣告偷龙脊椎骨胜利。船老板知道了也不生气，还特地赶来参加了庆贺，说偷龙筋，越偷越兴旺；偷龙脊越偷越吉祥。

这还只是嘉陵江武胜龙舟赛的预热。四月底请龙下水，掀起龙舟赛的第一波高潮。参加龙舟赛的各路人马在江边搭好龙船棚，择其良辰吉日，各路水手汇集到王爷庙参拜，拜请龙头龙尾出庙到各自的龙棚中就位。所经之路道，前面敲锣打鼓，中间八人大轿抬着龙头龙尾，后面燃放鞭炮，沿途店铺、茶楼酒肆都要燃放鞭炮以示朝拜。然后，各帮口行会的会首聚齐码头，等候龙舟下水给龙头挂红、发彩礼、放鞭炮。水手上岸，会首办酒席招待，每人送红三尺。

五月初五，龙舟赛的正日，嘉陵江沸腾。周围几十里的百姓赶到嘉陵江两岸，选择最佳位置观看，人山人海。沿口镇到中心镇这四十里河段，龙舟赛时，江面上除了有竞赛的龙舟，还有花船，花船又称彩船。花船是根据自己的实力，可以一个行会一只彩船，也可几个行会共扎一只彩船。花船各式各样，彩旗猎猎，花团锦簇，环江四游。一般说来，江面彩船比龙舟还多，游荡在河面上成为一大风景。龙舟赛最主打项目是划船竞技，谁的龙舟第一个到达终点谁就是赢家。整个比赛过程你争我赶,热闹非凡,岸上水中人声鼎沸。比赛中江面还放有气球、鸭子等让水手们抢夺,一方面要有速度,另一方面还要看一路下来能够抢到多少气球或者鸭子,然后分项目根据成绩好坏分别奖励。所以排列整齐的龙舟听到一声令下,速度的冲刺,气球的争抢,鸭子的扑腾,一波接一波的刺激,让整个比赛处于一片尖叫声中,不绝于耳。

这样的场景在武胜自古以来一直保留到现在,实在是一大奇迹。即使现在的主办方已经发生了质的变化,或者每年还增加了不少现代性和时尚元素,但是程序大同小异,沸点不变。"陇秦清溪汇嘉陵,千里风情百媚生"。我相信,绵长千里的嘉陵江上纵然一千年以后,这117公里的武胜段,依然是一阕绝美的华章。

五

嘉陵江武胜段和嘉陵江合川段一脉贯穿,有意思的是,因为南宋那场闻名世界的钓鱼城之战,而让武胜和合川成为永远的情感对峙和遥望。

在13世纪的冷兵器战史上,蒙古国的军队是一支震撼世界的疯狂之师,三次西征,铁骑横扫了中亚、西亚以及欧洲四十多个国家,建立起横跨欧亚的蒙古大帝国。在中国战场,时任大汗的蒙哥连续征服川西北大部州县后,亲自率军进至武胜,调兵遣将,囤积粮草,把武胜作为他的攻打南宋最后堡垒——钓鱼城的前沿,成为一个军事的重要阵地。

钓鱼城顺嘉陵江而立,山地险峻独特,山下天堑,山上层峦叠嶂。公元1243年至1279年间,合州(合川)军民在守将王坚、张珏的率领下,历经大小战斗二百余次,创造了守土抗战36年这一古今中外战争史上罕见的奇迹。

据史书记载,宋开庆元年(1259年)2月2日,蒙哥汗率诸军进至石子山扎营。3日,蒙哥亲督诸军始战钓鱼城下。7日,蒙军攻一字城墙,不克。9日,蒙军攻镇西门,不克。一月有余,蒙军连续攻打钓鱼城及其周围营寨,都屡战屡败。4月,蒙军绕道西北攻外城,虽曾一度登上城头,但仍被立刻击退。夏季到来,蜀地炎热,疫症流行,蒙军士气明显低落。城内南宋军民在王坚的率领下,白天抵抗蒙军进攻,夜晚则偷袭蒙军营寨,蒙军无计可施。7月,大汗蒙哥在督师攻城时被炮石击中,伤重身亡。于此,征蜀的蒙古大军全线崩溃,迫使蒙古帝国从欧亚战场全面撤军。钓鱼城之战以"延续宋祚、缓解欧亚战祸、阻止蒙古向非洲扩张"的伟绩震惊了世界。

对于嘉陵江上的这场经典的战役,我之所以不愿意在武胜的书写中,把他们引以为傲的曾经是蒙军的前沿、重要的军事基地写进去,实在是我不能容忍当年蒙古大帝国的那种不可一世的残暴和骄横。我曾经在长诗《重庆书》里写过这场战争:"撕破南宋疆域的蒙古铁骑 / 在这里,戛然而止 / 一路浩荡烟尘的10万军帐坍塌了 / 元宪宗蒙哥最后的一口鲜血 / 在钓鱼城下 / 渐渐变黑 // 黑色浸透了这里的石头 / 石头开始变冷、变硬 / 坚不可摧 / 黑色浸透了这里的土地 / 土地变得肥沃、松软 / 插根筷子也能发芽 // 稳坐钓鱼城上的重庆知府余玠 / 玩点炮仗、钓竿 / 支撑起一壁江山 / 上帝在这里折断了鞭子 / 风雨飘摇的南宋破船 / 因钓鱼城而幸免搁浅 // 钓鱼城被誉为'东方的麦加城' / 是以后的事了 / 蒙哥不知道,余玠也不知道 / 那一场攻守成为世界史上的战例／成为经典。只是记功碑太小／记录不了这里的重量。"我在想,也许只有默默无语的嘉陵江才知道它的重量。

合川已经是嘉陵江的下游。在这里,嘉陵江接纳了最大的两条分支流,渠江和涪江。远在公元前11世纪的西周初期,这里就是巴人定居之地。春秋末期,楚国犯进,巴国曾迁都于此,故合川有巴国别都之称。其后又有濮人在此休养生息,濮岩、濮湖、濮子墓等地名流传至今。

旧时的合川城,在涪江和嘉陵江的交汇口形成。沿着两江都建有很长的码头,停靠着几百条趸船和木船。码头附近密集客栈,无例外地在门上挂着红灯笼。沿嘉陵江边南北走向的一条街最长,两公里有多,沿涪江方向街市绵延也有一公里余。城里有街道二三十条,小巷一百多条。现在的合川已经是一个具有相当规模的现代化中等城市。可以说,南宋钓鱼城之战以后,这里就安静了,民风淳朴、大俗大雅,老百姓生活得格外恬静和安逸。即使是现在,恐怕最美妙不过的是在夏夜的嘉陵江边,邀约几个好友上一条渔家小船,几两老白干,几斤刚刚从江里打捞上来的各种鲜鱼,让船老板亲手给你做上几道佳肴,杯盏之间,带点微醺对着江风做几次深呼吸,那才一个"爽"字了得。

嘉陵江流经合川一直与奇迹有缘。钓鱼城已远,远到至今还迷离得那么刻骨。

六

嘉陵江在重庆朝天门码头的落笔,以自己与生俱来的清秀与长江的雄浑形成鲜明的比照。每值初夏仲秋,嘉陵水绿,长江浊黄,似乎彼此都要刻意展示出自己的性别。两条江有点像一对分别得太久的恩爱恋人长途跋涉而来,居然在众目睽睽之下,毫不掩饰自己积压的情感,两水尽兴相拥、相交、相融,撕咬翻卷,云雨嬉戏,然后合二为一奔向东海。

朝天门在公元前314年,秦将张仪灭巴国后筑巴郡城池时所建,为历代命官迎接皇帝圣旨的地方。皇帝古称天子,所以由此得名。朝天门是重庆的水上门户,扼黄金水道要冲,襟带两江,壁垒三面,位列重庆十七门之首。好像没有任何记载上留下了哪一任命官在这里真正接到过圣旨,不过朝天门一如既往地笃定和虔诚,一直在那里满怀理想地仰望长天,恭迎圣驾。

与之相反,倒是落在民间的人文,在这里年复一年上演真真切切的长篇情景剧。嘉陵江上的纤夫和船工的号子已经消亡了,偶尔听到的号子也只能是在华丽的舞台上的演绎,那只是留给我们记忆的碎片。前不久上映的一部票房很高的搞笑电影《疯狂的石头》,用镜头横扫了这个城市至今依然保存的画面,尤其是嘉陵江上的索道给人留下了许多刺激。我几乎每在外地都会遇到朋友的询问,而且外地人到了重庆几乎都有跃跃欲试的冲动。而实际上在重庆人的生活里,这是多么自然、随意的一种出行。滔滔江水之上,凌空几根钢缆,对开一节车厢,十几分钟时间,四五十个互不相识的人一起把呼吸、事业、爱情以及所有人间的喜怒哀乐抛向半空,无论生死,都是命运的安排。一个人有了这样的际遇,心就可以随缘,就可以少些瞻前顾后、随遇而安。我相信,在土生土长的重庆人那里,没有一个没在索道上悟出这样的心得。其实索道上的安全系数是极高的，只是我们的心理素质不能合拍罢了。

在朝天门过往的人大多来去匆匆，唯有那些被称作"棒棒"的人群常年在这里以谋生计。他们也都是嘉陵江，或者长江喂养的子民，不过和城里的人群不一样的是，他们的父老、姊妹、兄弟和子女都靠着这条江上人群的来来往往，靠着这得天独厚需要人力的码头，仅仅是为这些人扛一点行李、挑一些货物，就可以过上自己的日子。日子里有酸甜苦辣，但是他们很满足、很充实。他们常年蹲守在这恭迎天子的朝天门，不仅仅成了这里的一景，更为重要的是，他们几乎是接替了嘉陵江边已经淡出人们视野的纤夫队伍，而成为的朝天门码头区别于其他建筑物的一群新鲜的、活生生的生命。

朝天门以左，嘉陵江拥抱了半岛重庆的一半身躯，与另一半长江的包围相比，这一半的可圈可点多了些神秘、奇丽、隐忍和阴柔。

一泻千里的嘉陵江断句在重庆，这应该是天意。我想任何一个城市都不足以承载起其中的分量。这是嘉陵江流域最大的一个城市，随意翻检，每一个地方都有嘉陵江的杰作，就像这江上的浪花，每一朵都可以绽放出它不可复制的瑰丽。这里拔节生长的山有水的滋养，这里拔节生长的高楼有水的滋养，这里拔节生长的情感和欲望也有水的滋养，而这滋养最重要的成分，就是浩荡与辽阔，深邃与久远。

■ 麦 家

作者简介

  1964年出生于杭州富阳。小说家、编剧，现任浙江省作家协会主席。主要作品有小说《解密》《暗算》《风声》《风语》等。《暗算》获第七届茅盾文学奖；《解密》被翻译成33个语种，成为全球图书馆收藏量第一的华文作品，是继鲁迅《阿Q正传》、钱钟书《围城》、张爱玲《色·戒》之后唯一入选"企鹅经典"的中国当代小说，被《经济学人周刊》评为"2014年全球十佳小说"。根据其小说改编的电视剧《暗算》和电影《风声》影响巨大。

作家印象

如果说以一种创作类型陡然崛起于世界文学，麦家的成功值得赞叹，却无法复制。他的《解密》《暗算》《风声》讲述了具有特殊禀赋的人的命运遭际，书写了个人身处封闭空间里的神奇表现。破译密码的故事传奇曲折，充满悬念和神秘，与此同时，人的心灵世界亦得到丰富细致的展现。

在小说中，麦家所塑造的最为人熟知的间谍人物都有着离奇的命运，他们或疯或死，最终牺牲在自己的信仰和对信仰的忠诚里。他们是家亦是国，是家国命运，是中国何以为中国的写照。

然而，与他充满悲悯的小说不同，麦家的散文充满着抑制不住的欢欣和喜悦。他用小说同历史交锋，却用散文与未来言和；他用小说搭建一座扑朔迷离的迷宫，却用散文栽种一片辽阔广袤的草场。与小说家的身份不同，执笔散文的麦家，温润淳厚，有些憨，有些痴，纯粹得几乎透明。在这里，他将尖锐的锋芒磨去，与父亲拥抱，与儿子谈心，与故乡重逢，与世界和解，最后，终于抵达他曾经不敢直面的遥远内心。

——李 舫

最美是杭州

■ 麦　家

2005 年 7 月,诗人柏桦在给朋友的一封信中写道:"我刚去过伟大的江南"。不久,他又在精巧唯美的作品《水绘仙侣》扉页上郑重写下七个字"献给美丽的江南"。柏桦的江南情结绝非个案,其说法得到许多人,尤其是"有着深沉历史感与文化情怀的国人"深刻而余味悠长的会心。

若放眼历史长河,这江南情结则因历久弥新的宏大传统而更具普遍。

一

魏晋以降,中原人口因大规模战争南迁,江南逐渐呈现出繁荣发达的汉族文明和美丽富庶的水乡景象。江淮以北,战火纷飞,"饿殍遍野,人竟相食";江淮之南,名流雅士集聚兰亭,流水曲觞,造就一个王羲之及其旷世的美学经典,"线条之美,刺人心魄"。到唐宋,江南这方"刺人心魄的美"已是旗帜高张,万众瞩目。颇具传奇色彩的花间词人韦庄一生颠沛流离,晚年寓居蜀地略纾困顿,面对西岭初雪、锦江如练之美景,仍不忘填词感慨"人人尽说江南好,游人只合江南老""春水碧于天,画船听雨眠"。这里哪分辨得清自然之美与人文之美,分明是"你中有我,我中有你"。再说,白居易的"日出江花红胜火,春来江水绿如蓝"究竟实指何处?似乎只能是"处处皆有此景,人人皆怀此情"的江南。自然,更不会有人去指摘丘迟笔下"暮春三月,江南草长,杂花生树,群莺乱飞"的描写太过矫揉造作,因为人们心中对江南大抵都有这么一幅图画。英国汉学家李约瑟抗战时期曾到成都华西坝设坛演讲,述古论今,中西合璧,刮起一阵"李旋风"。讲到江南,以理性著称的李约瑟感性十足,用词夸张:中国百姓对于美丽江南那份真挚恳切的情结和至死不渝的向往,总是显得情真意切。

其实何止是平头百姓、秀才雅士,将相帝王也饱有"江南情结"。公元1684年,康熙在收复台湾敉平忧患的次年,即迫不及待地启程"南巡"。此后23年,这位来自大辽东的异族王者沿运河水道六次南下,至杭州一带流连,赏风弄月,读书著文,有时达"旬月之久"。其排行第四的儿子胤禛,历以严肃、冷峻、不苟言笑著称,面对西湖粼粼波光,竟一时兴起,吟诗唱句于人前,"手舞足蹈,红光满面"。多年后,崇庆皇太后故地重游,面对满园正襟危坐的勋贵,忍不住将"那稀罕"掏出心窝。

乾隆皇帝,这位醉心于书法、诗词和收藏的九五至尊,对江南的眷恋犹胜其祖,每每游历,总要在美丽的西子湖畔滞留数日,空出充裕的时光巡看风景,访察古迹,召见士人。他要把伟大的江南气韵装进自信的大脑深处,带回北京参酌政事,推广道德。唯此,才能让备受汉人士大夫明诽暗刺的"夷狄之君"有"风雅之德"。这或许是他的治国之策、帝王之术吧。确实,爱新觉罗氏祖孙的江南情结里,自始至终绕不开杭州之美,这有他们深居紫禁城内撰写的大量诗词足可凭据。

最绕不开杭州之美的一个古人,当推白居易,他在古稀之年,在他一生的终点——洛阳城里,以更胜一筹的款款深情一举写下三首《忆江南》。尽管《琵琶行》《长恨歌》《卖炭翁》《钱塘湖春行》等秀墨早已奠定他在文学史上的不朽,然这组小令之降世,再度令他诗名大增。其中第二首广为人知:

江南忆,最忆是杭州;
山寺月中寻桂子,
郡亭枕上看潮头。
何日更重游!

无论从地理还是文化角度看,杭州都是江南的中心,同样也是白居易在江南生涯的核心。此词如一定理,把杭州定义为江南之心脏,江南之美可凭由杭州之美替代。

"最忆是杭州",杭州之美不仅点亮白居易笔墨的光辉,他也是杭州之美的缔造者。如同在他众多有关杭州的诗词里呈现的一样,这座城池留有他辛勤的政绩,尤以惠及民生的水利工程为甚。杭州人民不会忘记,他们温文尔雅的刺史换上青衣草鞋,在烈日下游走于西湖岸边,神采奕奕,步履轻快,概因筑堤方案中某些细节得以完善而乐在其中。

白居易在离任杭州前,用一首《春题湖上》,为他不同寻常的三年做出最低限度的合理阐释，全诗一如他名扬天下的文风平白如话：

湖上春来似画图，
乱峰围绕水平铺。
松排山面千重翠，
月点波心一颗珠。
碧毯线头抽早稻，
青罗裙带展新蒲。
未能抛得杭州去，
一半勾留是此湖。

他再一次完成了一幅美不胜收的西湖水墨风景图画，与以往不同的是，此时的他既非热情的旁观者，也不是快活的体验者，他悄然站到时光的岸边，观看旷世之美在心里流淌。有些美令人敬畏，有些美让人沉沦，西湖的美让人爱恋，想拥抱，想带走，想珍藏，想天人合一，想源远流长。白居易"最忆是杭州"，忆的是此地的山水之美，也忆他留在此地的情思和爱恋。美是会化掉一个人的，因为爱。因为爱，美又会变得更美，尤其是像白居易这等豪客之爱。而"最忆是杭州"的方家又何止一个白居易？去西湖水边走一走，到杭州山上看一看，山水林间，古刹门前，无不流淌着历代帝王将相、文人墨客的爱和恋，传和奇，字和画。

二

毋庸置疑，在中国城市化进程如火如荼的当今，杭州是一个独一无二的存在。它虽然不是各大功能中心,却堪称中国城市与社会领域的观念样本。历史发展的趋势业已表明,后工业社会是人类发展的大趋势,自丹尼尔·贝尔于20世纪70年代首次提出"后工业社会"以来,西方发达国家的城市已经纷纷步入后工业社会。中国在未来一个时期内,也必将面临从工业化向后工业化转型的机遇和挑战。和西方诸多从工业化转型升级为后工业社会的名城相比,杭州几乎先天有一种后工业社会的属和性,山水之美,人文之美,民风之纯,"存天然而去雕饰"。杭州城市的发展经验,已成为中国城镇化进程中一个不可多得的范例。不夸张地说,它呼应了人类城市文明的演进方向,它的气质,它的内存,不仅是当下的片段,更是过去、现在、将来一以贯之的完美整体。

先说过去,几乎同时成书的《武林旧事》和《马可·波罗游记》,分别从不同角度记载了这座南宋都城繁荣的商业氛围,以及令人叹为观止的精致生活。如《马可·波罗游记》曾写道:

(杭州)城内除掉各街道上密密麻麻的店铺外,还有十个大广场或市场,这些广场每边都长达半英里。大街位于广场前面,街面宽四十步,从城的一端笔直地延伸到另一端,有许多较低的桥横跨其上。这些方形市场彼此相距四英里。在广场的对面,有一条大运河与大街的方向平行。这里的近岸处有许多石头建筑的大货栈,这些货栈是为那些携带货物从印度和其他地方来的商人而准备的。从市场角度看,这些广场的位置十分利于交易,每个市场在一星期的三天中,都有四五万人来赶集。所有你能想到的商品,在市场上都有销售。

在自古重农轻商的中国，迫于儒教强大的政治压迫力，出现如此繁忙景象堪称用海水修建出城堡的奇迹。1000年前的杭州，有违时代特征和文化特性地展开了具有超前性的行为模式，打破了某种牢不可破的坚冰，它用事实论证出商业文明的重要性和必然性，而其超越原始交易行为的价值基础，正是来源于杭州巨大的城市资本。林语堂在《苏东坡传》中就记载了这么一则轶事：

苏轼在杭州为官时，有人告状说某人欠购绫绢的两万钱不肯偿还。欠钱者是一个年轻人，他说："我家以制扇为业，去年家父去世，留下了一些债务。今年春天天阴多雨，做好的扇子卖不出去，并不是我故意赖债不还。"苏东坡停顿一下，眼睛一亮，计上心来。他一看笔砚在桌子上，忽觉技痒。他对那个年轻人说："把你的扇子拿一捆来，我来替你开张。"

那人回去，转眼拿来20把素绢团扇。苏东坡拿起桌子上的笔，开始在扇子上写草书，画几棵冬日的枯树，瘦竹岩石。大约一个钟头的工夫，把20把素扇画完，把扇子交给年轻人说："拿去还账吧。"

年轻人喜出望外，想不到有这么好运气，向太守老爷千恩万谢，然后抱着扇子跑出了府门。外边早已传开太守大人画扇子卖。他刚走出衙门，好多人围起他来，争着用一千钱买他一把扇子，不几分钟，扇子卖光，来晚一步的，只有徒叹奈何了。

这绝非杭州所发生的第一起文化资本套现案例，虽然苏轼一时兴起的个人行为不适合被过度解读，但它毕竟在口口相传中,潜移默化成为一种属于城市的思维习惯,被引入人们的生活方式中去。当各种引领风尚的生活方式成为日常,成为一座城市核心的价值观、信念、仪式、符号、处事方式等,成为美,日常本身也就具备了不凡的价值,有了吸引他者模仿、并付诸购买的可能。如《武林旧事》所载"进茶篇":

> 仲春上旬,福建漕司进第一纲蜡茶,名"北苑试新"。皆方寸小夸。进御止百夸,护以黄罗软,藉以青箬,裹以黄罗夹复,臣封朱印,外用朱漆小匣,镀金锁,又以细竹丝织芨贮之,凡数重。此乃雀舌水芽所造,一夸之值四十万,仅可供数瓯之啜耳。或以一二赐外邸,则以生线分解,转遗好事,以为奇玩。茶之初进御也,翰林司例有品尝之费,皆漕司邸吏赂之。间不满欲,则入盐少许,茗花为之散漫,而味亦漓矣。禁中大庆贺,则用大镀金,以五色韵果簇龙凤,谓之"绣茶",不过悦目。

即便我们不做考据,也相信"一夸之值四十万"绝非虚言。在这里,茶叶不再只是茶叶,而是升华为一种文化,一种高级的、雅致的、审美的生活内容和态度,价值得到成倍放大。以今日的眼光来看待这样行为,丝毫也不会感觉到历史的陈旧感,它依然是鲜活的、彩色的、流动的,符合城市精神和发展逻辑,而非泛黄的、黑白的,只能凭吊。杭州在自然而然中,提前好几个世纪完成了城市资本的原始积累,并适时转换为价值,无须经历工业化粗暴发展的阵痛,便已巍然壮观,形成独一无二的高级样本。

三

当然,不能全靠古人吃饭。今日杭州的城市资本,除了前人不断积聚沉淀的历史、文化所转化的独特商业价值,在自然、社会、智慧等方面所展现的大美,同样散发出迷人的光彩。

先说自然,在目前全世界范围内生态服务功能已经大大透支的情况下,一切活着的自然资源,对我们持续发展越来越呈现出巨大的价值,每一座青山、每一片绿水都有转变为产业资本的潜力和实力。投资自然资本,不仅可以创造水、空气、森林、湿地、海洋、矿山等环境生态系统的天然价值,实现资源性产出,更可以带来生态旅游、生态农业、新能源、新材料及新一代信息通信等产业的派生性产出,实现 GEP 和 GDP 同步增长。

凡是到过杭州的人,无不对这里秀美的山水风景赞赏有加,山连着山,山连着水,水盛着水,纵横交错,高低错落。西湖、钱塘江、北高峰、玉皇山、西溪湿地、运河、湘湖、富春江、千岛湖、丝路起点、九溪十八涧等符号化的地理样本依然保持着固有的生态,保持着天然纯粹的美。山是青山,水是清水,土是黑土,地是湿地。人们惯常印象中环境治理需要"烧钱",杭州却无为而为,天然而治。杭州的自然资本高出一筹,不仅在于她有得天独厚的地理,更在于她在向现代都市发展的进程中,有选择性地发展,没有一哄而上大搞工业建设,而是大力发展旅游、文化、互联网、服务等产业,对城市不可复制的生态有针对性的保护保留,并且善于利用开发,把青山绿水转化为产业资本。在这里,青山绿水就是"金山银水",就是"国际花园城市",就是"幸福指数最高",就是"最宜居城市"。这些称号既代表杭州的过去,也引领杭州的未来。

与此同时,在价值观趋于零乱的社会环境下,杭州的社会道德也呈现出令人欣慰的一面。从"最美妈妈"吴菊萍到"最美司机"吴斌等,接连涌现出一批影响全国、感动全社会的"最美人物"。他们是中华民族传统道德的守护者,是人心常道的践行者,是美在人间的化身。他们美在善良,美在奉献,美在责任,美在瞬间,美在积累。他们平凡又伟大,朴实又崇高。他们在我们身边,又在我们之上,成了我们这个时代的道德先锋、精神楷模,成了群众崇尚、爱戴、学习的平民英雄。时任浙江省委常委、杭州市委书记黄坤明对杭城涌现"最美人物"的现象高度重视,不遗余力地弘扬他们的光辉事迹、高亮精神,使杭州的"最美现象"得以蔚然,得以纵深。中央领导同志为此曾多次做出重要批示,盛赞浙江是"道德高地"。这种"道德高地"不是一天垒起的,也不是几个人筑就的。

一个地方何时美丑不分、善恶不明、道德失道,说明这个地方的天空正在收集乌云。杭州的天空向海而展,钟情丽日。杭州的天空收集的是高天彩云,是皎洁银光,是春风送爽,是润物无声,是物质更加富裕、精神更加富有。正是这种厚德、友爱、向善、孝道的社会资本在无形中产生的无形力量,内化于心,外化于行,从而有效提高物质资本和人力资本的投资收益,推动了区域经济发展。

当下,杭州政府大力倡导建设"智慧之都",打造"文创之城""互联网产业中心",更是一着妙棋。时代在变,发展之道在变。在我国劳动力优势逐渐丧失、不断推进经济转型的背景下,区域智慧资本理论以崭新的视角,为我国及区域经济发展和创新提供了独特而有效的思路和经验,对推动转变经济发展方式,强化自主创新能力,实施国家及区域经济转型升级,实现持续协调稳步发展具有重要作用。马云和阿里,宗庆后和娃哈哈,丁磊和网易,赵依芳和华策及其影视文创产业等,早已不是单纯的企业,它们已成为中国商业社会引人注目的"帝国",渗透到人们生活和精神的方方面面。试想,当下中国如果将杭州的这类"智慧无烟企业"抽离掉,将是怎样难堪的一个局面?

要知道,他们不是从石头缝里蹦出来的,他们是从历史土壤里长出来的。在他们之前,以胡雪岩为代表的杭州商人,实际上已将智慧资本推到一个高度。如今,基于传统,杭商们自发形成一个具有共同思想的集团,以仁民爱物之心,穿透金钱和常情的度量,深谙创新之道,到达更高的境界,更辽阔的彼岸。

更可贵的是,杭州政府在人才战略上,始终将人力资本居于中心地位,发挥着核心和能动性作用,决定着本区域智慧资本的实施效率和效果。可以预见,在杭州未来的发展中,"智慧之美""创新之路"将占据越来越醒目的位置,成为21世纪城市资本论意义的明白注脚。

四

很多时候,人们往往会因一个人的缘故关注一座城,甚至爱上一座城。譬如达·芬奇之于佛罗伦萨,约翰·列侬之于利物浦,张国荣之于香港,迈克尔·乔丹之于芝加哥。伟大人物的才华和性格,往往是他所生活城市的精神高度的浓缩甚或突破。

杭州拥有诸多这样了不起的历史人物，被誉为"西湖三杰"的岳飞、于谦、张苍水壮怀激烈的民族责任和爱国情怀，白居易、苏东坡的与民同乐翰墨留香，李叔同的虎跑，戴望舒的雨巷，竺可桢一手缔造的浙大精神……他们令杭州人文的内涵得到放大，令这个城市具备"向美而生""从善而流"的底蕴和风骨。

为什么杭州会涌现系列"最美人物"？一个地方陆续出现最美妈妈、最美司机、最美警察等好人美事，这种现象不是偶然的，是最美的土壤孕育出最美的硕果。像种子发芽需要土壤一样，这种最美的力量，根植于中华民族深厚的道德积淀，这种精神基因一直渗透在浙江人民的血脉中。

什么是美？简单说，符合人类文明演进趋势的事物和观念就是美的。纵观人类历史，不同时期先进的文明，往往引领着那个时代周边广大区域的审美潮流，比如公元前后的古希腊，唐代的中国，文艺复兴时期的意大利，17、18世纪的法国，19世纪的英国，20世纪的美国……因此，美不仅是一个静态的事物和观念，不仅是精神文明，更是物质文明和生产力的底座，是社会进步的动力。它是上层建筑，又与经济基础有着千丝万缕的联系。更进一步讲，美也是一种资本，一种货币，是一种价值体系的浓缩与综合。

自从马克思将资本这一概念引入人类思想史后，许多后来者继承并拓展了马克思的理论遗产。当今知识界，学者们对资本这一概念的运用已经扩散到社会领域的方方面面。比如法国社会学泰斗布迪厄提出的"文化资本"，美国政治学名家罗伯特·普特南和弗朗西斯·福山提出的"社会资本"，英国经济学家 D. 皮尔斯和 R. 特纳提出的"自然资本",加拿大经济学家加尔布雷思倡导的"智慧资本"等等。杭州从历史出发,从历史文明进程汲取美的养分,慧的力量,文的气质,把人美山美水美作为城市社会资本的核心挖掘,细致入微地从民间寻求人类的道德之长、思想之光、精神之美,这无疑是一条正道、大路。

就像数学上有常数一样,人类的精神应该是有常道的,城市的发展也是有常理的。有些东西,比如我们对他人、对天地、对大自然的友爱、仁慈、敬畏、责任、孝道等优良品质是不能变的,变了人世就会失去基本的坐标和底线,天地就会乱了套,就像航船失去罗盘。没有常道的人生,我们无法对自己的行为做出肯定。没有肯定,否定又如何有力量?没有常道,一味崇尚变道,变来变去,变天变地,把人世变得黑白不分,把天地变得云泥无别,我们又如何去与一只绿头苍蝇作别?杭州的发展之道,说到底,是尊崇了一个城市发展的常道,一种文明进程的方向,最终目标是让人心更美、山水更美。

江南美,最美是杭州。

■ 齐 欣

作 者 简 介

  高级编辑、硕士生导师。现供职于人民日报海外版，研究文化遗产传播。先后担任中国文物学会大运河专委会委员、中国文物保护基金会传播与公众参与委员会副主任、北京市西城区传播与公众参与专委会委员、中国文物保护基金会罗哲文基金委员会委员、中国景观村落副主任委员。

作家印象

悠悠历史，缓缓流淌。古老的运河，年轻的遗产，时空在这里交汇，历史在这里延续。

中国大运河，这是地球上对自然地理面貌改变最大的人类工程，亚洲大陆东部的天然大河，都被它联络贯穿，支流多到无法计算。今天，超过3亿中国人，生活在大河两岸。在2500年的时间里，智慧、勤劳的中国人与天、与地、与神祇、与大自然共同完成的伟大景观。

齐欣的这篇优美的文章里，让我们看到这条运河里不仅有智慧、勇气，还有坚定的信念、温暖的故事。漫长的时光飘然而逝，这条河流支撑百姓世代休养生息、激发灵感、启迪心智并阔步未来。这就是中国人和一条伟大河流间共同的故事，故事的起点在中原，转折在燕赵，终点在江南。古往今来，这部书写在大地上的史诗故事，已经被讲述了许多遍。此刻，当我们再次审视这条河流的时候发现，故事的迷人之处就在于，故事还在继续。

——李 舫

北京之北

——致年轻的大运河文化遗产

■ 齐 欣

这一年的6月13日,第十个中国文化遗产日。于2014年成为世界遗产的中国大运河也迎来了它一岁"生日"。我们今天特刊登一篇与京杭大运河的最北端有关的文章,向年轻而又古老的大运河文化遗产致敬。

没有了人类的需求,大运河并不存在;失去了人类的认知,大运河文化遗产也难有未来。

来自蒙古高原的凛冽寒风越过最后的山地,一下子舒缓、温暖起来;带着春叶的芬芳,华北平原从这里开始,一望无际地向东南延展。

这是欧亚大陆的东部,季风型大陆气候与高原气候的交融地带——北京之北。

逐日的温暖和绿意,开始引来骑行的人群,春季大风驱散雾霾后天穹变得通澈无比;夏日的夕阳将群山和光影下的婆娑倒映在水面;最好的季节应该是在秋季,丰收的果实和红叶是对阳光滋润最好的回报。河渠横亘，向西流淌，日夜不息。

北京人对这世界上独特、对比鲜明的四季，极尽崇拜；但是，从象征春天的暖风算起，一直要冷暖纠结将近20余个日夜，由"惊蛰"跨越"春分"到达"谷雨"，当杨树的花穗在细雨浸润的树林中"噼噼啪啪"落地的时候，春天或者说希望，才真的到来。

春天带来了珍贵的降水。雨水涌成山泉，溪水相汇，顺着缓缓的山麓坡地伸向远方。在那里——40公里外的平原地带——人的聚落出现了。

这已是至少8000年前的旧事了。

在整个亚洲东部发展历程中，北京所在的区域，拥有的自然资源并不丰饶。或者说，天然供给的泉水并不能完美支持不断扩大的城郭。除非，有后天的支撑。

许多智慧的呈现，常常难寻起点——恰如我们向着天空发问：是谁发明了"北方"。

同理，梯子的使用，也是伴随人类智慧的体现。但当人类将视野放大，比如说，需要将水一级级地由低向高、再由高抵低的时候，我们还是能知道：一定是某个具体的天时地利的时刻，一定是某个具体人，最先完成了那最后的一步。

1262年，31岁的郭守敬离开了熟悉的家乡平原，登高北上，应元朝皇帝忽必烈的召唤前往多伦。此时，郭守敬已经在天文历法领域小有名气，在黄河流域，他已进行过长时间的水利实践。于是，在这两个被历史铭记的人物间，有了著名的"多伦六议"。

郭守敬的六条建议，几乎都是大手笔为大北京地区进行引水的。第一条就是"中都旧漕河,东至通州,引玉泉水以通舟"(《元史·卷一百六十四·列传第五十一 郭守敬传》)。

只需要简单的场景设定,就能明白,这些建议是基于怎样的考量。此时此刻的忽必烈,正在经历蒙古帝国南下、一统中原的汉化过程。亚洲东部的政治地图正在重绘、文明进程开始提速。北京即将建为都城(元大都),开启持续近800年作为政治中心的历史。

又过了漫长的31年,在多次失败后,忽必烈同意了郭守敬的最新建议:"上自昌平县白浮村引神山泉,西折南转,过双塔、榆河、一亩、玉泉诸水,至西水门入都城,南汇为积水潭,东南出文明门,东至通州高丽庄入白河,总长一百六十四里一百四步。塞清水口一十二处,共长三百一十步。坝闸一十处,共二十座,节水以通漕运,诚为便益。"(《元史·志第十六·河渠一》)

"一百六十四里一百四步",合约82公里。这是一项史实完整的水利工程。从郭守敬时期起,南方来的漕船,才真正地实现了一路向北抵达真正的终点积水潭。北京之北的白浮泉,成为京杭大运河的最北端。

这条人工河在当时被认为不可思议、在今天又让人啧啧赞叹之处,是从白浮泉至翁山泊线路的逆向选择:它没有按照常理省力直走,而是精密地沿55-48米等高线呈梯状引流。

以此推算,等高引水技术的使用,必然是掌握了"海拔"的要领。郭守敬在黄河流域进行勘探时,对"高程"的理念有过实践和总结。这是一个节点,一次真正的改变。

今天,选一个风和日丽的午后,沿着北京的中轴线向北延伸,直直地不要偏一直抵达山脚,你就会遇到京密引水渠——几兴几废之后,直至20世纪60年代,京密引水渠的半数里程,沿用并覆盖了元代白浮泉引水工程的遗存线路。1964年秋,北京市考古队的苏天君率十余位探测人员,勘测出白浮泉引水工程的河道走向,而且计算出故河道约宽9米。

在北京之北,始于郭守敬的智慧,从未泯灭。京密引水渠从白浮泉身边流过,以平静显示活力。这里算得上大运河沿线水质最通澈、空气又最清新的地段了。由于有20米左右的落差,东南方的京城反而只能远眺到一群群叠加的屋顶。你转身面向北方,远山如黛,此时,你高高地抬起手臂,从右到左缓缓划过,有多远就指向多远——万里长城若隐若现地起伏在山峦间。这是世界上两大线性文化遗产距离最近的地方!

这并非偶然的相遇。

如果,再算上引水工程下游的瓮山泊(颐和园)、比长城更近更相邻的明十三陵、已经列入申遗预备名单的"中轴线",以白浮泉为中心的"北京之北",是独特而资源富有的"文化遗产价值呈现地带"。

2014年6月22日,第三十八届世界遗产大会正式将中国大运河列入"遗产名录"。在断断续续、互不相连的1011公里、27段河道和58处遗产点内,著名的白浮泉引水工程并未名列其中……

2015年5月中旬,"北京之北"文化遗产体验线路进入前期田野调查。一个典型的夏初清晨来临时,我们驱车驶过白浮泉和京密引水渠,驶过居庸关群山,驶过一个又一个山间盆地,进入桑干河谷。郁郁葱葱的延绵绿色,很快就演变为不间断的褐色沟壑、黄土构筑的聚落、大朵大朵的白云。当你驻足聆听，滚过的风声仿佛就通透地在头顶盘旋。

在著名又破败的开阳古堡站定，俯瞰河谷中的古渡和驿道，它在夕阳下看起来越发带有西域"楼兰"般的荒凉。阴山就在背面，高原近在咫尺。周边散布着阐释人类200万年发展历程的泥河湾古人类遗址群。从战国开始，这里就被置于史书不间断的追踪记录之下，是游牧文明与农耕文明的交融过渡地带。

这次经历让我吃了一惊，这种由于地理特征生成的交融，竟然需要如此辽阔的地带进行过渡。文明方式的反复融合，或者是需要巨量的防御与巨量的保障。于是，只有来到北京之北，才能清晰地感受到：长城和大运河，为何会在那里相邻？它们为啥要修那么长？哪怕是翻山越岭，哪怕是万水千山？

每天，我都要跨越这条大河。清晨的桥上，阳光总是追着洒在我的右肩头；天气美好的傍晚，延绵的河面上更是铺满了厚厚的CBD楼群五彩的灯光。渐渐地，我只用一句话来表达对大运河的敬仰：它使得边疆不再是边疆，它使得中心持续是中心。

理解大运河，最好的方法有三种：鸟瞰、线性地行走、回到起点——白浮泉、白浮堰，当然一定包含京密引水渠，提供了真实而连续至今并仍然不断新生的文化遗产价值和证物。

于是，每每来到北京之北，遗憾之中，人们都会自然而然地生成一种碎念：在全世界范围内，大运河的文化遗产价值，还是被人为地、技术性地低估了……

转眼又到了6月，文化遗产迎来了每年一度的节日季；中国大运河迎来了它的第一个"生日"。在城区内开车的人们，也从北京电台的广播中，意外地听到了几十公里外一个河边小镇的召唤：有个名不见经传的西集，盼望游客去看那里的"千年运河"。

说来也巧，我听到这条广告的时刻，正在河边停下来问路歇脚。被拦下的那个路人冷不丁地接着反问了一句："这儿，算吗？"

我哈哈大乐："当然！"

他平摊手掌，移近我的鼻梁："谁说的？"

话不多，但很到位，是提问的高手。这就是此时此刻大运河两岸广泛存在的现状：在拿到难得的"名分"之后，反而留下了海量的全线保护确认难题，留下了巨大的价值认同真空。

与此同时，大运河以"水"为核心的改变，每天还在发生。在深度依存大运河的北京，全市总人口已经达到2151.8万人，接近澳大利亚的2400万；世界上超出北京市人口规模的国家，只有不到60个。在中国目前最发达的城市群中，大运河至少深度参与了其中的两个。它是中国东部地区的第六大江河——如果以经济活力计算，很快就会冲进前三。那么从文化遗产保护的角度来看，它会变成一头脱缰的怪兽吗？

与其担心，不如转变，不如包容并承认种种变化。毕竟没有了人类的需求，大运河并不存在；失去了人类的认知，大运河文化遗产也难有未来。中国大运河今后的使命，不在于断古，而在于纳新。

其实，在启动大运河申遗之初，我们就非常清楚：中国大运河可能是任何一种遗产类型都难以言尽的、多种遗产价值的综合体。构建一个全新的、领先的、奉献的、智慧的保护体系就成为许多人的梦想。或者说大运河保护中的难题和急迫，反而提供了一个平台，鼓励我们将其蕴含的东方文明智慧，更多、更准确地纳入人类文化遗产的共识中。世界遗产，具有世界级的价值，理应生成世界级的保护理念。

截止到现在，还没有一个人、一个学科、一个遗产类别，能够将中国大运河庞大交织的价值体系阐述得明白完整，但是脚步已经越来越清晰可辨。

如同夏日来临时，逆河北上渐行渐近的雷声。

■苏沧桑

作者简介

1968年8月出生,浙江玉环人,居杭州30余年。中国作家协会会员、中国散文学会理事、浙江省散文学会常务副会长。在《人民文学》《十月》等报刊发表文学作品300余万字,著有散文集《所有的安如磐石》《水下六米的凝望》《等一碗乡愁》等。曾获冰心散文奖、中国故事奖、首届全球丰子恺散文奖金奖等。部分作品被译介到海外。

作家印象

苏沧桑的文字，轻灵而富有趣味，貌似柔软却富有力量，完全不像她的名字那么"沧桑"。她写人，仿佛人生停留在最美好的一瞬，而他们还是少年；她写名人故居，那些被夹扁到历史教材中的冷冰冰的名字开始有了温度；她写水，仿佛江、河、湖、海被太空魅力而不是地心引力吸引，它们永远流向高处；她写临终关怀，人的终点是谁都逃不过的艰难的时刻，而在她笔下，这个时刻充满了尊重和庄严。

苏沧桑有一颗善良柔软的心，她带着这颗不设防的心在这浑浊的世间横冲直撞，心的外面包裹了一层又一层的盔甲，可是，这盔甲竟然还是柔软得像水一样的善良。她遭遇过很多——欺诈、哄骗、诱惑、困窘、嫉妒、伤害，然而，这些在她的世界里永远留不下来，它们如同水中的污垢和沙砾，沉淀着，簇拥着，旋转着，最后在不知不觉中被水冲得干干净净。

天下莫柔弱于水，天下莫刚强于水。

——李 舫

水下六米的凝望

■苏沧桑

一只飞鸟俯瞰南中国,看见一条江从杭州穿城而过,江的北面有一个湖,是它熟悉的西湖,江的南岸也有一个湖,是它从未去过的湘湖。它想了想,飞向了那片陌生的水域,轻轻落在水中央一棵清瘦的柳树上,看见了湖中自己同样清瘦的倒影。

这是一月的湘湖,讲述着完全不同于其他地方、其他季节的故事。一月,是一年里最深沉的月份,大地上的一切已经结束,一切尚未开始。这个被雨雾笼罩的上午,万籁寂静,骨骼清奇,飞鸟的身影落在湖里,没有惊起一丝涟漪,脚尖落在柳枝上,没有惊动其他任何一只鸟。

一切仿佛睡着了。睡意蒙眬中,它听见不远处传来一阵水声,然后传来船夫的一句话:"这么个下雨天,雾又大,老人家还是回家待着好。"

老人家,是我年近耄耋的父母,从老家来看我和弟弟。他们常来杭州,已经把西湖看厌了。我想起仅一桥之隔却从未去过的湘湖,便带他们来了。

船窗前的父亲,久久凝视着上午十点冬天的湘湖,没有侧过脸来,只听得见他的声音:"我见过的景色里,最像水墨画的,甚至比水墨画更美的,就是这里了。"

母亲说,是啊。

我也说,是啊。

是真的。

一月的湘湖,就是父亲小时候教过我的那种留白很多的写意山水和花鸟画。花格船窗将天地框进一个天然的画框,雨雾如磨墨般,将天、地、水、物磨成了浓墨、淡墨,或更淡的墨,比烟还淡。浓的,是一座拱桥,一段堤坝,一群飞鸟或一群栖息的鸟;淡的,是远处一片枯干的芦苇,三两棵垂柳,或一座亭子的倒影;白的,是天空,水,雾。寥寥的几点黑,大片的浅灰和白,在船静静的前行里,泼洒,勾勒。极静,极美。

一切都显得那么清瘦、紧致,透着内里的某种节制。

我用手机记下了几幅画。第一幅是一大片白雾迷蒙的水域,右边一棵无叶的垂柳,栖息着很多一动不动的水鸟,如被岁月催眠的一棵树上结满了永远不会掉落的果实。树的确是睡着了,明年春天才会醒来,鸟暂时睡着了,它们醒来时,会像一盏盏灯亮起来,照亮着树,继续哄着它睡。雾和雨,也达成某种默契,为它们盖上了薄被,于是,一月的湘湖的上午十点,像深夜般静谧。

第二幅,是从船头的玻璃窗往外看。雨滴在玻璃上,晕染出迷离的前景,雨滴里,一座拱桥越来越近,桥上两个打伞的人也越行越近,然后交错,然后又渐渐分开。两个陌生人,在另一个陌生人的镜头里的一滴雨中相遇,又分离。我不知道他们是除我们之外仅有的两个游人,还是园区的工作人员?他们也不知道,桥下缓缓驶来的画舫里,只坐了三个游人,一对年近耄耋的父母,一个年近半百的女儿。船穿过桥洞,我们彼此也越行越远。他们亦不知道,自己交错的身影会被一个陌生人永远留在镜头里,记忆深处。

第三幅画的格调,有大漠孤烟的味道。主角离我很远,是十几棵静立水中的水杉,在如镜的湖里,每一棵树的倒影仍然是笔直的,且是独立的,整个画面干净到苍凉。然而,我看到了水下的秘密:它们看似互不相干,但它们的根在水里相握相缠,不动声色,不分开,像一些美好的感情。

每一个细节,都是一幅画,无数个细节构成的湘湖,美得让我们三个人哑口无言。

我将镜头转向父母时,他们像醒了似的转过脸来,发出了一致的感慨。父亲说,萧山离杭州这么近,居然有这么美的地方,我们以前怎么不知道呢?

他说的,也是我想说的。

还有一句话我想了想,没有说出来。父母和我,都去过世界上不少地方,却很少有什么地方,是我们仨一起去的。我也带他们一起去过几个地方,但没有哪一片美景哪一个时刻像今天这样,没有预谋,没有喧闹,没有他人,没有五颜六色,也无关文化,只有我们仨,只属于我们仨。

即使让我任意想象一个属于我们仨的最美的梦,也不会比此时此刻更美吧?

四个月后,当我和一群文友又一次来到湘湖,我发现,初夏的湘湖，讲述着与一月完全不同的故事。

一月清瘦的湘湖此刻已显丰满，处处是尚未老去的绿意，明净的湖面在阳光下显得光鲜亮丽。而我的父母，早已回到老家，过了一个春节后，他们又老了一岁。当我聆听着与湘湖有关的历史文化，当我站在湘湖水下六米处与八千年前的独木舟对视，我忽然想起，我和父母来时，并没有真正进入湘湖的深处。我们不知道写《回乡偶书》的贺知章就是这里人，八千年跨湖桥文化遗址就在脚下，我们也不知道，船行走在静静的湖面上时，水下六米处正躺着一艘远古先民留下的独木舟，将古老的浙江文明史又往前推了一千年。

独木舟与我隔着一面玻璃，我的身影与它、与灯光、与周遭的一切叠映在一起，古老先民一个个鲜活的生活场景在屏幕般的玻璃上一一闪现。我困惑八千年前的那根骨针，是用什么工具钻的针眼？半根空心的玉璜，用什么钻的孔？我们最初的祖先，到底来自哪里？但不知为什么，我想得更多的，依然是我的父母，我自己的故乡，我的根。

故乡在海岛玉环，父母留恋家乡的小院和亲朋，偶尔来杭州或者去北京姐姐家小住。我每次回老家，都有一种越来越深的恐惧：他们百年之后，我还会踏进那个再也没有他们的院落吗？"少小离家老大回，乡音无改鬓毛衰。儿童相见不相识，笑问客从何处来。"公元744年，86岁的贺知章告老返回故乡越州永兴（今杭州萧山）时，距他中年离乡已有五十多个年头了。这是为什么呢？假如父母在世，他怎么可能不回来？无论何种原因，这些含笑的诗句背后一定是怆然。

叶落归根，根在哪儿？中国的村庄里，如今住着的绝大多数是老人和孩子,多年以后,老人们都不在了,还会有人回去吗?还有几个人会寻根问祖?更多年以后,当我回到老家,还会有儿童"笑问客从何处来"吗?地理上的根都不在了,灵魂深处的根还会在吗?

八千年前的独木舟,静静躺在水下六米,棕黑色的原木,已没有亮光。远古的先民,曾经乘着它去过很多地方,把古老的文明带到了比我们的想象更远的地方,比如南太平洋,比如大溪地。这是真的。更让人惊奇的是,2010年夏天,有人从遥远的南太平洋,如他们的祖先一样乘着一艘独木舟,沿着五万年前祖先的原始迁移路线重返本源——中国南方海边,来寻找他们的根。6名船员,有航海家、水手,也有人类学家、动植物学家。独木舟经由阿瓦鲁阿、纽埃、汤加、斐济、瓦努阿图、圣克鲁斯群岛、所罗门群岛、巴布亚新几内亚、印度尼西亚、菲律宾、中国台湾,最终抵达上海。整整1.6万海里的艰苦旅途中,他们上岛添购食物、淡水、水果,也在大海里捕捞、生吃海鱼,最后两天,一点食物都没有了,每人只有一小瓶水维持生命。他们与近十米的惊涛骇浪搏斗,看海豚们在独木舟前方带路,任不知名的海鸟停在胳膊上……最后,他们来到了这里,水下六米深处——这一条独木舟前,他们的"根"之前。

"当他们看到独木舟时,眼睛都放光了,太惊喜了。"博物馆的人说。

真想亲眼看看这些用生命来寻根的人。他们想要寻找的,其实并不仅仅是这一艘独木舟,而是在灵魂深处,每一个人都正在失落却又拼命想要寻回的东西。

从水下六米处出来，我在湖边遇见了一只鸟。它栖息在一块石牌坊上，是雕刻的，有着优美的体态和姿势，翅膀如飘带卷起。它是湘湖先民的图腾。我相信它就是湘湖的灵魂，这一片水域因为一直住着它，才能这么静美。在我长久的凝望中，这只鸟渐渐活了，飞离了我的视线，飞回了湘湖的一月，那个懂得节制与蕴藏的季节。我想，当我凝望着它，它也一直在凝望着我，如同水下六米处的它们和他们，千百年来也一直在默默凝望着我们，用无声的语言警示着每一片离根太远的叶子——独木舟，水稻，骨针，玉璜，以及湘湖本身，以及我们从未谋面的祖先。

■ 王巨才

作者简介

陕西子长人，1942年生。陕西师范大学中文系毕业。做过文艺团体创作员，地方报社记者、编辑，长期从事文化宣传工作。曾任中共延安地委副书记、延安行政公署专员，中共陕西省委常委、宣传部长，中国作家协会党组副书记、书记处书记。20世纪60年代初开始诗歌创作，后转入文艺理论批评，近年来时有散文作品见诸报刊。出版有《退忧室散稿》《退忧室散记》《退忧室散集》等。现为中国作家协会散文创作委员会主任，中国散文学会会长。

作家印象

凡益之道,与时偕行。王巨才的《松阳·老街·面》,如同生养他的黄土高原一样,即便沟壑纵横,纵使黄沙扑面,仍令人感受到难以忘怀的苍茫和浑厚。王巨才执笔半个世纪,纵横文坛数十载,所思所想所劳所愿,皆是时代命题、人民篇章。"文章合为时而著,歌诗合为事而作",白居易的这句话是王巨才散文的最好写照。立采诗之官,开讽刺之道,察其得失之政,通其上下之情,此四者,也恰是王巨才的文章道法。

王巨才的笔触,致力承继白居易、元稹、刘禹锡以来浩浩汤汤的汉唐文风,字里行间迎面扑来的是浓郁的时代氛围和强烈的生活气息,是契合着历史大势和社会走向的艺术图景与审美风度。他以文载道,以文咏志,静则独善其身,动则兼济天下,处江湖之远则忧其君,居庙堂之高则忧其民。这是他的初心,也是他的根本,正是因为他的不忘初心,才有了他的方得始终。

——李 舫

松阳·老街·面

■ 王巨才

奥斯特洛夫说过,人应该支配习惯,而绝不能让习惯支配自己。这无疑是对的。但习惯的养成非一朝一夕,真要改变也不大容易。故常人安于固俗,学者溺于旧文,便是一种普遍的现象。

"口之于味,有同嗜焉"(孟子),一个人最难改变的生活习惯,怕就是对饮食的偏好与挑剔了。典型的例子是晋代的张翰。这位出身江南鱼米之乡的吴中才子到京城打拼,官至中央机关司局级干部,却因思念故乡的莼菜羹和鲈鱼脍而私自跑回老家,被单位以擅离职守开除公职。

有人认为,张翰的莼鲈之思,只不过是为避乱远祸制造的烟幕。理由是张回乡不久,他的顶头上司司马冏便在王位争夺中惨败,且张在之前就私下讲过,现在天下纷扰,政局动荡,是急流勇退的时候了,否则等到官高爵显声名远播,想退都难了。这些推断或许不无道理,但即使张翰只是以过不了饮食关为归隐借口,这个由头也是颇能引发共鸣和同情的。起码在我,是可以理解的。

20世纪60年代初,我在西安读大学。那正是国家困难时期。在备战备荒的号召下,西安周围摆布了一批军工企业,其中有不少来自上海等地的南方人。我们学校在南郊,星期天进城,每次路过小寨,马路边上总有一些身着工装,拎着面袋换大米的人,有的一看就是文质彬彬的高级知识分子。两三斤面粉换一斤米,不太亏吗,何苦呢,我心里暗想。后来知道,这些人拖家带口来西安,粮站供应的口粮大部分是粗粮,少量细粮中大米只是象征性的搭配。长期吃不到米饭,大人孩子可以忍耐,只苦了随迁来的老大爷老奶奶,眼看着他们成天愁眉苦脸,哭着闹着要回南方,为人子女,怎能不心疼!

一片孝心,几许酸楚,几许无奈。

我是吃杂粮长大的,至今对荞面饸饹、黄米捞饭、手擀杂面、洋芋豆角烩粉条等家常茶饭情有独钟。从上大学到参加工作,大部分时间又是在西安度过。八百里秦川盛产小麦,老百姓的饮食自然以面为主,面食花色多达一百多种。这其中,我最喜爱的是现已风靡全国的油泼面、肉夹馍、羊肉泡馍。这老三样不可能常吃,但面条做起来简单方便,且出门即可买到,久而久之,便成了每天必不可少的主食,和最执着最顽固的味觉记忆。

20多年前只身来京,工作繁忙,常须加班加点,下班后晚餐多为康师傅泡面。说来让人同情,自己倒没觉得多苦。后来人熟了,机关食堂做打卤面时,大师傅特地让我给自己做碗油泼面。不想那一碗香辣四溢的面条竟引来包括炊事员在内的全体就餐者艳羡,而后还成了食堂每个周四定时供应的一道主食。有次开主席团会,袁鹰和林斤澜两位老先生接到办公室电话通知,问有没有油泼面,有,就参加。这自然是玩笑,但从中窥见人际关系的融洽。再后来,《诗刊》主编叶延滨还就此在报上写过一篇随笔。一件因嘴馋导致的孟浪行为,竟也成了一则"佳话"。

我对面条的嗜好,按老伴的说法,几乎到了不可理喻、无可救药的地步。无论何时何地,每天一顿是必须保证的。"一碗黏(读rán)面喜气洋洋,没有辣椒嘟嘟囔囔"若说是指我,不算冤枉。亲戚朋友请饭,无论粤菜湘菜鲁菜淮扬菜杭帮菜,我关注的只是主食,没有陕面,山西扯面兰州拉面四川担担面湖北热干面乃至上海阳春面云南米粉广州河粉都行,凑合一顿,聊胜于无。没有面食,任是鱿鱼海参麟肝凤髓于我都是多余。那样,两小时的饭局就完全成了陪客。看着大家觥筹交错你推我让,开始尽可能保持应有的礼貌,时间长了,难免显出落寞、无聊和不甚耐烦,让主人扫兴,难堪。当是时也,老伴会装作若无其事的样子悄声提醒,瞧那点出息,回去泡一碗不得了。还别说,就我这点"出息",在同事和朋友圈里尽人皆知,因此每次出差,都会有人向招待方特地提醒。万一没人关照,只好自己在意识到宴席行将结束时示意服务员到跟前来,以耳语的方式,问还有没有片儿汤什么的。

今年金秋十月,正蟹肥菊黄时节,应友人邀请,有太仓、吴中、浦江、松阳之行。因不带公务,日程相对宽松。微风细雨中一路走来,那青山隐隐水迢迢的寥廓,江雨霏霏江草齐的氤氲,水村山郭酒旗风的淳朴,丰年留客足鸡豚的真诚,都令我对锦绣江南的秀丽、富饶,江南人家的踏实、勤快,江南生活的从容、精致,有了近距离的接触和体会。而在松阳老街吃过的一碗肥肠浇面，尤其使我对"人人尽说江南好，游人只合江南老"的感叹有了真切的体认。

老街在县城西屏镇中心。从北头朝天门到松阴溪畔的南门码头，长约两公里。街道铺以粗粝的条石，临街多为前店后院或上宅下店的木结构楼房，年深日久，外观已显出风侵雨蚀的苍老与陈旧，唯神情愈感安谧祥和。难得的是，那些曾经与我们这代人生活息息相关，却早就淡出记忆的打铁店、钉秤店、剃头店、裁缝店、草药店、豆腐店、配锁店、锡箔店、白铁制品店等等，在这里仍然传承有序地保留着，开张着，经营着，不是为招徕游客"营造"的市井风情，没有你争我抢的恶俗喧嚣。走进铺子，买与不买，店家都很和蔼。百问不厌，百挑不烦。真不二价，童叟无欺。一切朴朴实实，自自然然。诚信友好的交易，传递着农耕时期商业文明的温情与暖意。问过一家字号为"缙云秤店"的店主，现在电子秤流行，这种老式杆秤还有人买吗，答说也还有，杆秤制作是一门古老的手艺，工序精细复杂，虽然电子秤可能更便宜，但一般上年纪的人还是习惯杆秤，特别是农民，进城卖个茶叶、菜蔬什么的带着方便。另一家打铁店的师傅也讲，现在农业是现代化了，但那些大型机具在松阳这样的小片地块上施展不开，山区农民需要的锄镰犁耙多数还得到店里来买。口气中透着职业自信。

这是真正意义上的、名副其实的、原汁原味的"老街"。

我是同米东阳一起去逛街的。他是我新结识的朋友，三十出头，却是当地有名的文史专家，对老街的历史烂熟于心，对每一商铺的前世今生了如指掌。据他讲，西屏镇建于唐贞元年间，历来是连接瓯江与钱塘江流域的交通要道和重要商埠。现在看到的基本是明清建筑，历经战乱，留下来不容易。对这条街，目前县上没有整体改造的打算，只在维护原有风貌的前提下，对公用基础设施进行升级完善，根据店主意愿对部分房屋进行修缮。县上更注重的是老街千百年来积累沉淀下来的优秀商业文化，支持、倡导那些体现在生产经营各个环节的敬业精神和道德风尚。县委书记说过，这是老街保护的根本目的，我们不会舍本逐末，兴师动众，搞劳民伤财倒人胃口的恢复重建。

迎着馥郁的桂花香气漫步，不由得想到岁月的静好。路过的店铺里，不时有人从柜台后探起身来，向东阳礼貌地打着招呼。在正街的"同福堂中药店"月台前，米东阳特意向我介绍了药店的经营之道。药店掌柜徐昌发，出身名医世家，是我国现代著名国医时逸人的关门弟子。自1936年接手药店，便立下几条店规。一是采取记账赊药，患者病愈后一次性结账付款。二是实行单味打包，便于与药方核对，免出差错。三是患者用药后感觉药不对症，余药可原价退回。四是全天服务，诊断配药随叫随办，决不贻误医治。记账，单包，退药，全天候，为药店赢得极好声誉，也对其他商户产生积极影响。东阳说，正是这种顾客至上、诚实守信的传统，使这条老街驰誉四方，不少人宁可多跑点路，也要来这里光顾。

走走停停，进进出出，指顾间不觉已过午时，东阳好像猛然记起什么要紧事情，连忙拍拍脑门，拉我快步向南直街走去。走进街口不远，就是东阳昨晚提到的"百仙面馆"。面馆面阔两间，迎街完全敞开，左手几张桌椅，已坐满人，桌上放着辣椒油、米醋等南方少见的调料。右手一间为灶台及面案、碗柜等。老板娘五十开外，通身利落，见我们到来，自是格外热情，因座无虚席,紧着让先到楼上喝茶。东风忙说,无妨,无妨,你忙你的,别耽误生意。老板娘于是回过身去,剁过醒好的面团,在案上迅速擀成锅盖大的面坯,又用刀片飞快地划做若干匀称的长条,双手拾起几经扯拉,老远抛入沸腾的开水锅,捞出便是手指宽的面条。浇上荤素不等的卤汁配料,便是远近闻名的百仙面了。整个过程娴熟连贯,如一场炉火纯青的艺术表演。

为不影响操作,我提议先到外面溜达溜达。出门来我低声说,这不就是山西扯面或兰州拉面嘛。东阳说,还真不一样。这家面馆已有百年历史。最早由青田人尹百仙开办,现在这位老板兼主厨是他的外孙女,叫尹爱和,与丈夫共同打理生意。店不大,却火得不行,逢会遇集,要吃这一碗面,还须买号排队。40多分钟后,我们再回面馆,客人已陆续离去。又等不到10分钟,老板娘便道谢不迭地将两碗热腾腾的面条端上桌来,可能知道我是老陕,碗里还放了十几个鲜辣椒,红艳艳的,让人直咽口水。但江浙人不是不吃辣椒吗?尹爱和笑笑,说老先生放心吃吧,那不是辣椒,是肥肠。肥肠?怎么是红色的呢?她不无得意地回答说,那是经过红曲酒糟腌制的,要说也是秘方,是我家的特色。于是夹进嘴里,味道果然不油不腻,咸淡适口,别有嚼头,加之那面条的筋道,霉干菜卤汁的清香,一碗圪堆冒尖的拉面便被我风卷残云打扫干净。毕竟10多天没吃这么可口的面条了呀。结账时,见东阳只掏了20多块钱,以为是店家推辞不过的特惠,东风指指墙上,价目表上倒确实写着:大肠面13元,大排面11元,鸡蛋面7元,菠菜面5元。风味独特又货真价实,难怪人气旺盛,顾客盈门。

说实话,老街这碗让我痛快淋漓、大呼过瘾的肥肠浇面,无论从哪方面讲，比之关中都不逊色。见我赞不绝口，东阳说，其实松阳人也是讲究吃面食的。像这样的面食店老街上多的是，饺子、馄饨、馒头、馅饼、油条、豆浆，都有，至少十多家。他讲，松阳人吃面食，与人文历史有关。松阳处在浙西南的松古盆地，地域闭塞，又粮丰林茂，宋人沈晦称之"唯此桃花源，四塞无它虞"。古代北方战乱时，松阳相对安稳，不少中原名门望族"衣冠南渡"，最后落脚在这里，从而促进了南北文化的交流融合，也使中原地区的礼仪、风俗、生活习惯得以延续和传播。许多北方人到松阳来都说没太大陌生感，原因也在这里。

没错。岂止没陌生感！且不说松阳风光旖旎的田园山水，气韵高古的旧村老屋，根脉久远的乡风民俗，单是这条气定神闲的老街，这碗经济实惠的拉面，和松阳人的博大，厚重，真诚，就足以让人流连忘返，生发几多"且认他乡作故乡"（陈寅恪语）的恍惚，眷顾，依恋了。

■ 王 彬

作者简介

1949年出生于北京。鲁迅文学院研究员、首都师范大学文化研究院学术执行委员、中国作家协会会员。曾任鲁迅文学院副院长,现任中国散文学会副会长。

致力于叙事学、中国传统文化、北京地方文化研究与散文创作。

学术著作有《红楼梦叙事》《水浒的酒店》《从文本到叙事》《中国文学观念研究》《北京老宅门(图例)》《北京街巷图志》《胡同九章》与《北京微观地理笔记》等;散文集有《沉船集》《旧时明月》《三峡书简》等;主编有《清代禁书总述》《北京地名典》等多种。

作家印象

王彬是中国文学界读书最多的作家之一。20世纪80年代，他主编《清代禁书总述》，主张重新整理中国古代的禁书与文字狱，以此丰富了观念学的方法研究。王彬是中国文学界最有个性的作家之一，他把中国传统的考据方法与西方的叙事学结合起来，得出不少新的有趣的结论。同时，王彬还是中国文学界最有责任感的作家之一，他是北京城市历史与胡同的研究者与保卫者，由于他的呼吁，北京的胡同之根——砖塔胡同得以保存下来。近年，他又提出微观地理学的观念，从理论上进一步推动城市改造所遭遇的困境的解决。丰富的阅读、鲜明的个性、扎实的考据、坚定的立场……这些，增加了王彬文章的阅读难度，成就了王彬文章的博、精、深，然而，这些，恰是文章的价值所在。

道路状态决定城市布局，在我国古代，城市规划与井田制和王城理念密切相关。作为六朝古都，北京城的布局规划也受此传统影响。至今，北京中心城区的格局依然保持着历史的基本面貌，行走其间，可以感受到源于历史深处的核心记忆。

——李　舫

行走在古老而年轻的胡同里

■ 王 彬

胡同的本质是居住空间的重要元素,是四合院的延伸,是从"公众场所"到"私密场所"的过渡。

由于北京历史悠久,在胡同里,往往分布着众多的历史遗迹。胡同不仅是城市的肌理,而且是城市文化的载体。

胡同是古老的又是年轻的,无论怎样的呵护都不为过,因为这是每一位北京人的城市记忆,是律动的北京的生命之源。

一

有渰萋萋,兴雨祁祁。
雨我公田,遂及我私。

这是三千多年以前的诗句,题目是《大田》,收录在《诗经》"小雅"中。这四句诗,前两句描写云和雨的形态:云,蓬勃浓郁;雨,充沛丰盛。后两句则是农夫对雨的期盼,希望这雨首先落在"公田"内,之后通过"遂"(田里挖掘出的小沟渠),流到自己的"私"田里。"公田"是什么意思,农夫为什么希望雨要首先落到公田,而不是自己的"私"田呢?

这就涉及西周时期的井田制度了。根据《孟子》一书记载,滕国的君主滕文公,有一次向孟子请教治理国家之策,孟子向他谈了自己的理想,其中有这样一段话:

方里而井,井九百亩,其中为公田。八家皆私百亩,同养公田。公事毕,然后敢治私事。

大意是说,一平方里的土地是一井。井是正方形的,有九百亩,划为九份,每一份是一百亩。中间的一份是"公田",属于领主所有,其余八份则是领主分配给农民的,称"私"田。每一户农民拥有一百亩土地,八户农民便拥有八百亩土地。按照当时的制度,八户农民首先要耕种公田,之后才能耕种自己的土地。"雨我公田,遂及我私",便是那个时代的经济制度在诗歌中的曲折表现。如果在九百亩的土地上划出九份,那么表现在汉字上,必然是"井"字形状。

这种把土地规划为九等分的制度,反映在疆域上,便是天下分为九州;反映于城市建设,则是"九分其国,以为九分,九卿治之"。"国",指周天子王城,相当于今之首都。天子居一份,称宫城,位于王城中央。庶民、官员的住宅与市场用地居八份,围绕在宫城周围。元大都与明清北京便是这个思想的产物。

即使到了今天,在二环路以内,北京依然保存了历史格局——紫禁城居中,周围是百姓居住的区域,只是道路拓宽,城垣拆掉修筑环路，仍然保持了井田制的基本形态，并没有发生根本变化。

二

根据《周礼》"考工记"的记载，周天子居住的城市是方形的，四面是城垣，每面开辟三座城门。南与北的城门相对，东与西的城门也是相对的。城门下面是干道，这样南北与东西便各有三条干道。每条干道上可以并排行走九辆战车。周天子居住的宫城外面是百姓居住的"里"，里的中间置"社"，祭祀土地。"社"的周围是住宅，住宅之间的道路称"巷"。《诗经》中有一首题曰"叔于田"的诗歌，颂扬一位叫"叔"的青年猎人的豪迈与英武：

叔于田，
巷无居人。
岂无居人？
不如叔也，
洵美且仁。

为什么无人？因为，巷里的居民都到郊野看漂亮的"叔"打猎去了。两千多年以前，"巷"已经出现了。

巷，通过次干道与干道相接，成为城市道路网络中的一个组成部分。相对于城市中的干道，巷，属于微型道路，其宽度，专家考证只能并排行走二至三辆战车。巷之外，还有更窄的道路——支巷,也就是后世所说的曲。这种在里中辟巷,巷侧筑宅的格局,被后世保留下来,不仅成为富有情趣的生活空间,而且转化为诗人吟咏的素材。唐建中年间,少年白居易来到长安谒见名士顾况,顾况见白居易如此年轻,便对他说:"长安米贵,居大不易。"及至见到"离离原上草,一岁一枯荣。野火烧不尽,春风吹又生"的诗句时,立即改口:"有此句,长安居亦容易,老夫前言戏之尔。"话虽如此,年轻的白居易委实没有能力购买自己的住宅,只能借寓永崇里的华阳观,他在一首诗中描述那里的环境是:"季夏中气候,烦暑自此收。萧飒风雨天,蝉声暮啾啾。永崇里巷静,华阳观院幽。轩车不到处,满地槐花秋。"残夏的风雨把槐花催落,车马无踪,没有车轮碾压诗人的梦境,盈巷的槐花美丽极了。二十年以后,白居易在长乐里购得东亭。后来,又迁居到昭国里,由于官俸微薄,只能购买曲附近的住宅,周围的环境也是"槐花满田地",车马稀疏。对此,白居易宽慰自己是"务嫌坊曲远,近则多牵役",居住偏远可以免去许多俗务的干扰,因此偏僻也有它的好处吧!巷,这种充满幽静的生活情态的道路形式,元以后,在北京,以胡同的姿态出现。

三

从元大都算起,胡同至今已有七百多年的历史了。

元人李好古写过一出《张生煮海》的杂剧,讲述了一对青年男女的恋爱故事。说是一个年轻的读书人带着书童,从广东的潮州到大都赶考。这个年轻人,姓张名羽,表字伯腾。"生",

是年轻的意思,姓张,又是年轻人,于是在题目中简称张生。东海龙王的第三个女儿琼莲,厌倦了海里冷清的生活,渴望人间繁华,带着丫鬟,也来到大都。张生借宿在石佛寺(位于今天的辟才胡同),晚间焚香弹琴,吟诗自娱。诗曰:

流水高山调不徒,钟期一去赏音孤。
今宵灯下弹三弄,可使游鱼出听无?

龙女闻琴而至见到张生,两人产生了爱慕之情。张生很想知道龙女住在什么地方,以便再次相见,但是碍于情面,不好意思询问,便让书童问。由于身份悬殊,书童不可以直接问龙女,只能去问她的丫鬟。丫鬟说了这样一句话:"你去兀那羊市角头砖塔儿胡同总铺门前来寻我。"这是元大都时期的北京话,翻译成现代的北京话是:"嘿,你去西四路口砖塔胡同派出所来找我。""兀那"的"兀",是发语词,无确定含义。"那",是指定代词。两个字合在一起,仍然是作为一种指定代词;"羊市",即阜成门内大街的东段(西四路口以西,赵登禹路以东),原称羊市大街。"角头",是路口的意思。用今天的表述,"羊市角头"便是指西四路口;"砖塔儿胡同"中的"儿"字是名词后缀,是北京人的一种发音习惯,去掉"儿",即砖塔胡同,位于今之西四路口西南;那么,总铺是什么意思呢?在封建时代,坊巷之内设有军巡铺,每个军巡铺内有三五个士兵,用来防火防盗。若干个军巡铺之上设总铺,领导军巡铺进行活动。

对于书童的询问,龙女的丫鬟答复得很明确。至于为什么要书童到"总铺"门前寻找她,丫鬟没有解释。难道她们住在"总铺"里面吗？当然不会。这当然是一种嘲谑与调侃。但是，无论怎样，由于丫鬟的精确指点，使得张生能够再次与龙女相见，从而演绎出一段美满的姻缘。

李好古的《张生煮海》，在元代杂剧中，属于上乘之作，被收录到臧懋循的《元曲选》中，是了解当时戏剧创作的一个重要读本而早有定评。

那么，从北京历史地理的角度分析，胡同是什么？

胡同是道路的一种特殊形态。

关于大都的道路，元人熊梦祥在他所著《析津志》"街制"中有这样的记述：

自南以至于北，谓之经；自东至西，谓之纬。大街二十四步阔，小街十二步阔。三百八十四火巷，二十九衖通。衖通二字本方言。

火巷，是为了防火而在房屋之间开辟的狭长形状的空地。这是一个颇为古老的词汇，《宋史》中讲述一个叫赵善俊的官员到鄂州做太守，莅任的那天，恰好城里燃起大火，为了避免再度发生这样的灾难，赵善俊"开古沟，创火巷，以绝后患"。火巷后来成为街巷的代称。

衖通，熊梦祥说，"本方言"，是哪里的方言呢？熊梦祥没有解释。

按照通常的解释，"衖"，同"巷"，是指里中的道路。唐代诗人李贺在《绿章封事》中有这样两句诗："金家香巷千轮鸣，扬雄秋室无俗声。""通"，有到达、通畅之意，在这里与"衖"

相连，其意思是可以理解的。

到了下一个朝代，明嘉靖三十九年（1560年），有一个叫张爵的人，刻印了一部《京师五城坊巷衚衕集》。张爵做过锦衣卫高官，有条件接触北京的地名档案，"见公署所载五城坊巷必录之，遇时俗相传京师胡同亦书之"，在他这部《京师五城坊巷衚衕集》中"衖通"写为"衚衕"了。半个多世纪以后，在臧懋循编辑刻印的《元曲选》中，"衚衕"作为一个特定名称，大量出现在元人的杂剧里。关汉卿的《单刀赴会》："直杀出一个血衚衕。"一位佚名作者在《孟母三移》中设计了这样一句对白："辞别了老母，俺串衚衕去来。""串衚衕"这个特定语汇，北京人今天还在使用，既古老又新鲜，洋溢着夭矫的文化姿态。

崇祯初年，一位叫释新仁的僧人根据万历十七年（1589年）的刊本重刻了一部叫《四声篇海》的辞书，其中收有"衚衕"一词，指出："衚衕，街也。"又说："上胡下同，今呼通街衚衕。今增。"对于"衚衕"这个称呼，释新仁特意标明"今增"，说明衚衕在当时还是新词。但是，为什么称为衚衕，释新仁没有解释，而曾经做过宛平县令的沈榜在《宛署杂记》中的解释是："衚衕本元人语"，又说："字中从胡，从同，盖取胡人大同之意。然二字皆从行，殆我朝龙兴，胡人北徙，同于荒服，亦其谶云。"认为衚衕是取自"胡人大同"而且迁回到北方的意思，这样解释是牵强的。

今人考证，"衚"字晚出，衕字则在东汉和帝永元十二年（公元100年）之前便已经出现。许慎的《说文解字》对"衕"的解释是："通街也，从行，同声。"宋人楼钥《小溪道中》："后衕环村尽遹游，凤山寺下换轻舟"，把衕这个字写入诗中。

把衚与衕联系在一起，组合为一个词，虽然产生于元代，但是大规模出现则是在明朝中期以后。衚衕，后来被简化，写作胡同。

胡同一词在蒙古语里是水井之意，是汉语对蒙古语水井的译音。生存离不开水，有聚落的地方必然有水井，围绕水井逐渐形成居住的街巷。一个重要的证据是，无论是明，还是清关于北京地名的著作，往往在街巷之下注出水井，"井一""井二"之类，说明水井与街巷的密切关系。

在上面的引文中，熊梦祥记录大都有384火巷，29条衕通，也就是29条胡同。火巷与胡同，二者是什么关系，熊梦祥没有解释。从数量上看，火巷远远多于衕通，大约是它的13倍。究竟何者是火巷，何者是胡同，熊梦祥也没有解释。我们只能从行文的次序判断，火巷的等级高于胡同。而29条胡同，具体而言，包括哪些胡同？可惜，由于史料缺乏，绝大多数不见记载，只有砖塔胡同，不仅有名称，而且有实体保存下来，这是北京最早的胡同，是胡同之根。

四

明以后，胡同作为北京道路的特殊名称大量出现，并且成为主要称谓。胡同，和人们的生活息息相关了。根据张爵在《京师五城坊巷衚衕集》的统计，当时北京有1170条街巷，其中有459条胡同，约占总数的40%。清代末年，在朱一新的《京师坊巷志稿》中，有2211条街巷，1121条胡同，约占总数的50%。1949年前后，北京城内的街巷达于高峰，约有3216条街巷，

1039条胡同，约占总数的32%。

20世纪80年代，据统计，当时北京的东城、西城、崇文、宣武四城区，有2352条街巷，1204条胡同，约占总数的51%。街巷数量减少，但胡同的数量却增加了。原因是，1965年北京市政府整顿地名，把许多标志性的地名规范化，在词尾缀以"胡同"二字。90年代以来，随着危改提速，北京的胡同急剧消泯，从而引起了专家与百姓的忧虑。

为什么要忧虑？其道理既复杂又简单。

元人熊梦祥在《析津志》里，有一段文字介绍大都的道路有四种状态。即：大街、小街、火巷与胡同。其中大街24步阔，约折合今之37.2米；小街12步阔，约折合18.48米。那么，火巷与胡同呢？熊梦祥没有解说。20世纪60年代，文物工作队在和平里光熙门一带进行钻探，发现那里道路的宽度大约是9.24米，相当于元人的6步。有一种意见认为，这就是胡同的宽度。我认为不是，这应该是火巷的宽度，而胡同应该窄于这个尺度，或者3步，约当今之4.62米。砖塔胡同均宽4米，便应该是元代胡同宽度的遗存。

那么，什么是胡同？或者说，胡同应该具备哪些要素？

其一，北京的胡同大部分是笔直、平坦的。而且，绝大多数采取东西走向。为什么会是这样？原因是胡同的走向决定住宅朝向。东西走向的胡同，决定了四合院可以采取坐北朝南的位置。北京是大陆性气候，坐北朝南的住宅易于采暖通风。

其二，胡同是一种狭长形态，长度远远超过宽度。以明代遗留下来的胡同，东四头条到九条（明代叫头条胡同、九条胡同）为例，其中，头条长193米，宽5米；二条长386米，宽9米；

三条长 722 米，宽 8 米；四条长 726 米，宽 7 米；五条长 781 米，宽 7 米；六条长 715 米，宽 9 米；七条长 724 米，宽 9 米，八条长 717 米，宽 8 米；九条长 718 米，宽 7 米。头条与二条由于后世的影响，发生了变化，我们可以省略不计。剩余的七条，总长 5103 米，总宽 64 米，长与宽的平均比例是 1.07% 左右。

东四一带的胡同在众多胡同里是宽阔的，在北京，一般的胡同宽度保持在 6 米至 3 米之间，相对于内城，外城的胡同更窄，与内城同等长度的胡同相比，长宽比自然更为悬殊。

其三，胡同两侧基本是单层建筑物。明清以后，基本是四合院。街道的立面高度一般在 3 米左右（临街地平至建筑檐下），胡同的宽度一般在 3 米到 6 米之间，如果是 6 米，二者之间的比例是 2/1，如果是 3 米，二者的比例是 1/1。

在外城的商业区，由于级差地租的缘故，两侧的商业性建筑往往采取传统的两层木构架的形式，其檐口高度一般在 6 米左右，如果胡同的宽度以 6 米计算，那么高与宽的比例是 1/1，如果胡同的宽度是 3 米，那么，二者的比例是 1/2。

根据美学原理，当道路的空间尺度，高宽之比，如果在 1/1 至 2/1 时，道路的空间保持一种平衡状态，行人在道路的一侧，他的视野可以覆盖对面建筑物的全部，并会产生适当的围合感。北京大多数胡同，给人以亲切感的原因就在这里。

其四，由于北京历史悠久，在道路上，往往分布着众多的历史遗迹。这样的道路不仅是城市的肌理，而且是城市文化的载体。

在北京，这样的道路往往称为胡同。

这种根据城市功能安排街道布局是十分科学的。我们很难想象，一座城市所有的街道都是一个尺度，很难说，居住在城市干道两侧是优美适宜的，人类的居住要求安详、静谧，胡同则提供了这样的环境。如果说，北京的四合院是中国传统民居的典型，那么胡同则是中国传统居住环境的代表，可惜我们认识不够，而更多的只是从交通的角度考虑，胡同似乎只剩下出行一种功能了。这当然是失之偏颇的。胡同的本质是居住空间的重要元素，是四合院的延伸，是从"公众场所"到"私密场所"的过渡。美好的胡同应该是一种"半私密"状态，人类的居住，按照古人的理想是"居之安"，胡同则提供了这样的理想形态。然而，随着北京人口的急剧增加，胡同这种"半私密"的功能正在逐渐减退，慢慢转化为"准公共场所"了，这是一个十分令人忧心的现象。

  胡同是古老的，距今已有七百多年的历史了；然而相对巷，胡同又是年轻的，无论怎样的呵护都不为过，因为这是每一位北京人的城市记忆，生活中散射出来的各种光芒都要在这里聚集。胡同是律动的北京的生命之源。

■ 徐 坤

作 者 简 介

1965年出生,辽宁沈阳人。中国社会科学院文学博士。现任《人民文学》杂志副主编,北京作家协会副主席;中国作家协会全委会委员,北京市政协委员。

出版作品500多万字,获得国家及省部级奖项及各大期刊奖30余项(次)。代表作有《厨房》《狗日的足球》《午夜广场最后的探戈》《春天的二十二个夜晚》等。其中短篇小说《厨房》2001年获第二届鲁迅文学奖,长篇小说《八月狂想曲》2009年获中宣部"五个一工程"优秀图书奖、第四届老舍文学奖。长篇小说《野草根》被香港《亚洲周刊》评为"2007年中文十大好书"。部分作品被翻译成英、德、法、俄、意、韩、日等国语言出版。

作家印象

徐坤的作品与她的人一样，晶莹剔透，酣畅淋漓。从小说进入文学的徐坤，在散文和评论上都有不俗的造诣。她的世界一直都在变化，不变的是她用文字捕捉现实的才能，用幽默解决问题的机智。

徐坤的语言干净、辛辣、老道，不论写女性的当代命运，还是知识分子的尴尬处境，不论写城市发展的春风浩荡，还是曲高和寡的诤友凋零，她的故事入木三分，她的景致琳琅满目，她的历史妙趣横生，她的想象汪洋恣肆，她的表达风情万种，她的每一部作品中所蕴含的先锋意趣与独到情致，都引发文坛的热烈关注。

有时候，她甚至就是那个看穿了皇帝新装的孩子，俗人们在颠倒乾坤的时代里曲意逢迎，而她却大叫着让一切化为泡影。有时候，她又仿佛成为执拂尘的观世音，在云端俯视众生，慈悲地微笑着，将净瓶中的甘霖洒向人间。不管是在大地还是在云端，徐坤永远不甘寂寞，就像按进了水缸里的葫芦，她会加倍地用力，从缸里弹出水面，变成火箭，变成烟花，在空中炸开，威力无穷，魅力四射。

——李 舫

春上明月山

■ 徐　坤

江西宜春的明月山，是我今年春上众多行程中的一份意外和惊喜。全国处处叫春的城市，宜春，究竟是哪个春？是黑龙江伊春吉林长春，还是广东的阳春吉林的珲春？

神州大地春意闹，唯有江西春色好。仲春时节，江西也正是杂花生树、莺飞草长的季节。从北京出发，经停南昌，1800多公里的路程去追逐宜春秀色。两小时的空中旅行，外加三小时的高速公路，风驰电掣，说到也就到了。车门打开，蓦地清风扑面，从北国风沙漫漫的京都，已然来到南方温润怡人的明月山中。放眼望去，但见远山如黛，近水含烟，飞泉瀑布，翠竹葱茏。车行山里，犹人在画中。好一幅天工开物图！

明月山这个罗霄山脉北端的山峦，平均海拔1000多米，山势起伏不大，降雨量充沛，因整个山势呈半轮明月状而得名。又说这里是嫦娥奔月之地，故命名山之为"明月"。乘上长达2888米的全国最长山间缆车上山，沿途俯瞰大地，但见千顷竹海，万丛云杉。被雨洗过的青山，轻雾缭绕，迤逦盘桓。绿色波涛之间，偶尔会见几片油菜花的鹅黄和山茶花的艳粉，扮出满谷满山的春姿和妖娆。

明月山里的绿，仿佛嫦娥神笔点的翠，那水头和成色，都无与伦比。下了缆车，沿竹林中的道路拾级而上，清风徐来，温润酥爽，绿海漾波，竹枝摇曳，真乃"入水文光动，抽空绿影春"，竹影万分迷人。

最不可思议的，是一棵棵嫩芽初发的竹笋，别看只是细细的嫩嫩的芽，却常常以惊人的力道，顶起了路上的青石板，拼命要喷薄而出向上生长！石板路因此都变得凹凸不平。除非亲眼所见，否则不能体会"势如破竹"的力量，竟似千钧！难怪诗人杜牧赞"数茎幽玉色，晚夕翠烟分。声破寒窗梦，根穿绿藓纹"。岂止是根能"穿绿藓"，就连钢筋水泥青石板统统不在话下！

绿野仙踪，大地竹林。山色尚需林景配。见过江西庐山婆娑妩媚的梧桐、三清山凌厉冷峻峭拔的松柏，也见过五百里井冈淬火铸就有钢铁般意志的硬竹，但见明月山这如此低眉顺目、贤淑柔媚的竹子，心里边还是禁不住悠悠然一动——这如此阴柔、秀媚、水汽袅袅、坚韧多情的竹子，难不成也是嫦娥娘娘所赐、让它们吸收了月精星华？

或许也可以倒过来说，有了这绵延无尽的大地绿色植被，这样无尽根深的纤美绿竹，才会有天上的月亮、有嫦娥的传说，才会有泉清、有禅深，有村姑变成皇后的事迹，也才会有此地的"春宜"和"宜春"之谓吧？

沿路上到仰山山口，迎面见一座巨大的黄铜雕像《云姑沐月》图：一弯新月下，一个亭亭玉立的古代梳抓髻的小女孩张开双臂拥抱清风。她就是这座山的地标、产自明月山下夏家村的民女夏云姑,乳名"明月"的,后被选中入宫,成为南宋孝宗的成恭皇后。皇后亲以待民,在南宋抗金斗争中做过贡献,还曾回宜春省亲,善待父老乡亲。家乡人为纪念她,改附近山名为"明月山"。由此,明月山的来历又添了新的说法。

别过云姑雕像,穿过凿山而通的星月洞,来到挂在悬崖峭壁一侧的青云栈道上。这个人工修筑的海拔 1200 多米的栈道,有两千多米长。往下一瞧,头晕目眩;侧目一望,却一览众山小,明月山大小群峰尽收眼底。朱熹的"我行宜春野,四顾多奇山"是否也是曾经登临这里后写成的呢?不仅山色奇,植被亦奇。

过了海拔 800 米以后,竹子就不长了,山顶的植被变成杉树林和针叶林,可见红豆杉和中华落叶木莲等珍稀植物。栈道下端,紧连一枚人工月亮湖,海拔高度 1000 多米。山色萦绕,水波粼粼,湖光山色,一排排水杉在湖中自怜着自己的倒影。从一处处人造景观可以看出,在对明月山的整体打造上,地方政府可谓是花大力气同时也是煞费心机。

山脚下,一抹灰墙白瓦之中现出南若禅茶苑,清寂翠绿的茶苑旁有家明月饭店,店主人请我们体味了明月山的又一番魅力:喝米酒,吃腊肉,品土鸡,尝野菜,品尝土菜馆里的农家美味。米酒甜香,滑润爽口,不知不觉就喝多了,下山时步履开始飘飘然。

傍晚,回到明月山脚下的温汤镇,急不可待领略其温泉的魅力。据说这里的温泉富硒,可浴可饮。清澈的泉水,从地下一出来就是 70 多度,热气蒸腾。人一进去,立刻毛孔张开,身体的每一个细胞都被滋润被抚慰着,顿觉神清气爽,倦意全消。史志中载"城侧有泉,莹媚如春,饮之宜人,故名宜春",此话果然不谬!

　　这是一个没有月亮的夜晚,躺在天沐温泉池中,看那星光大地。我不禁想:宜春明月山,靠什么来吸引人呢?比起江西那些名山大川来,若论历史,它不是那般宏阔;若论起爱情,它又没有"春江花月夜"那番缠绵。明月山,它究竟该讲述一个什么故事来吸引众生?

　　山不在高,有仙则灵。明月山有嫦娥、有夏云姑,有仙女在广寒宫里的寂寞神话,有灰姑娘穿上水晶鞋得道成仙贵为皇后的故事,这就够了!难道这还不够吗?明月山的嫦娥就是夏云姑,明月山的夏云姑就是天上的嫦娥。她们原本就是一个人。"嫦娥应悔偷灵药,碧海青天夜夜心"。是月宫上那无边的广大的寂寞,让嫦娥追悔莫及,化身民女夏云姑下凡,来重寻她尘世的幸福吧?民女夏云姑,重新担起了人间的道义,她乔装改扮被皇帝选妃使臣选中,入宫嫁给皇上,行使拯救人间的使命。

　　夏云姑的故事,有理由让人相信:每一个人间的灰姑娘,前世一定是个乱世佳人。

　　快速发展建设中的宜春明月山,这会子,也正是灰姑娘的春天,亦如野百合的春天。她在等待找寻着自己的水晶鞋,等待着升天成仙的妙药灵丹。

■ 徐 刚

作者简介

　　1945年出生,上海崇明人。1970年就读于北京大学中文系。1962年参加解放军,历任战士,南京军区某部文艺宣传队创作员,上海市崇明县农民,中共崇明县委写作组组长,人民日报文艺部编辑,《中国作家》编辑部副主任,《现代人报》副主编、副编审。1963年开始发表作品。

　　主要著作有《徐刚九行抒情诗》《小草》《夜行笔记》《倾听大地》《伐木者,醒来!》《沉沦的国土》《江河并非万古流》等。作品曾获中国图书奖、首届徐迟报告文学奖、首届中国环境文学奖、第四届冰心文学奖等。

作 家 印 象

徐刚是从中国历史和自然里走出来的作家。正是因为海量的阅读和纯净的生活，他与森林结下了不解之缘。

提及徐刚，不能不提他对中国生态文学从创立到发展的推动之功。他创作于1987年的报告文学《伐木者，醒来！》被中国文学界视为生态文学发轫的重要标志。

这一次，他将目光投向了常常被我们忽视的野草。《野草在摇曳未来》写的是最不起眼的野草，却囊括了从史前到历朝历代乃至当下森林草木、森林管理制度沿革以及文化流变，年代久远，资料丰富，涉及植物、地理、气象、文学、历史、考古及文化人类学等多种学科。徐刚从一株株野草中看透了历史的长度、自然的高度、生命的厚度。他说："当地球成为草木世界之后，才有姗姗来迟的人类始祖"，"先人留给我们的基因，使后来人对三种物质最有亲近感：土、水与草"，"在未来岁月里，压垮人类的很可能是一根草；拯救人类的，也可能是一根草"。这篇散文凝聚了徐刚的生态观、人生观、世界观。

人生唯有一世，草木何尝一秋！

——李 舫

野草在摇曳未来

■ 徐 刚

当我们忽视草地的时候,也同样忽略了一种悲哀及一种希望。在天然林被破坏以后的草山草坡上的草,是这一块土地植被被演替中最后的绿色,此非悲哀乎?在石漠化土地上的人工改良草地,那青青牧草却是生态修复的先行者,此即希望也。在未来岁月里,压垮人类的很可能是一根草;拯救人类的,也可能是一根草。

茶树
野草是仙草

为什么我们的先人逐水草而行、而居?因为大地到处都是草,无草不成林。林地外缘也是草,东部何以有稻?西部何以有黍?因为各色野草最多——为生命之延续,为求一饱也。因此故,先人留给我们的基因,使后来人对三种物质最有亲近感:土、水与草。

在我童年的记忆中,崇明岛上除了农田里的庄稼,沟河边的芦苇,田边地头里到处都是野菜,荠菜、马兰头等可食用的草不下数十种,还有可以入药的车前子等,更多的是开花不开花的无名小草：缠结于田埂路使其稳固的是马斑草,开着各色小花的是花被单草,如小太阳一般金光闪闪的是野菊花草,专门用来斗蟋蟀的是蟋蟀草,太多的蒲公英随风飘散……回想起来,认识这片土地是从草开始的,而江边芦苇荡里丛生的丝草籽,很可能是世界上最小的坚果,半粒米大小,饥饿的岁月里曾经以之果腹。后来知道原始人逐水草而居时,有顿悟之感。

人之初,有水可喝,无饭可吃。人类经过了吃草、吃草籽的漫长岁月,后来才有能力捕杀野兽,吃肉。今天我们吃蔬菜,其实是吃草的延续。野草是我们的衣食之源。人类一部分人的忘恩负义,疏离自然,始于疏离水草。

我们不知道拔去了多少野草,以至于汉语——我一向认为是世界上最美的语言文字——出现了极为残忍的一个成语,"斩草除根"。现代化的推土机,在今天更是势不可当地在铲除一切野草,代之以水泥楼房、水泥地,这个世界便卫生便干净了吗？活在当下的每一个人,都曾目睹并感受了消灭野草的过程,以发展的名义。

20世纪80年代初,我住北京团结湖小区,一箭之遥便是农村、农田、庄稼与野草。每到夜晚,无数的青蛙齐鸣合唱,此起彼落,虽然喧闹却不会扰乱人心,多了一种野趣,添了一点乡愁。半年后,代之以蛙声的是混凝土搅拌机,建筑工地的日夜赶工,然后是新楼连片,庄稼、野草、蛙声一起飘逝。不到十年,北京三环以外的农村几乎全部消失,没有耕地,没有野草,只有层垒叠加的水泥楼板大行其道。

就这样,我们的城市变得不再温柔。

2000年,因不堪忍受造楼、装修,可以让人发疯的喧嚣、灯光与气味,举家迁往通县张家湾,路边有麦田,池塘有蛙声,小院里开着太阳花——俗称"死不了"——日出花开,日落花闭,自以为找到了一个好去处。待住下才知道,我住的小楼基地原是生产队的打谷场,整个小区所占用的全部是农田,当地农民告诉我这是"黑油油的耕地"。难怪水泥房基,路面的边边角角,会长出各种野草甚至麦苗秧,无助而孤苦地望着路人,好像在问:"千百年在一块地上厮守,情何以堪?"有专司拔草的清洁工,草长出来便拔,拔出来又长,小草希图展示自己的生命力的顽强,令我唏嘘不解:野草何害,人类必欲除之而后快?

2005年,我又迁往广安门外新居,紧邻住处有一块荒地,杂草丛生。杂草成块状,茁壮旺盛,夏秋之际开着红色和金色的小花。有几只流浪狗来回奔走,有时还追逐流浪猫,荒地中有两棵树,流浪猫情急之下便上树,流浪狗在树下大吠,继而退隐于野草丛中,伏莽而待。荒地紧靠二环的边沿,还有两间已拆毁的旧平房,住着一家拾荒者,夫妻俩带一个小女儿。女孩出来打水时,流浪狗紧跟其后,女孩便喂狗,似乎是窝窝头之类。戏耍片刻,女孩回去时流浪狗一路相送。偶尔,在秋日的阳光下,这个七八岁的小女孩会摘一朵野花捧在手里凝视片刻……这是我从住处的窗口所见的场景。

是冬大雪奇冷,融冰化雪时,那些野草开始返青,到夏天便茂盛,便开花,如是往复5年多,挖土机开始挖土,混凝土搅拌机昼夜轰鸣。挖出的土堆成了大土丘,以丝网覆盖着。一场春雨过后,从丝网的千孔百眼里,忽然又有青青野草探出头来,茫然地望着这一处耸立起吊车、脚手架的工地……

凡草木皆有根,人类无法阻挡推土机、挖掘机,它们可以毫不费力地斩灭野草,却无法根除,因为它们蛰伏于地下。倘若都市林立的水泥楼群使它们窒息、枯死于地下,那么对这个世界而言绝不是好消息:大地稳固者不再稳固大地了。

使这个地球变得有生机的首先是海洋,是水和草木。当地球成为草木世界之后,才有姗姗来迟的人类始祖。与其说人类当时离不开森林,更确切的意义上不如说更亲近荒草。荒野荒草,连接起森林、河流,在人类发展史上如里程碑一样,记录着人类先人的生命故事:荒野是人类最初的原始家园;荒草提供了最早的食物;荒草中盛放的各色花朵,荒草的自生自灭、自灭自生,使原始人有了最初的惊讶,促进了自然崇拜的发生;在只知其母不知其父的漫长岁月里,荒草丛又是当时人类共有共享的爱巢;以荒草为生,想来也发生过悲剧,有的草吃了人便死了,草的能吃不能吃,使原始人有了对草的分辨和思考,进而发现有的草能止血,有的草能止痒,则是草可治病之始。而流传至今的仙草一说,除了草能给人以温暖,大约便是草可以治病了。

"仙草"一词,是人类对草的最恰当的赞美。去昆仑山盗"仙草"是故事。在更加广泛的民间传说中,稻草是"仙草",由此推溯,"仙草"应是泛指可食可医的所有野草,没有"仙草",人类不可能延续至今,也就是说,人类有诞生,但不可延续。

烟草传奇

在野草所属的植物世界中,至少有五种植物影响了人类文明的历史进程,从而改变了世界。它们是:烟草、茶叶、甘蔗、土豆、白薯。它们在原生地往往是默默无闻的,越洋贸易的船只和水手是传播者,广及世界,或多或少改变了人类的日常生活,并且使远隔重洋不同种族人群的生活习惯,产生了趋同性。

哥伦布的船队,是烟草最早的传播者。

烟草源出美洲,哥伦布率船队到访,当地土著以礼物相送,其中之一,哥伦布航海日志有记,"发出独特芬芳气味的黄色干叶",即烟草。再到古巴,当地土著把烟叶卷成筒状抽吸,青烟缭绕于口鼻,悠然返航先至西班牙,西班牙人跟着抽吸;再到葡萄牙,葡萄牙人也纷纷上瘾,烟草随之落地。1580年之后,烟草的传播速度更加提速,传播范围日益扩大,大致途径是:经葡萄牙进土耳其,烟雾又缭绕至伊朗、印度、日本。从烟草的广泛传播中看到商机的是西班牙人,他们把烟草水运到菲律宾,开始规模种植,赚得不少银子。接下来就要到中国,17世纪初叶前后,福建的船工与商人在与菲律宾生意往来时,不经意地把烟草带到中国。只要气候适合,烟草不难栽培。很快,先是在沿海省份,进而烟雾弥漫遍及中国。

烟草在16世纪的欧洲还曾享受过"神药"的待遇。除了抽吸烟卷、烟斗之外,欧洲医生还用它来治病,从牙痛、口臭到肠道寄生虫、破伤风乃至癌症,皆以烟草医治。实际治疗效果没有明确记载可证,倒可以想见当时欧洲医疗水平之低劣。

从哥伦布水手发现并吸食烟草,到传遍世界,所用的时间不到130年。今天几乎所有国家都处在吸烟有害与烟草制造业巨额利润的夹缝中。笔者也是烟民,这一如风如潮的烟草传播却使我想起,所有风靡一时的时髦与时尚,大约都带点毒。

"中国树叶"

在烟草传到中国之前,欧洲人抽烟,中国人喝茶,两相比较,不仅有习俗不同,文明高下程度也可立判。茶的温醇芳香,渗透在我们的民族性中,是为中庸、中和、温良恭俭让,与"斩草除根"相反,生出了一个绝美的词语——"齿舌留香"。

与人类文明史密切相关的,就动物与植物而言,动物提供了肉食,此植物所不及,但在更多的层面上,植物远胜于动物。原始人除了采集果实之外吃菜吗?在很长的历史时期内,所谓菜,就是野草和树叶。距今约8000年前,新石器时代又添一个伟大的创造:各种陶器的出现,其中的食用器用来煮饭煮菜煮汤。在中国的北方如大地湾,在中国的南方如河姆渡,先民们偶然地用几种他们吃过的草或者树叶,投之于陶罐,这是第一罐汤,也是人类历史的第一罐茶。在几千年前便有稻饭衣麻的太湖流域,极有可能这第一罐茶和第一罐汤难分先后。后来的饮茶史却是明了的,把茶汤从别的所有的汤饮中区分剥离出来,但好茶者仍视之为汤,汤色也。

中国人最早享用茶叶,并在千百年饮茶的实践中,知晓了茶树栽培、茶叶加工、茶叶分类,以何种水达到何种温度泡何种茶为最适宜等等。西方人第一次喝中国茶并为之倾倒后,给中国的茶叶取了个在16、17、18世纪西方人熟知的流行词:中国树叶。这一称谓在某种程度上恰恰说明,中国茶树之众,享用茶叶的人群之广。从皇帝到山野草民,皇帝喝贡茶,山民饮土茶,土茶的味道甚至远胜贡茶。从都市到小镇,有了茶铺、茶馆,茶叶已和经济民生相连接。中国的文人雅士情有独钟于茶，则有了文化意味。

中国人饮茶、品茶、论茶，并为琴棋书画助兴，以一管羊毫作书画写出满纸烟云时，欧洲人还在茹毛饮血。

因为丝绸之路，与丝绸传到西方差不多时间的大约公元纪年开始之后 800 多年，阿拉伯商人用骆驼把茶叶——他们认为的东方神奇之一——运达西方。最早享用中国茶并在上流社会炫耀的是威尼斯商人，直到 16 世纪中叶，中国茶才传到欧洲。威尼斯商人颇得物以稀为贵的真传，始入欧洲的茶叶价格昂贵，唯贵族才可享用。那个时候普遍欧洲民众的梦想之一，就是有一日可得中国茶而饮之，其独特的芬芳与味道，何能得而品之？

17 世纪开始，英国东印度公司取得特许经营权后，中国茶叶一则大行其道，一则渐渐"变味"。东印度公司每年以低价从中国进口 4000 吨茶叶，再以高批发价出手至欧洲各地。大发茶叶财的是东印度公司，而英国购买中国茶的银子日趋紧缺。赚足了中国人的钱而又丧尽天良的东印度公司，竟向中国输入鸦片回笼白银，中国人以茶叶使英国人得到愉悦，至今下午 4 点喝下午茶仍是英国中产家庭的生活习惯。而英国人回报中国的是鸦片，是铁壳船和洋枪洋炮——鸦片战争爆发。鸦片使中国人成为病夫，接下来的中华民族被奴役被瓜分的屈辱史，鸦片之危害当为外因之首。有不少论史者认为，鸦片战争源于中国茶叶，然而，英国人侵略的本质又怎能轻松地忽略？

甘蔗及土豆

欧洲人好喝红茶，放糖，以小点心佐饮。喝茶所连带的是对糖的需求。蔗糖从甘蔗中提取,最早种植甘蔗并品味糖的是亚洲人,其时欧洲所得的甜味,是蜂蜜,欧洲无糖。11世纪,十字军骑士幸运而雀跃地在叙利亚尝到了糖的甜味。随着海上新航路的开辟,西班牙、葡萄牙等老牌殖民帝国开始种植甘蔗,甘蔗种植园如风起云涌般出现,糖产量急剧升高,价格大幅降低。欧洲享用糖之甜蜜的不仅是皇室、贵族、大商人,普通的市民百姓也开始吃糖,欧洲似乎成了"甜蜜的欧洲"。

"甜蜜的欧洲",说明了糖对饮食习惯的世界性的改变。糖的诱惑就是甜的诱惑,在我儿时,能吃上一块糖,上海的大白兔奶糖,那是一种奢望。可见此种诱惑所持续的时间之长。与之相比更重要的是,因为种植甘蔗需要大量劳动力,便产生了世界人口种族版图的改变。当欧洲人在加勒比大量种植甘蔗时,便从非洲一个船队一个船队地运来黑人,成为奴隶,辛勤劳作。一个我难以考证的话题是,那些被称为"黑奴"的黑人,在非洲就是奴隶吗?还是在白人的皮鞭下成为奴隶的?

说不清有多少"黑奴"在漂洋过海的途中便一命呜呼了。《环球时报》2006年8月29日载刘作奎先生的文章称:"据统计,16世纪以后的300年间,从非洲贩卖到美洲,从事包括种植甘蔗在内的大量种植园劳动的奴隶达1170万人,最终仅有980万人活着到达目的地。"刘作奎先生说得好,"糖的甜蜜是与奴隶的血与泪掺在一起的"。笔者再加一句:尤其是自诩为文明富有的西方!

所谓人类文明史,充斥着野蛮、残暴、血腥的不文明,以及对真相的掩盖。

相比较而言，能够使人类解除饥困，平和地传输到世界各地的是土豆和甘薯。也许，我们以及我们的后人，都要记住一个土豆原产地的地名：南美洲安第斯山区。与北美洲有的国家的霸悍、好窥探相比，南美洲温和，"有抵御别人暂时成功的能力"（南美洲谚语）。南美洲的地下埋藏有人类初始文明的种子，土豆其一也。土豆的特点是有土便可以种植，不仅产量高而且富含淀粉和别的营养。也是新航路的船长和水手们，把土豆带到了欧洲，然后以极快的速度传播到世界各地。土豆告诉我们，人类——无论西方还是东方——都曾长时间地为饥饿所困，在不缺淡水的前提下，吃饱肚皮是生存的第一要义。土豆养活了更多的人，土豆可以取代面包。我在云南、贵州山区采访时，一户一家，一个火炕，墙角只有一堆土豆的山民不在少数。在河西走廊古浪八步沙，我曾三次踏访六个农民的治沙地，他们留我吃饭，吃香喷喷的羊肉，而农民们吃的是土豆蘸盐巴。我和农民争吃土豆，真香！河西走廊的土豆个大，农人告诉我，"没有土豆早就饿死了"。

奢侈过度的享受是暂时的。奢靡者万不要以为百姓过着和你们一样的生活，他们中的边缘山区贫困者，仍住土坯房，老人和孩子都在吃土豆，大米白面仍是奢望。愿记得李商隐的诗句："历览前贤国与家，成由勤俭破由奢。"

地瓜苦旅

甘薯多别名，山东叫地瓜，北京叫白薯，河南叫红薯，江苏叫山芋，河北、四川称为红苕。甘薯一物，欧洲有植物考古学家认为，印第安人的先民是最早挖掘地下根茎时，发现了甘薯根块，再通过根系再生繁殖而成为栽培作物。甘薯有惊人的繁殖力、适应性，很快传播于整个南北美洲。因为甘薯硕大而美味，生熟皆可食，食之者强壮，此印第安文明之所以曾经繁华之一端也。

很少有一种植物如甘薯那样，吸引着闻名世界的专家学者的眼光，并据此勾勒了古代先人的生存技能及其发明。摩尔根在《古代社会》中说："由栽培而来的淀粉性植物的获得，必须看作是人类经验上最伟大的事迹之一。"摩尔根所说的淀粉性植物是泛指，其中无疑包括了经过原始人选择之后的产物——甘薯。考古者在秘鲁的古墓中发现了距今八千多年的甘薯块根碳化物。1974年，伊恩《甘薯和大洋洲》中进而记述，古代秘鲁的印第安人把甘薯块根的图案绘制于陶器、编织在纺织品中；最为壮硕的甘薯在印第安人的宗教仪式上，被供奉为神灵，视同法器。

此一时期，距甘薯进入中国的明代，相隔几千年，一种有趣的历史现象出现了，当甘薯即将传播世界各地时，在它原产地的印第安族群中，它不仅是植物的块根、可吃的食物，而且历经岁月的淘洗之后已成为文化，具有神性。它使我想起了距今7000多年的大地湾彩陶所绘制的鱼、花草纹、水波纹、葫芦纹。我们的先民有意无意间记录了洪荒岁月中人赖以生存的若干图像，与印第安人把甘薯图案绘于陶器、编于织物，何其相似。绘图之始也，爱美之初也。它对今人至少有两点启示：其一，文化首先是物质的，是物质与人的想象与劳动的结合；其二，文化必具有真正的创造性、创造力，与人类发展相同步，除去"利用厚生"的生存需要，还有美的需要，即精神文化。

一般认为把甘薯引进中国的，是明代福建长乐人陈振龙，他曾侨居吕宋，即菲律宾。吕宋产甘薯，但其时吕宋的西班牙殖民者严禁甘薯外传。1593年，在前两次偷运未果后，陈振龙把薯藤系于缆绳，涂上污泥，才过得关卡运抵福建。当年6月，陈振龙之子陈经纶依父命呈《献番薯帖》于福建巡抚称："番薯功同五谷，利益民生，是以捐资买种，并得夷岛传授法则，由舟而归。"当时福建荒年频发，即令全省"依法栽培，滋息繁衍"。甘薯自此落地福建，其产量之高使沿海饱受风袭水灾的福建人，度过了一个又一个灾年。福建人称甘薯有二名，一曰番薯，得自番地故；二曰金薯，记巡抚金学曾试种之功。福建乌石山海滨有"先薯祠"，记陈振龙父子之功德，当地人告诉我，这是中国独一无二的祭祀甘薯的祠堂。其实，在广东电白还有"怀兰祠"，又称番薯林公庙，是记吴川人林怀兰从越南引进番薯之功。

甘薯在江南的种植，功推徐光启。江南水患经年，农人无衣无食，闻知福建、广州的番薯抗旱抗涝，块根大，可食，便经由他在福建的学生，在松江三次试种，终获成功，时万历三十六年（1608年）。徐光启赞扬番薯高产味美，济世备荒，向万历皇帝进《番薯疏》。甘薯惊动的另一个皇帝是乾隆，1786年即乾隆五十一年旨谕全国"广为栽种，接济民食"。中国当今的甘薯种植面积仅次于水稻、小麦、玉米，居主食之四，为世界甘薯种植面积的60%以上。

甘薯的大行其道，广为人类所喜好，其实质只是说明了一个真理：食物之于人类的生存发展，永远位居第一。"手中有粮，心中不慌"的古语不含时代性。

压垮或拯救人类的一根草

南国多青草，乃为宝中宝。以秦岭—淮河以南、青藏高原以东为限而界定的中国南方，气候温暖。考察南方的草地资源，以及原生植被，往往会心生困惑：这是繁荣的土地，还是凋敝的土地？南方当初的森林何止是现在我们所见的林区？占南方土地总面积之大部的山陵丘地上，曾经多为森林覆盖，千百年人类活动，砍树伐林，林区成为农区，是有南方森林被砍伐之后形成的草山草坡，亦即今日之天然草地资源。

南方的草地确切地说，是原始森林被破坏后的次生植被，它们的演化方向依自然规律，应是次生林。在人口增加、人类生产开发活动强力干扰下，规律也只能变通，南方植被终于未能成为次生林而成为草地。

20世纪80年代农业部的一项调查资料说，南方天然草地的总面积为7958万顷，另有560万顷的人工改良草地。在我踏访过的南方10多个省区中，贵州的天然草地和人工改良草地使人耳目一新。寒冬腊月，中国北方内蒙古草原冰天雪地、牛羊饥寒瑟缩时，贵州威宁灼圃草场上，牧草青青，大群牛羊津津有味地吃草，悠然自得地散步，牧羊人在草丛中闲庭信步。

贵州西南部的晴隆县，从2001年开始，在石漠化丘地上退耕还草，建立人工改良草地，放牧山羊。中国石漠化土地遍及贵州、云南、广西等岩溶山区。牧草以其植物世界中离土地最近、对土地最亲密、生命力最顽强著称,从而为人类提供了不可或缺的动物蛋白,保护了土地,提供了中国粮食缺口中主要紧缺的饲料粮。同时,我们在这些中国最贫困的岩溶山区农村,可以见到畜牧业为基础的草原经济模式,是循环可持续的。那里的农民还谈不上富起来,但不再穷下去。

只要有地,哪怕是石漠化土地,也能生出青草来。我们忽视草地的时候,也同样忽略了一种悲哀及一种希望。在天然林破坏以后的草山草坡上的草,是这一块土地植被被演替中最后的绿色,此非悲哀乎?在石漠化土地上的人工改良草地,那青青牧草却是生态修复的先行者,此即希望也。在未来岁月里,压垮人类的很可能是一根草,拯救人类的,也可能是一根草。

南国草青青,南国花烂漫,那是一些发生于草根、炫目于草根而不与名花游的草花、草根的花。在广东、海南气候炎热的深山野地,我见过状若牵牛的甘薯花,娇嫩地美艳着。有植物学家告诉我,野生牵牛很可能是甘薯的野生祖先。我对野生牵牛怎样牵出甘薯来无从考究,但我惊讶、艳羡、沉醉于野草的神奇美妙,我在大地上行走时会在山野荒草间席地而坐,坐拥青草、抚摸青草就是坐拥自然、抚摸自然。轻轻地抚摸野草时,会生出抚摸孩子的感觉,但我很快听到了一种天籁之音:"不!是野草在抚摸它的孩子!"

我对汉语中"茶"字释放的信息反复思考,由此而生出的对造字者的敬重,对汉字之美,常常拍案叫绝。"茶",草字头下一个"人"字,人中间为"木"。它既说明了中国古人与茶的悠远密切的关系，又指向人在何处——人在草木中。一个汉字，茶字，却包含了人之初，人何以为人的意涵。

人生一世，草木一秋啊！

人生唯有一世，草木何尝一秋！

■ 远行者

作者简介

  1964年出生于湖南衡南。1989年7月参加工作，中国人民大学哲学硕士。原在某中央机关工作，现为一名媒体人。长期从事文字工作，但成果主要是难见书刊报章的各类公文。转到媒体行当后，在完成职务任务的同时，继续关注文学动态、阅读文学作品，偶尔写一些记录本人所见所闻和反映自己心路历程的文字。

作家印象

朴实，生动，谦逊——远行者的散文，字里行间写的是生活的艰辛，却满满的是熨帖的踏实，是力透纸背的快乐与骄傲。

一个人的家乡有多大，要看他能够走多远。作者的家乡，是白斗冲、茅洞桥、衡阳、湖南，更是永远的湖南、衡阳、茅洞桥、白斗冲。这些名字，在远行者的脚步中渐渐模糊，却在思乡者的记忆中渐次放大，如层峦叠嶂，气度不凡，如盘根错节，光彩四溢。

天行健，君子以自强不息。一个小小的白斗冲，却小中见大。由此，我们不难想见中华民族的文化命运和历史命运。辛苦艰苦是农村生活的正常现象，可是，以苦为乐、苦中求乐，穷则独善其身，达则兼济天下，却是中华儿女的人格力量，是中华民族的文化理想。远行者以煌煌正大的文化精神观照乡土中国，以光明朗照的文化气象审视中华民族农耕文明以及这种文明所培育出来的精神世界。这家乡的记忆，映射的是中国乡土文明的"文化化"进程。

——李　舫

白斗冲的点滴记忆

■ 远行者

对于绝大多数人来说,家乡总是最美最亲切的词汇,都有着永恒的美好回忆。

一个人走得越远,家乡的范围就越宽。到茅洞桥上学离白斗冲其实不过几里路,同样思念自己的家;到衡南县二中读补习班,茅洞桥成了我的家乡;到省城上大学,衡阳就是我的家乡;到了首都北京,我的家乡是湖南。

每每说起湖南,都要说到全中国都知道的烟波浩渺的八百里洞庭,还要说到全世界都敬佩的伟大领袖毛泽东……

每每说起衡阳,都要提到古诗"衡阳雁去无留意",还要提到闻名天下的南岳衡山……

而茅洞桥和白斗冲是那样没有名气,也没有任何特别值得炫耀的地方,反而更让我魂牵梦绕,更让我挂在心间贴在心底。

白斗冲是茅洞桥也称茅市镇大儒村的一个村民小组,一个只有十几户人家的小小的自然村。没有人告诉我,我的祖先是哪个年代定居到白斗冲的,也不知道我的祖先怎么会选择在白斗冲住下来，因为这地方确实谈不上土肥水沃，完全处在丘陵向山区的过渡地带。三条延绵不断的红砂岩丘陵带交织在一起，形成三叉线，构成一个名副其实的狭小的小山冲。

就在这个小山冲，完全由土坯砖头砌成盖着青瓦的低矮的房屋，一间紧挨着一间，一户相连着一户，每户都没有自己的独立院落。村子里正中有间堂屋，堂屋后墙几乎紧靠着由人工凿成的山崖峭壁。堂屋前有一块湘南比较常见的禾坪，禾坪面积不大，但这在山沟里来说相对比较开阔。禾坪西南两侧紧挨着的，就是当年村民耕作的水稻田。在建房用地方面，为什么古人和今人一样吝啬？原因就在于，在南方能用来耕作的土地实在太珍贵，这是村民生存的基础，其实就是他们的命根子。

整个村子里比较好的耕地，就处于丘陵带夹着的小山沟沟，我们当地人称垄田，最大的面积也不过五亩，小的面积三亩两亩一亩。这些垄田有个好处，就是天不下雨的时候，能由村子里的一口大水塘自流灌溉。其他一些不太好的耕地，大多是靠着山坡修筑起来的岸田。更让人不可思议的是，村民还在山顶上开辟了一些天田。这些被称作天田的耕地，面积都不大，最大的不过一亩，小的面积只有三五分，有的只有巴掌大的一分半分。这样开辟耕地，完全是为了生存。

所谓天田，就是靠天下一场大雨，雨水储存起来之后，马上就犁地翻田，这样才能保住水，不然雨水两三天就渗没了。为什么通过犁地就能把水保住，我一直没有搞清楚。后来慢慢琢磨，原来是耕牛拖着木犁，一行挨着一行地走过，不留缝隙、不留空白，就等于在被翻动的土层底下，水平地铺上了一层看不见的薄膜，这样水就不再容易渗漏下去，这是农民创造并千百年传承下来的土智慧。

就是加上这样的天田，全村的耕地面积也不过70多亩，人均不足一亩。正因为人多地少，乡亲们都非常勤奋。不论是那时候的生产队集体劳动，还是后来的责任田包干到户，水稻一年种上两季，每一季都要精耕细作。积肥、犁地、育苗、插秧，基础工作从不马虎；中耕、施肥、除草、打虫，田间管理从不放松；割稻、脱粒、担谷、晒谷，收获归仓从不懈怠。一分耕耘，一分收获。正是乡亲们这样的辛勤耕耘，才保证了小山村几十口人的基本温饱。

除了种水稻收获必需的口粮与公粮，还要在田埂上、水塘边，在屋场前后和山坡地里，种上各种各样的蔬菜和经济作物，比如黄瓜、南瓜、丝瓜、冬瓜、豇豆、黄豆、豌豆、茄子、辣椒、油菜，还有芝麻、花生，等等。最普及最重要也最让乡亲们重视的，是种辣椒。到了盛夏乃至初秋，山坡上晒满了红红的辣椒，辣椒的收入，在一定意义上决定着一家人全年的收成。只有靠种植辣椒这类经济作物，才保证了乡亲们在基本吃饱饭的基础上有些零花钱，保证全家每人春节时穿上一件新衣服。

干农活是每个农村孩子的必修课，离开家乡这么多年，家乡的农活至今记忆犹新。除了使用耕牛犁地没有做过，其他基本上没有能难倒我的。记忆最深刻的，是每年暑假帮助父母搞"双抢"。

所谓"双抢"，就是抢早稻的收割和抢晚稻的插秧，这两个重要事项都要在7月下旬到8月初很短的几天时间完成。因为时间紧迫，季节不等人，所以要抢时间干，抢收加抢种，劳动强度非常大。先是要割稻，还要用打稻机打稻，再把金灿灿的稻子用箩筐从田里挑到晒谷坪晒干。在做到颗粒归仓的同时，还要赶紧把晚稻秧插下去，因为耽误一天，都会影响晚稻的收成。

特别是抬着在泥水里浸泡过的重达近 100 公斤的打稻机，从这一丘田到那一丘田，由于所分的耕地分散，对人们真是极大的挑战。有一次，从一个叫青山皂的一丘田，转场到很远的对门岭山上的一小丘田，我和父亲抬着沉重的打稻机走了近一公里，再一步一步爬坡上山。登到半山腰，由于已近中午，肚子也饿，我实在体力不支，两腿一发软，一下子就跪到硬硬的砂石地上，人也几乎趴倒了，嘴里本能地叫着："不行了！不行了！"但稍微休息，还是硬撑着站立起来，继续一步一步抬到山顶。多年以后，我才明白，就是这一次过度负重，酿成了折磨我多年的腰椎间盘突出。

辛苦艰苦是农村生活的正常现象，但同时也有城里人感受不到的快乐。

■ 朱 伟

作 者 简 历

  1952年出生于北京。曾是知青。1978年起在《中国青年》杂志社任记者、编辑；1983年起在《人民文学》杂志社任编辑、小说编辑室副主任；1995年起任《三联生活周刊》主编。著有《考吃》《有关品质》《微读节气》《四季小品》等。

作家印象

朱伟是将每一件事都做到极致的人,写小说、当记者、做编辑、办杂志。作为《人民文学》杂志编辑,朱伟发现并推出了刘索拉、阿城、莫言、余华、苏童、格非等一大批作家。作为《读书》杂志作者,他撰写的《最新小说一瞥》专栏,成为那个年代的文学风向标;作为《三联生活周刊》杂志主编,他将中国纸媒推到顶峰时代;作为《爱乐》杂志的创办者,他成就了众多爱乐人的"音乐圣经"。

朱伟的散文,精致,细腻,引经据典,挥洒从容,充满知性和智性。他写雨,仿佛历古今中外所有雨都在这里聚合,对于那些关于雨的典故和诗词,信手拈来,便为妙用;他写母亲,仿佛生生世世的思念都凝结在一刻,重若千钧;他写给远方思念的人,时光便褪色为一张白色的画布,任由他挥洒和涂抹;他写音乐,每一个音符都有了灵魂,它们跳跃着,冲出纸面,穿越时空。朱伟是古诗词里走出来的中国文人,高洁而生动,豪爽而克制,敏感而矜持,他的散文,也是这般。

——李 舫

季节的史诗

■朱 伟

夏天的雨

我喜欢夏天的雨，是因为夏天的雨随心所欲，一切无所顾忌，说来就来、说去就去。来则兴致勃勃、气势磅礴，去则心满意足、艳阳高照，全没有半点阴霾。夏天的豪爽激情很大程度依赖于这刚性十足、弹性丰满的雨。夏天的雨全没有春雨那般踌躇娇羞、秋雨那般苦苦支撑着的情意缠绵。

让我深切体会夏天之雨境界的是苏东坡一则关于"不亦乐乎"的感叹，大致意思是说在夏日燠热难耐之时，大汗淋漓，好风四起、电光耀目、大雨携狂风倾盆而注，都是一连串的"不亦乐乎"。当时读到真感觉潇洒逼人，随即记成笔记。遗憾的是，后来笔记不可觅，在东坡文集中到处也找不到这一则。只见一首《飓风赋》，描写对飓风野蛮的恐惧，其中最耐琢磨的是"野马之决骤"。"野马"的气势，最早大约来自庄子的"野马也，尘埃也,生物之以息相吹也"。至于"鼓千尺之涛澜""吞泥沙于一卷",也就是一般比喻。而我所迷恋的夏雨意境,是在"文革"中读到毛泽东未发表诗词中,有一首中有一句"雨弹光鞭欲杀人",要是配上"黑云压城城欲摧"的背景,李贺的"神光欲截蓝田玉"相比就显得渺小。后来想找此诗,在确定的毛泽东诗词中肯定没有,那么估计是"文革"中的伪作,但也四处找寻不到。

雨在历代文人描述中太多女性化。比如余光中先生写得最好的散文《听听那冷雨》,余先生称那雨是"湿漉漉的灵魂",他写得最好的是雨连绵落在黑色成鳞次栉比,又洗成油亮的檐上那种感觉。好似剥葱纤指弹拨、抚弄着那雨,弄出百般愁媚。这样的雨积聚了太多的呻吟与哀叹。

我心目中夏天的雨是飒爽的雨,它与湛蓝通透的天、金属般耀目的白云联系在一起。我喜欢《孟子》说,"油然作云,沛然下雨"。我将这"油然"体味成"悠然"——骄阳似火中,湿气自然悠然地上升,因为洁净,聚成的云娇白无比。这"沛然"是充沛——悠然集聚得多了,云腴情欢,自然也就要云雨。

夏天雨的飒爽,是因为它总与好风联系在一起。按古人说法,四季的风是不一样的——春天的风自下升上,所以风筝能飞起来;夏天的风横行空中,于是风在树梢间舞动;秋天的风自上而下,木叶因此凋零;冬天的风则在地面上流窜,吼地由此生寒。春温而和风,夏盛而怒风,当然也就是文人的一种说法。这风究竟是生于地、始于青蘋之末,还是天气下降于高空密云之隙,谁又说得清呢?我感兴趣的其实是夏天的风云关系——没有风驰电击为势,雨也就不会下成气吞宇宙。这风的境界,先是清凉四起,烟飞草靡;然后八面来风,向四方疾驶,就成为一种疯狂。它在原野间飞沙扬砾,烟絮翻腾;穿堂入室就是"山雨欲来风满楼",将门窗全都膨胀成鼓荡的风帆。风狂妄而无羁,与因情爱而变成愚蠢的云交合,风云际会,风起云涌,风驶云驰,就将雷召唤了出来。

我以为晋人杨泉的《物理论》中所说的风雷电关系比较有意思。他说风是阴阳乱气激发而起,就像人的内气,因喜怒哀乐而激发。积风成雷,雷风相薄,风的清热之气散开为电。雷电关系与风云关系一样,也是速度间的关系。雷开始只在远方云层之间,闪电的曲线曝光许久,它还在天边闷闷地鸣。等到风车云马将它渐渐推近,间隔时间越来越短,它也就越肆无忌惮。此时它与闪电就像是在风的刺激下彼此争逐:迅雷与蓝光在撕咬中同时赶到,则就成为劈到地上的霹雳,所谓"迅雷不及掩耳""击电无停光,疾雷无余声"。雷电逼近时候,天自然就一下子黑成锅底,闪电由此才能弯曲弹开,雷也由此才能变成狰狞。风云雷电一层层彼此撕裂,层层叠进,声色越演越烈。等到闪电中浓云疾驶,雷声惊天动地,一场大戏的结构形成,雨才潇洒到场。以佛教说法,解释这种关系就更有意思:佛教说,地倚水上,水倚于风,风倚于空;大风起则水扰,水扰而地动,因果更为丰厚。由此生发的禅意是——动遍动,等遍动;震遍震,等遍震;涌遍涌,等遍涌;吼遍吼,等遍吼;起遍起,等遍起;觉遍觉,等遍觉。

夏天雨的飒爽,很多时因以暴戾之态,暴烈之雨常必须伴随冰雹——漫天寒彻,砸到地面烟尘滚滚,雨点就全成透明的冰球。只有雹才足以镇压风云雷电。而雹一出现,风肯定就刚硬地嘶鸣成扬鬃弓背之烈马，不断撞击向不同方向，雷则在寒光下将它不断劈开。所谓雷风践踏，雹雨恣肆，地上积聚的暑气随气浪喷溅，如此就大家都宣泄得淋漓尽致。

如此暴风骤雨，如果换一种佛教意境，就换成另一种趣味。佛教的说法，佛祖说法时，诸天降众花，满空而下。这意境延展为，佛祖撒开天雨众花，漫天飘飞成浅红色，万物滋润皆成觉悟。

夏天雨如此气壮山河，也是日久酷暑积郁的结果，无积郁也就无逆风而起的动力。风癫雨啸之际，要是配以音乐，我以为最给劲的是将瓦格纳《女武神之骑》的音量彻底放开。这音乐表现众神之主沃坦在暴风雨中追逐他的女儿布伦希尔德，因为她救助了英雄齐格弗雷德的父母——孪生兄妹齐格蒙德与齐格琳德。布伦希尔德由此带领她的姐妹在云浪中天马驰骋，这是最能表现瓦格纳气魄与泛滥的激情的音乐，最高潮处是女武神们的一段合唱。在电影《现代启示录》中，科波拉伟大地以它来表现直升机群对越南丛林的俯冲，只不过他把滂沱大雨与电闪雷鸣换成了枪林弹雨，还有凝固汽油弹在丛林中残酷地绽开的一朵朵血色之花。

夏天雨的美丽还在声嘶力竭地疯狂交欢之后。等风云雷电在歇斯底里交缠中全都精疲力竭之时，那雷声只变成贮满深情厚谊的痉挛；风意足情满后，星眼朦胧只顾喃喃私语；雨云在胭脂满腮后开始像扇动着翅膀般起舞；雨丝风片眷恋着散开，天在虹霓下整个变成绯红。此时天地间变成特别静，穿越这宁静的鸟啾清脆得四处都是回声。这宁静与那喧嚣对比，雨后残阳如血，于是夏天就变成那般壮丽。由此我一直认为，夏天是人一生中最值得怀恋的季节。

冬天的树

一到冬天就想起《山海经》中所记那个钟山之神"烛阴",这个"烛阴"也就是"烛龙",昆仑神,也就是"驾日之神",睁眼能照耀天下,闭眼就是沉沉黑夜。他吹气为冬,呼气为夏,鼻息则为风,多大气势!按说"吹"与"呼"无多大差别,但联想"吹气若兰",冬夏之间其实差别就特别明显——冬天是静的,万物收敛,贵贱若一;夏天是躁的,万物争荣,"吹"与"呼"明显有雅俗之分。晋人陆机的《感时赋》中说那静的意境是:"天悠悠而弥高,雾郁郁而四暮。夜绵邈其难终,日晼晚而易落。"天气上腾而清寒,太阳早早就有了倦意,于是夜也就缠绵、深幽而又依依难舍。

冬是收缩。儿时早起排队买带鱼,还在熟睡时起床,天井里一地寒霜被月色照成晶莹,那月就悬在檐角之上。没风的日子,路灯拉着长长影子的青石街上极静,好像一街都是脚步的回声。那时买鱼不仅凭票,而且货少,鱼店门前的霜月里,以一个个被残月照成惨蓝的竹篮子排队,篮子里都压着砖头。要是篮子前已排了20多个,就有可能排到也买不到好鱼,于是就要悄悄将无人守在跟前的篮子扔出队伍一些。南方冬天的土地,许是湿润缘故,寒鸡早晨,地都会冻缩得皱起来,就像蹙起的愁纹。而当繁霜吸收了颓丧的阳光,那僵土展开愁纹,地上也就变成湿漉漉、黏糊糊一片。

长大后到了东北,才知道真正寒冷滋味。如何为冷?呵气转眼到胡子上变成霜，到眼睫毛就结成冰，上下合在一起，就把眼睛封了。唾沫到地上就滚成小冰球。两层的玻璃窗，外层是厚厚的冰霜，里层是不断往下流的水汽。厕所里坑下的排泄物会像宝塔一样往上升，过两天就要用铁钎从根部将其凿倒。所有露在外面的皮肤极容易就会被冻白，这是轻度冻伤，需付出褪一层皮的代价。如果冻成透明之后变黑，那部位也就被冻死了。热手绝对不能去碰冻在室外的金属，包括门把，一碰就会被粘住，代价是被粘掉一层皮。那里即使是处女之雪，也绝不会有柔软感觉——在飘的过程中已经变成了冰的遗骸，冰雪堆积，踩上去嘎吱嘎吱单调地响。

那是零下40多摄氏度的感觉，这样严寒中，现在留在我最深记忆中的，总是那些树，闭上眼睛，总能看到被拖拉机的灯光射过去，那些坚韧地向像是凿破的冰窟窿的星空伸展的坚硬的枝，随拖拉机的吼叫与颠荡，那些枝连枝就不断向前延展，就像头顶一张阻隔射向我寒气的坚韧的网。那冷酷的月和反射雪光如大冰盘一样的天就被它阻隔在遥远处，它吸纳着全部锐利的寒，那些延展的枝在月光与雪光中由此通体变成银色。

我下乡的地方是小兴安岭北麓，但那里其实没有参天的红松，罕见一棵马尾松或落叶松，也总孤寂地远远站在那里。我所感觉坚韧的树其实不是它。在我看来，松柏在隆冬依然靠针叶御寒，所以它们其实并没有坚韧舒展的美丽的枝。我们那里，成林的是桦——白桦与黑桦，相对白桦的雅洁，黑桦的树皮就像丑陋褐色的鳞片。还有最多的就是栎，东北人叫柞树，因为结橡子也叫橡树。最高贵的也就是椴树，老乡们都说椴木细腻，是打家具的好材料，但椴稀少，林间最多的也就是桦与栎混杂。

桦挺直,往高处伸展枝丫;栎则更关注自己树冠,所以一般长不高。栎的叶子冬天枯干成黄褐色是不掉的,寒风从它们周围穿行,发出的声音,居然并不震颤。

李渔说树的好处是"见雨露不喜,睹霜雪不惊",所以能"挺然独立",这是能高风亮节,不猥琐荫庇于他人之下的基础。由此树总是清高的,从春天萌芽那一刻起,它总是一片鲜艳的新绿,阳光在那绿上跳荡出无数光点,使那绿总是那般洁净。等秋天桦树叶子一片金黄,衬得栎树叶的深褐似乎也变成红的。而我自以为,树之最美还在所有叶子都被秋风撕扯之后。为什么?有叶子的时候,是叶叶交叠,一片繁华,各种绿色汇聚,只看到一片丰腴绿的波荡。深秋时节层林尽染,各种色彩交杂,被感动的还是色而不是树本身。只有随天气一天寒似一天,就像身上衣服一件一件无私褪去,树也才真正展示出它令人感叹之质。树在隆冬之美是在它向凛冽的寒舒展出了那么丰富的枝。你去看每一棵沉默在寒风中的树——生长得越久,就越多丰富的细枝末梢,它们一枝展开一枝越来越繁复地伸展,将自己坚韧、倔强地印在严寒的空中。天越寒,北风越肆虐,看到这样树的景象,我总有一种无法抑制的感动。

由此我就固执地认为,再美丽的叶子的弄姿,也远没有骨架本质凝冻在那里所构成的这样美有魅力,那是被凝固的树的清高的庄严。由此我最喜欢冬天的早霞或者秋天的夕照升到或降落到树冠剪影上的感觉。冬天,太阳从天寒地冻中升起时候特别有力量,早霞的玫瑰红黏稠到远比夏天的清丽漂亮。秋天,那巨大夕阳掉到树冠上的时候,则有更强烈的光照,足以构成整个美丽的树都在透明中燃烧。

冬天树的美，当然也与感伤联系在一起。冬天的树将内里的刚都用在裸露的枝干抗御严寒，内里也就是最软弱的。在东北，则只有冬天是砍伐季节，因为春花烂漫，树干里就会有太多水分，斧子落下去会被粘住无法拔出；只有冬天树才是脆的，最好杀戮。伐树时候，老乡告诉我们，第一斧应该以斜角深嵌进去，然后第二斧由下而上，将刀口合拢，砍下的树片就会飞溅开来。砍伐就是不断扩大断面的过程，这边完成后再到另一边作孽，到两边接近合拢时判断树倒方向，轻轻一推，偌大生长多年的树就会自然倾倒。在东北冬天的劳作，主要就是伐树，以维持一冬供暖。我们一人一把斧子，每人带两个冻得梆硬的馒头，中午就在林子里将砍下的树枝点上火，将馒头烤成焦黄，污染得林子里到处飘荡蓝色的烟气。刚开始砍伐时，斧印都对不准方向，斧把时时砍到树干上，后来个个都变成砍树能手，林子里到处都是佯装强壮的歌声。

仔细追究，之所以现在喜欢冬天那些无畏伸展着的树，也许就与年轻时曾有过对那些美丽之树蹂躏的忏悔有关。李渔说，树之美德还在斤斧之时自认为是天数，于是才沉默、不避，无动于衷。